BBULMEDIA

www.bbulmedia.com

www.bbulmedia.com

SpecTator

스펙테이터

스펙테이터

1판 1쇄 찍음 2014년 4월 7일
1판 1쇄 펴냄 2014년 4월 10일

지은이 | 약먹은인삼
펴낸이 | 정 필
펴낸곳 | 도서출판 **뿔미디어**

편집장 | 이재권
기획 · 편집 | 주종숙

출판등록 | 2002년 9월 11일 (제1081-1-132호)
주소 | 경기도 부천시 원미구 상동로 117번길 49(상동) 503호 (우)420-861
전화 | 032)651-6513 / 팩스 032)651-6094
E-mail | bbulmedia@hanmail.net
홈페이지 | http://bbulmedia.com

값 8,000원

ISBN 979-11-315-0002-6 04810
ISBN 979-11-315-0000-2 04810 (세트)

BBULMEDIA FANTASY STORY

SperTator

스펙테이터

약먹은인삼 퓨전 판타지 소설

2

Contents

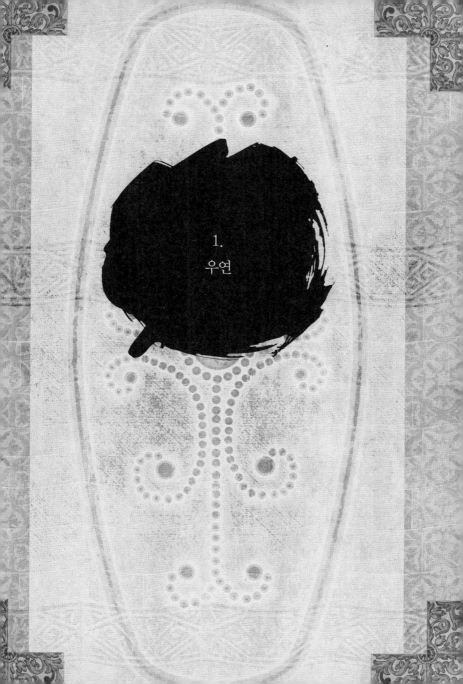

1.
우연

　집으로 돌아온 나는 여느 때와 마찬가지로 종이를 꺼내고
는 이용택 관장에게서 들은 이야기를 떠올렸다. 역시 생각을
정리하는 데에는 이렇게 하나씩 글로 적으며 간략화시키는 방
법이 좋았다.

　[막 여관방에 들어갔을 때였다. 안내를 듣고 문을 열려는 내
앞으로 바늘이 떠오르더니 새의 모습으로 변하더군. 참새와 비
슷했는데 깃의 색이 푸르다는 차이가 있었다. 그 새는 대뜸 내
게 고개를 조아리며 구해 주어 고맙다 말했지.]

　뜬금없이 나타난 새의 인사.

　[그러며 황당무계한 이야기들을 시작했다. 이러저러한 잡설
들을 생략하고 간단하게 말하자면 자신을 도와 달라는 요청이
었어. 일이 잘 마무리되면 간절히 바라는 소원 한 가지를 무엇
이든 들어준다더군.]

　[그냥 나타나서는 대뜸 그렇게 말했다는 건가요?]

[그랬지.]

[진짜 아무런 행동이나 설득도 없어요?]

[뭐, 세계가 위험하다는 등의 잡설들을 하고 이야기 도중 부탁할 때, 아내의 모습으로 변하며 속옷 차림으로 어설픈 미인계를 쓴 점이 있긴 하지만, 그 외에는 없더구나.]

[……혹시, 이상형과 지금 결혼하신 건가요?]

[물론이다.]

만약 나였다면 어쨌을까. 귀신을 보고 도망치려 했을 것이다. 그러다 다른 방편을 찾지 못하면 맞서 싸웠겠지.

푸른색의 새가 나타나 신령하게 소리치며 때론 미인계를 써 유혹했다면 그 분위기나 매력에 속아 넘어갈 수도 있었을 거다.

그러나 그는 달랐다.

[그래서 그 부탁을 받아들인 겁니까?]

[그따위 말도 안 되는 수작에 놀아날 이유가 없지. 게다가 바라 마지않던 귀신과 직접 대면하지 않았더냐. 도망 못 가게 목줄을 움켜쥐고는 진지한 대화를 나누었단다.]

[목줄을 쥐고 대화했군요.]

상황이 얼마나 진지했으면 묻는 말에 순순히 다 털어놓았겠는가.

회상을 마친 나는 간단하게 정보를 정리해 보았다.

세상이 있었던 직후 자연과 이치를 설계한 이가 있었고, 그 안에 기거할 생명을 만든 이가 있었다 한다. 그들의 명칭에

대해서는 들어도 듣지 못하고 알아도 알지 못한다 하니 나는
애초에 정한 명칭을 사용할 예정이다.

초월자와 악마.

참으로 이상한 점은 분명히 이용택 관장이 그 존재들의 이
름을 알려 주었지만 나는 알아들을 수 없었다는 것이다. 마치
단순하기 그지없는 악마의 문양을 내가 따라 그릴 수 없듯이,
명칭을 듣되 기억은 물론 말로조차 표현할 수 없었다.

가계도를 그리듯 나는 종이 맨 위쪽에서부터 써 내려갔다.

세상이 있었다 하니 조물주가 맨 위이고 그 아래로 초월자
와 악마를 썼다.

초월자 밑에 7개의 선을,

악마 밑에 9개의 선을 그렸다.

둥근 바퀴를 이루는 바퀴살이지만 한쪽은 7개고 다른 쪽은
9개다. 이것은 성륜의 주인이나 태진이의 경우처럼 계약자의
숫자를 의미한다.

'근본적인 이유는 알 수 없지만 둘은 대립하고 있다.'

전체적인 설정을 설계자가 만들면 그 체계에 들어맞는 생
명을 악마가 만들었다 한다. 그러나 그렇게 하나둘 세상을 만
들어 가던 둘은 조금씩 견해의 차이를 보이며 반목하기 시작
했다.

이유는 간단하다.

설계자는 정밀한 세계관을 만든다.

악마는 기생하며 생육하는 생명을 만들어 낸다.

최초, 생명의 수가 적을 때에는 관계가 없으나 세월이 흘러

그 수가 늘어나게 되면 세계에 속한 생명은 종국에 세계를 무너뜨리며 멸망하고 만다. 제아무리 설계자가 세계를 넓게 만들고 복잡하게 만들지라도 악마가 만든 생명은 폭발적으로 몸집을 불려 나가며 세계를 부쉈다.

세계도 필요하고 생명도 필요하다. 그러나 문제는 설계자. 즉, 초월자가 세계를 만드는 시간보다 악마가 부수는 속도가 더욱 빠르다는 데에 있었다.

"이상한 부분."

대관절 생명을 만든다는 악마가 왜 속도 조절조차 못 하는지, 하다못해 조물주는 왜 자기 할 일을 둘에게 나누어 시켰는지. 근본적인 이유는 알지 못하지만, 여하간 상황은 그렇게 이루어지고 있다 한다.

그러던 도중 설계자가 제안했다. 그리고 그 제안에 따라 각자의 힘을 new century라는 시험장에 나누어 흩어 놓고 그 뜻을 대변할 자들을 세계에서 선발.

이들로 하여금 나누어진 힘을 수습하는 과제를 내렸다.

이로써 종국적으로 완성되는 것이 성륜(聖輪)과 겁륜(劫輪)이다.

'new century라는 게임 속에서 상대를 방해하면서 먼저 자신의 목표를 달성하면 미션 클리어.'

이용택 관장에게 나타난 저주받은 바늘.

그 녀석은 계약을 통해 힘을 합치고 공조하여 목표를 달성하는 것이 목적이라 했다.

그런데 상황이 상당히 꼬여 있다고 한다. 본래 흩어진 성륜과 겁륜은 각각 new century에만 존재하고 현실에 존재하는 것들은 가능성이 잠재된 이들을 new century로 인도하는 대행자들이어야 하는데.

'지금은 대행자가 곧 성륜과 겁륜이 되었고, 그 본질조차 희미해졌다 했지.'

간단히 정리하여, 지금의 가계도가 초월자와 악마, 그 밑으로 7개의 바퀴살을 가진 성륜과 9개의 바퀴살을 가진 겁륜이라 한다면, 본래는 초월자와 악마 밑에 '대행자'가 있고 그 밑으로 '플레이어'와 그들이 수습해야 할 '성륜', '겁륜'이 있어야 한다는 뜻이다.

아마도 회귀를 통해 과거로 돌아오게 되면서 설정이 흐트러진 것 같다.

악마가 게임에서 다 져 가던 중 꼼수를 써서 시간을 되돌렸다. 이 과정 중 악마의 힘과 초월자의 힘이 부딪히며 무언가 변화를 주지는 않았을까……라고

막연히 추측했다.

"아무튼."

핵심은 이거다.

[흩어진 성륜과 겁륜을 모으기만 하면 이 게임은 클리어 된다.]

'성륜이 한 말'에 따르면, 이란 것이 걸리지만 말이다.

❈   ❈   ❈

어느덧 저녁 늦은 시간이 됐다.

간단히 저녁 식사를 하고 샤워를 마친 뒤 접속기에 몸을 뉘었다.

취침 겸 새로운 세상으로 여행을 떠날 시간이었다.

제임스Lv25(전사)

힘 : 130 혈력 : 0

민첩 : 49 기력 : 0

지혜 : 100 마력 : 10

위엄 : 6

도둑의 시야 : passive(Lv5. 0/500)

넓은 시야를 확보할 수 있다.

효과 : 지도 인식 범위 16% 증가

습득 조건 : 기력1

쇼크 웨이브(shock wave) : Active(Lv2. 34/200)

같은 양의 혈력과 기력을 충돌시켜 마력으로 다루는 기술

심상을 통해 형태를 조정하여 충격파를 쏘아 보낸다.

효과 : 1~2명의 적을 밀쳐 냄

습득 조건 : 혈력 집중. 기력 활용. 마력 응집. 고요의 정신
보유자

혈력과 기력의 수치가 같은 자

게임을 진행하다 보니 내게 있어 쓸데없는 능력치가 민첩이었다. 힘은 몬스터의 공격을 버텨 내는 데 필요했고 지혜는 언제고 보게 될 책들을 위해 올려야 했지만 민첩은……?

'글쎄.'

빠르게 움직일 필요도 없을뿐더러 몬스터를 먹으며 최상의 상태를 유지하는 터라 굳이 회복률에 신경 쓸 필요가 없다.

스윽.

창을 열어 활성화 스킬을 도둑의 시야로 제한했다. 힘의 상승 덕분에 얻은 혈력7을 거듭 투자하자 도둑의 시야는 어느덧 5레벨을 달성했다.

유일한 액티브 스킬인 쇼크 웨이브는 거듭된 사용으로 2레벨로 상승. 최대 두 명까지 밀어낼 수 있게 되었다.

'하여간 게임이 정말 쉬워졌……어?'

지도의 한 점이 파랗게 표시되어 있었다.

"NPC가 숲에 있다?"

이상한 노릇이다. 이곳은 길에서 벗어나 있고 마을과도 한참 떨어진 산중이지 않는가.

스킬에 힘입어 힐끗 그곳을 바라보자 파란 점이 빠르게 움직이며 그 뒤를 한 무리의 몬스터들이 쫓고 있었다. 맹렬하게 쫓아오는 선두에는 서치 투사가 있었다.

쥐형의 얼굴, 허리에밖에 오지 않는 일반 서치들과는 달리 성인 남성과 같은 크기에 긴 창을 쥐고 무섭게 달려드는 모양새가 실로 살벌하다.

서치들을 몰고 다니는 서치 전사와 같은 패턴으로, 서치 투사는 다수의 서치 전사들을 이끌고 있었다.

※　　　　※　　　　※

쫓기는 NPC.

멀찌감치 보이던 NPC의 얼굴이 맨눈으로 식별 가능할 정도가 되었다. 그는 중년의 남성으로 옆구리에서 피를 철철 흘리는 깊은 상처를 입고 있었다.

"이, 이보게! 나를 도와…… 헉!"

다급히 말하던 그는 말하는 틈에 들이닥친 서치 투사의 창을 황급히 피했다.

복장이 제법 세련되기는 했지만, 무기는 단검과 활이 전부였다. 전형적인 사냥꾼으로 짐작되는데 어깨에 멘 화살통은 비어 있어 짧은 단검으로 저항하고 있었다.

'최소 50레벨이다.'

소매에 원숭이 그림이 있었다. 문신이 옷에 있다는 것은 도둑 계열이며 승급을 했다는 표시다. 아울러 내 안내창에도 퀘스트임을 알리는 메시지가 반짝였다.

[돌발 퀘스트].

현실의 사건과도 마찬가지로 유기적으로 살아 움직이는 세계가 new century이니만큼 이와 같은 식의 퀘스트도 있었다. 태진이에게 들었던 바로는 돌발 퀘스트는 순발력과 재치가 필요하고 대응 방법에 따라 특수한 보상을 얻는 기회이니 꼭 잡아야 한다 했었다.

"[그림자 밟기], [속보(速步)]!"

두 개의 연이은 스킬 사용으로 서치 무리 사이에서 회피한 그는 순식간에 내 곁으로 와 숨을 헐떡였다. 내 눈앞으로도 퀘스트 쪽지창이 떠오르려 했다.

그래서 나는 슬쩍 그에게 손을 뻗었다.

"이놈들은 사악한 흑마법사인 풀라가 세뇌시킨 서치 무리일세. 나는 이미 글렀으니 자네가 이 물건을 전해……."

그가 건네는 선홍색의 수정을 무시하며 NPC의 가슴 어림에 손을 뻗었다.

"쇼크 웨이브."

"……주면 충분한 보답을…… 이, 이런!"

퉁! 하며 뻗어 나가는 파형을 그가 황급히 검으로 베어 냈다. 쇼크 웨이브를 검으로 없앨 줄이야 생각도 못 했지만, 애석하게도 스킬 레벨이 올라 두 발을 날릴 수 있는 나다. 2차 충격파가 그를 훌쩍 날렸고, 뒤따라온 서치 투사가 창으로 꿰뚫었다.

"커헉!"

등 뒤에서 당한 치명적인 일격은 정확히 그의 심장을 관통했다.

"끄륵…… 너……!"

눈을 부릅뜨고 나를 보던 그가 죽어 버렸다.

슬쩍 쪽지창을 보니 떠오르려던 창이 잠잠해지는 것이 확인됐다.

퀘스트를 무사히 피한 것이다.

꼬치처럼 중년인을 매달고 있던 서치 투사는 나를 보았다. 그렇게 시선을 주고받노라니 한발 늦게 당도한 서치 전사들이 나를 보고 으르렁거린다. 그러나 이는 곧 서치 투사에게 막혔다.

"인간, 왜 우리를 도왔지?"

묵직하게 물어왔다. 쥐머리임에도 제법 이성이 있었다. 여기에 무슨 대답이 필요하겠는가. 나는 그저 어깨를 으쓱거릴 따름이었다. 그러자 나를 물끄러미 보던 서치 투사는 중년인의 손에서 수정을 빼앗고는 시체를 꿴 채로 내게 던졌다.

퍽 하니 내 발아래 꽂힌 창과 시체.

마치 선물이라는 듯 남기고 서치 투사는 뒤돌아서 가 버렸다.

"거참, 은혜를 아는 쥐였군."

나는 스르르 사라지는 중년 NPC의 시체를 일별하며 서치 투사의 창과 다른 아이템들을 챙겼다. 호랑이가 죽어 가죽을 남기듯, 사라진 중년인은 자신이 입었던 의복을 그대로 남겨 주었다.

서치 투사의 창

제법 잘 정련되어 있으며 마법의 힘이 어려 있는 것으로 보인다.

확실히 퀘스트 관련 몬스터라 그런지 색다른 문구가 더해져 있었다. 자세한 정보는 경험해 보거나 감정해야 알겠지만

속성력이나 스킬이 담겨 있다는 정도는 유추할 수 있는 무기였다.

이런 무기, 당연히 구하기 어렵다.

'횡재했구나~'

의복 역시도 쏠쏠하다.

```
레인저 리벨의 의복 상의
레인저 리벨의 의복 하의
레인저 리벨의 모자
레인저 리벨의 신발
레인저 리벨의 장갑
```

"세트 아이템!"

다 착용하면 부가 효과가 있다는 물건들이다. 다만, 레인저라고 자랑스럽게 붙어 있으니 전사인 나로서는 입을 수 없었다.

그리고 한 가지 더.

```
리벨의 비밀 서신(밀봉 상태)
```

아무래도 내가 거절했던 퀘스트와 연관이 있어 보였다만, 아무려면 어쩌랴. 나는 보관함을 차지하고 있는 늑대 이빨이나 서치 가죽 따위의 것을 버리고 지금 얻은 아이템들을 넣었다.

헌데, 이번에는 구릉진 곳 사이로 쾅쾅거리는 울림이 들리는 것이 아닌가. 교묘하게 가려진 나무뿌리와 잎사귀 사이에서 간헐적으로 들려오는 폭발음이었다.

'또 돌발 퀘스트인가?'

남들은 얻고 싶어 안달이라는데 나는 왜 이렇게 자주 만나는지, 원.

우울한 현실을 게임에서 죄다 보상받으라는 뜻인가 보다. 그리 생각하고 피식 웃을 때였다.

아는 목소리가 들렸다.

"거봐요, 형. 제가 랭킹은 보장한다고 했죠?"

"하긴, 하루 만에 레벨23이니까. 버그도 아니고."

"카이져도 이런 식으로 올렸을 거예요. 이 게임의 생명은 컨트롤 더하기 적정 퀘스트니까요. 여기에 천재적인 센스만 더해지면 덧셈 공식이 아닌 곱셈으로 성장할 수 있다는 거!"

"그래도 여기까지 오느라 30번 넘게 죽은 건 알고 있지?"

"에이~ 사나이가 쪼잔하게 그런 걸 기억하고 그래요? 그냥 남자답게 잊어버리라고요. 본전 다 뽑아낼 테니까."

"알았다, 알았어. 하하하."

빈센트와 화랑이었다. 넓어진 시야로 보자 한 사람이 들어갈 정도의 동굴이 보였다.

바로 필드에 있다는 던전이었다.

이상한 점은 들어간 것도, 나온 것도 아닌 입구 언저리에 걸치고 사냥을 한다는 점이다.

"역시 마법사의 꽃은 몰이사냥! 막강한 마법 아니겠어요?

자자~ 최고의 한 방을 위한 특별 스킬의 조합! 한 발 더 크게 갈 테니까 잘 몰아 주시고요~"

"걱정 붙들어 둬. 근데 난 법사인데 회피랑 민첩이 너무 오르는데?"

"스텝도 실전에서 스킬화시키셨으면서 약한 척하시긴~ 역사적인 회피 법사가 탄생하는 거죠. 전 집중 능력치랑 지혜가 그래요. 형 등에 업혀 다니면서 마법 쏘면 대포나 다름없겠다. 히히."

빈센트가 풀썩 앉고 화랑이 안으로 들어갔다.

'똘똘한 놈일세.'

가상현실 게임이 나온 지 아직 열흘도 되지 않은 상황이다. 그런데 자신만의 스킬 조합을 했다 하고, 무엇이 성장에 있어 가장 큰 효과를 발휘하는지 파악해 낸 것이다.

뭐, 내 알 바 아니다.

'그나저나 이제는 어디로 간다냐.'

본래 가던 남동쪽은 퀘스트와 관련된 서치 투사가 있었다. 남쪽으로 가면 빈센트 일행과 마주할 우려가 있다. 슬쩍 우회하여 가는 방법도 나쁘지 않기는 하지만, 내 사냥 스타일이 한 놈 붙들고 죽어라 몹몰이를 하는 것이 아니던가. 몬스터를 만나면 '나 여기 있소.' 하며 알리는 꼴이니.

'되돌아가서 진로를 다시 잡아야겠네.'

지도를 보았다. 표기되어 있기로 남서에서 출몰하는 몬스터는 다름 아닌 90레벨의 몬스터 코마. 여기선 한 방도 못 버틸 것이다.

당연히 기각.

"살살 가 보자."

최종적으로 내가 선택한 곳은 결국 처음의 서치 투사를 마주했던 남동쪽이었다. 달리 길이 없으니 그저 조심조심할 뿐이다.

그런데 오늘이 무슨 날이긴 날인가 보다. 더욱 뜻밖의 사람을 보게 된 까닭이다.

'죄다 만나는군.'

서치 투사와 만났던 그 자리에서 날렵하게 움직이는 이가 있었다. 그리고 조금 전까지 굳건하게 서서 창을 던져 주었던 서치 투사가 고함을 지르는 것이 아닌가. 전신에 화살을 빼곡하게 꽂은 채로 피를 줄줄 흘리며 미친 듯이 달려들고 있었다.

"크아아ー!"

꽝꽝 울리는 고함에 나의 쇼크 웨이브와도 같이 서치 투사를 중심으로 원형의 파동이 일었다. 그 파동에 맞닿자 나무가 도끼로 찍은 듯 퍽 하니 파였다. 범위성 스킬 공격이다.

그러자 상대는 몸을 허공으로 띄우며 순식간에 화살을 활시위에 걸었다.

"[헤드샷], [백스텝]!"

텅! 하니 시위가 흔들리고 화살촉에 소용돌이가 어려 날아갔다. 그리고 드러눕듯이 몸을 눕히면서 시전한 백스텝에 의해 그 자세 그대로 3m 뒤로 물러나 버렸다.

물러나면서 몸을 빙글 돌리는 여인.

붉은 머리칼을 휘날리는 그녀는 스칼렛이었다.

휘르르 돌아서는 물구나무서듯 손으로 튕겨 텀블링한 그녀에게로 눈에 화살을 꽂은 서치 투사가 창을 들고 맹렬하게 달려들었다.

몸이 붉게 변한 광기 상태.

저 상태라면 상처를 입건 말건 무조건 달려든다.

그때.

"쿠헉!"

걸음을 내디딘 서치 투사는 한 발이 기우뚱하며 빠지고야 말았다. 광기 상태임에도 몸을 움찔하는 것으로 보아 마비 효과가 있는 트랩이었다.

'그 틈에 트랩 스킬을 사용했던 거구나.'

백스텝 도중 몸을 반회전한다 했더니 그 짧은 시간에 저런 스킬을 사용했을 줄이야. 이어 그녀는 시위를 걸며 말했다.

"[헤드 샷]."

텅! 하는 활시위 소리. 마비 상태의 서치 투사는 미간을 그대로 꿰뚫려 죽고 말았다. 바닥에 머리를 박고 쓰러지는 서치 투사는 창을 제외한 남은 부분이 반짝였다.

아무래도 상위 그룹의 사냥터가 이곳인가 보다.

퀘스트와 관련된 그들의 사냥터가 이 일대임이 분명했다.

끼리끼리 모인다는 말이 있다. 유유상종이라고도 하는데 서로 어울리는 부류끼리 어울린다는 것이다. 지금 이 사냥터에 있는 이들 모두가 컨트롤에 자신 있는 고수 수준이라는 의미다.

그런 내 눈에 서치 투사를 잡아 놓고 이상하다는 듯 고개를 흔드는 스칼렛이 보였다.

리벨의 비밀 서신을 찾는 것이리라.

'퀘스트까지 중간에 방해한 셈이군.'

슬쩍 티 안 나게 되돌려 주고 빠져나가야겠다.

나는 스칼렛이 퀘스트창을 확인하는 틈을 이용했다. 저만 치 뒤로 돌아가 고꾸라져 죽은 서치 전사 밑에 리벨의 의복 세트와 비밀 서신을 내려놓고 덮었다. 들고 있는 서치 투사의 창은 줄까 말까 하다가 챙기기로 했다.

비밀 서신과는 관련도 없어 보이고 나한테도 필요한 무기 니까.

남은 일은 최대한 빨리 도망치는 것.

시야에 보이지 않게. 잠시 남쪽으로 향하던 행보 따위는 접 어 두고 나는 서치 전사들의 시신이 있는 방향에서 벗어났다.

그리고 하늘과 땅이 마구 뒤섞이기 시작했다.

'경치가 뒤죽박죽…… 아, 굴러가고 있구나.'

발을 헛디뎠는지 비탈길을 따라 몸이 굴러가고 있었다. 이 런 것도 생각하고야 깨닫게 되다니, 역시 1% 체감도는 최고 다.

[타박상으로 8의 피해를 보았으나 '전사의 육체'로 인해 견뎌 냅니다.]

[찰과상으로 6의 피해를 보았으나 '전사의 육체'로 인해 견뎌 냅니다.]

'꽤 경사가 급한데?'

무어라도 잡아서 멈추어 보려 했지만, 워낙 감각이 둔한 터라 손이 어디로 뻗어지는지 나무뿌리라도 잡긴 했는지 도무지 분간되지 않았다. 나는 그냥 계속 굴러가기로 했다.

결국, 빙글빙글 돌던 시야가 갑자기 캄캄해지더니 크게 들썩였다.

[체력 -350!]

체력이 뚝 감소하고는 멈추어 섰다. 밑바닥에 닿은 것이다.

"어처구니없게 죽을 뻔했군."

얼마나 내려왔는지 빛도 없었다. 나는 손을 더듬거려 몸을 일으켰다. 어차피 아무것도 보이지 않기에 그냥 방향을 잡고 걸어 보았다.

저벅. 저벅. 잘 걷더니 갑자기 무언가가 앞을 가로막았다.

※　　　※　　　※

오늘은 마가 단단히 꼈나 보다.

칠흑 같은 어둠 속. 지도에도 나의 위치가 나오지 않았다. 이는 지도를 제작한 모험가가 미처 탐사하지 못한 지역에 있다는 뜻이었다.

전문적인 탐험가가 모르는 숨겨진 지역.

이를 일컬어 플레이어들을 위한 비밀 던전이라 한다.

던전!

이는 사냥터 독식, 아이템 독식, 퀘스트 독식이라는 삼박자를 통해 빠른 성장을 이룰 기회였다. 혼자 먹어도 좋고 공개

해도 그 역시 좋았다. 명성이 부가되고 획득물에 따라 공헌도
까지 치솟게 되는 까닭이다.

"거참."

거부하면 거부할수록 다가오는 퀘스트!

'이걸 운수대통이라고 해야 하는지.'

주변에서는 빈센트와 화랑, 그리고 스칼렛이 저마다 사냥
을 하고 있었다. 왠지 이 던전에 들어가면 그들과 엮이는 퀘
스트를 만날 것 같았다.

가능하면 왔던 길 그대로 다시 나가고 싶은데…… 나갈 길
이 없었다.

'수직통로였나?'

어찌나 어두운지 도통 뵈는 것도 없었다.

이리 쿵!

저리 쿵!

머리를 사방에 찧어 가며 움직였지만, 그저 까마득할 뿐.

하는 수 없다.

자칫 잘못하다간 퀘스트를 받아 버릴 수도 있으니…… 죽
자!

'죽어서 마을이나 가자.'

아주 쉽고 편안한 방법이었다. 나는 서치 투사의 창을 거꾸
로 쥐고는 배를 찔렀다.

그런데 웬걸?

[자해 불가!]

미끈하게 창이 빗나가 버렸다. 자유도 높은 new century

에서 이 무슨 일일까 싶어 추가 설명을 클릭했다.

['숙련도 활성' 상태의 저체감도 플레이어는 동작 보정을 통한 성장 포인트의 분할 적용 상태입니다. 유료 패키지의 구매로 체감도를 높이지 않는 한, 시스템의 관리하에 동작 보정이 이루어짐으로 스스로 피해를 줄 수 없습니다.]

'어라?'

제한된 자유도만큼 행동 역시 제한된다니!

자살도 할 수 없는 상황이다.

"어휴!"

나는 팔짱을 끼고 자리에 앉아 버렸다.

"……이렇게 되면 던전 탐험밖에 답이 없는데."

어쩔 수 없다.

나는 레인저를 날려 보냈던 패기를 살려, 최대한 소극적으로 던전 탐험을 해 보기로 했다.

※　　　　※　　　　※

더듬…… 더듬…….

'안 보이면 감각으로 간다.'

벽면을 손으로 훑었다. 감촉을 따라 이미지를 연상하며 나름 일대를 구성해 보았다.

어루만지고 있는 벽면에는 3개의 작은 구멍이 뚫려 있었다.

문고리나 자물쇠 따위는 없는 상황.

'특정 아이템이 있어야 출입 가능한 던전인가?'

아직 모르겠다. 우선 주변을 더듬거리며 찾아보기로 했다.

둔탁한 바닥과 벽.

천정의 높이는 가볍게 뛰면 닿을 정도이니 한 3m?

'가만, 내가 얼마를 도약할 수 있었지?'

……대충 천정은 높지 않은 걸로 하자.

조금 더 돌아보았다. 나머지 다른 곳은 밋밋한 벽면이었고 죄다 막혀 있었다.

단서는 3개의 작은 구멍이 전부인 셈이다.

'손가락이라도 넣어 볼까.'

뭐라도 넣어 볼까 하는 생각에 손가락을 맞추어 보았다. 그런데 곧 오른손 검지가 쏙 들어감과 동시에 진흙처럼 구멍이 물렁물렁해지는 것이 아닌가. 그뿐만 아니라 물렁물렁해진 벽으로 삽시간에 오른손이 쑥 들어가 버렸다.

그리고.

― 뽀드득. 까드득!

저 너머에서 손가락이 갈리는 소리가 들렸다.

[손가락이 절단되었습니다!]

[상태 이상 : 출혈!]

체력이 갑작스럽게 뚝뚝 떨어진다.

갈급하게 마셔 대며 꿀꺽꿀꺽거리는 소리가 아득하게 들려왔다.

'살벌한 거.'

실로 다이나믹한 공포영화의 한 장면이다.

650의 체력이 550으로. 450······ 350······ 250까지 1
초 간격으로 줄어들었다.

그때 일그러진 성륜이 움직였다. 손바닥이 제멋대로 움직
이더니 흡착해서는 강하게 벽을 갉아먹고 무언가를 쭉쭉 빨아
들였다.

내 피가 벽면에 쪽쪽 빨리면, 일그러진 성륜이 벽면을 쭉쭉
갉아 먹었다.

급격하게 줄어들던 체력이 완만하게 유지되기 시작했다.

- 끄아아!

벽면에 핏빛이 어른거렸다.

핏빛과 함께 드러난 울퉁불퉁했던 벽은 절규하고 일그러진
인간의 모습!

베수비오 화산의 대폭발로 최후를 맞이한 폼페이 유적의
인간화석이 떠올랐다. 사람의 형체를 하고는 있으나 엉겨 붙
어 덩어리화된 형태였다. 내가 문으로 생각한 그것은 그 이질
적인 형체들이 판형처럼 박혀 들어 압착된 벽면이었다.

지도창 역시 밝아지기 시작했다.

"이거 보면 애들은 잠도 못 자겠군."

지도창의 태반이 빨갛다. 사방에 몬스터가 가득.

밀폐된 공간에서 인간화석들과 핏빛의 배경을 마주하고 있
는 것이었다.

- 피······ 피······!

몬스터가 절규했다.

오른손에서부터 흘러내린 피가 흡수되며 벽면에 핏빛이 어

렸고, 그만큼 피를 삼킨 인간형의 덩어리가 벽에서 손과 발을 꾸물럭거리며 뽑아내고 있었다.

새빨간 빛.

수많은 시체와 얼굴을 마주 댄 나.

핏빛으로 물든 동굴. 피를 빨아먹는 괴물.

제멋대로 입을 움직이며 돌을 씹어 먹는 나의 오른손!

어떤 공포물보다도 섬뜩한 상황에서 나는 꿈처럼 감흥 없이 왼손을 뻗었다.

'체감도 1% 만세.'

"쇼크 웨이브."

퉁—!

파동이 뻗어 나가며 막 몸을 꾸물럭거리는 붉은 인형을 밀어냈다. 그러나 잠시 밀리던 인형은 혈광을 내뿜어 두 발의 쇼크 웨이브를 상쇄시켰다.

그러나 효과는 있었다. 아주 조금이지만 혈광이 줄어든 것이다. 이에, 연거푸 스킬을 사용하자 미약한 방어를 뚫고 쇼크 웨이브가 제대로 적중했다.

그그극!

전면의 벽이 뒤로 밀려나 버렸다. 반대로 내 손을 붙들고 있는 얼굴 부위는 뚝 하니 떨어져 대롱대롱 매달려 있게 되었다.

"적당히 싸우고 장렬하게 산화해 볼까나."

가볍게 마음먹으며 서치 투사의 창으로 몬스터의 얼굴을 때렸다.

펑!

검은 섬광이 번쩍이더니 몬스터의 머리가 산산이 부서지고 삽시간에 체력이 300이나 차올랐다.

'이건 또 뭐야?'

창을 다시 보았다.

아이템 정보에는 사용한 까닭으로 새로운 내용이 추가되어 있었다.

묽은 어둠의 창

정련된 창에 흑마법의 힘이 어려 있다. 범용성은 없으나 제작자, 퓰라가 만든 하급 키메라에 한해 저항력을 무시하고 마력을 흡수하여 붕괴시키는 효과를 발휘한다.

속성 : 暗

사냥에 성공한 몬스터의 정체 역시 밝혀졌다.

어보미네이션(abomination) : 파편(Lv35)

퓰라의 실패작

10구의 좀비를 석화시켜 눌러 붙인 더미로서 혈력을 에너지원으로 삼는다.

이거……

'설명이 좀 그렇다?'

척 봐도 뭔가 대범한 것이 시작될 분위기였다.

    퓰라라면 내가 쇼크 웨이브로 날려 버렸던 레인저와 관련
된 퀘스트다. 이는 현재 갈렌 마을 최고수인 스칼렛이 진행하
고 있는 연계 퀘스트가 분명했다.

    아울러.

    '선두 그룹들이 죄다 이 근방에서 사냥 중이었지.'

    설마설마 하는 심정으로 있는데, 띠링! 거리는 맑은 소리와
함께 새로운 메시지가 번쩍번쩍거렸다.

    "맙소사."

    클릭과 동시에 쫙 펼쳐지는 장문의 메시지!

퓰라의 음모(1)

긴급 탈출! * (제한 시간 72시간)

    모종의 장소에서 서치를 세뇌하고 키메라를 제작 중인 마법
사 퓰라. 그의 은신처에서는 알 수 없는 음모가 진행 중이다.
풋내기 여행자 제임스는 우연히 발견한 그의 4구역 쓰레기 창
고에서 단서를 찾아 알려야 한다!

    [흑마법사 퓰라의 키메라 던전 4-A : 레허돈의 자경대장
스론의 석화된 검]

    -〉 획득 시 촌장 게론에게로

    [흑마법사 퓰라의 키메라 던전 4-B : 레인저 헌티의 석화
된 일지]

    -〉 획득 시 사냥꾼 마터에게로

    [흑마법사 퓰라의 키메라 던전 4-C : 마법사 헤인더의 석
화된 수정]

-〉 획득 시 멜도란의 경비대장 토레인에게로

　보상 : A : Lv+1 명성 +30, 오래된 용병의 무기

　퀘스트 연계 : 갈렌의 전령자

　　　　 : B : Lv+1 명성 +50, 10년 된 레인저의 부츠

　퀘스트 연계 : 사냥꾼의 기다림

　　　　 : C : Lv+1 명성 +70, 9년 된 낡은 경비대의 무구(택1)

　퀘스트 연계 : 경비대의 분투

　실패 : 명성 -300, Lv-3, 실패자의 오명(칭호), 육체의 변질(저주)

　* 조건 복수 획득 시

　(1) A+B : 멜도란의 부대장 베르타에게로

　보상 : Lv+3, 명성 300, 전용 스킬 [칼의 소리] 습득, 속삭임의 견갑

　퀘스트 연계 : 토벌대의 전투

　(2) A+C : 멜도란의 대장장이 호센에게로

　보상 : Lv+3, 명성 330, 희귀 스킬 [혹사하는 자의 육체] 습득, 번쩍임의 수투

　퀘스트 연계 : 토벌대의 준비

　(3) B+C : 멜도란의 마법사 헤로스에게로

　보상 : Lv+3, 명성 350, 희귀 스킬 [현명한 자의 분노] 습득, 눈가림의 모자

　퀘스트 연계 : 풀라의 과거 조사

"……포기하고 자살할 테다."

나는 장문의 퀘스트를 읽으며 한참을 찾고 있었다. 분명히 있어야 할 부분을.

하단 부분에 있어야 하는 Y/N.

그런데 승낙과 거절의 버튼이 없었다.

무조건 하란다.

'강제 퀘스트라니.'

실소가 절로 나왔다. 피하려고 그 노력을 했는데 이게 웬 봉변이란 말이냐.

요새대장이 거론되고, 토벌대는 물론 대단한 보상이 겹겹 이다. 그런데 웃기는 건 지금 저게 고작 분기점 (1)에 해당한 다는 사실이었다. 그런 퀘스트를 '이 자리'에서 '내가' 강제 적으로 받아 버렸다.

아, 그리고 보니 new century 첫 초기화 전에 란티놀 제국에서 떠들썩한 사건이 있었다는 이야기가 이제야 떠올랐 다. 그냥 '이런 일이 있었다.' 정도로만 알고 있는 사건.

태진이 녀석이 한 말에 의하면 이 사건 때문에 new century 다음 버전에서는 란티놀 제국이 '왕국'으로 바뀌어 서 진행됐었다. 그다음에는 녀석의 활약으로 다시 제국이 되었다기에 그냥 '그런가.' 하고 있었던 부분이다.

아무튼.

"망했다."

머리가 아파졌다.

"로그아웃!"

[시간제한 퀘스트는 중도 로그아웃 시 퀘스트의 실패로 평가됩니다.]

[로그아웃하시겠습니까?]

"취소."

'지금까지 잘 숨겨 왔는데 이렇게 허무하게 들킬쏘냐.'

랭킹과 퀘스트를 피하며 버텨 왔다. 그러니 성공도 실패도 아닌 제3의 방법을 반드시 찾아야 했다.

오른손의 성륜이 아니었다면 버티지 못했을 것이고, 우연하게 얻은 서치 투사의 창이 아니었다면 퀘스트를 받지 못했을 것이다. 만일 그랬다면 자연스럽게 죽고 다시 조용히 진행할 수 있었을 텐데, 일이 묘하게 엮여 버렸다.

그때였다.

벽면이 진동하더니 어보미네이션들이 동시에 입을 벌리며 외쳐 댔다.

– 3-C 구역에 침입자 발견.

– 침입자를 배제하라!

– 3-A 구역을 막아라!

'아무 짓도 안 했는데, 왜?'

의아해할 때쯤, 경고음과 동시에 쪽지창이 반짝였다.

영상 하나가 떠오른다. 그것은 던전에 침투한 스칼렛이 서치 투사의 창을 획득하고는 쏜살같이 도주하는 모습이었다.

'창도 필요했던 거였군.'

현재 상황은 스칼렛이 자신의 퀘스트 완수를 위해 침투했고, 그 덕에 던전에 경계령이 내려진 것이었다. 창이 필요 없을 것이라 섣불리 짐작했다가 일을 더 꼬이게 해 버렸다.

영상은 거기서 멈추지 않았다. 지금 내가 있는 밀폐된 어둠과는 달리 그녀는 횃불이 걸린 넓은 던전에서 쫓고 쫓기는 탈출극을 펼쳤다.

그 순간, 스칼렛이 목표로 한 출구에서 작은 불씨가 뛰어올랐다.

"가라, [카임의 바람 불!]"

누군가의 외침에 불꽃이 일렁이다 확 퍼져 나갔다. 범위가 넓지는 않았지만 작은 불씨가 어른 상체만 한 크기로 확 커진 까닭에 피하기가 여의치 않아 보였다. 그러나 이를 본 스칼렛이 자세를 낮추고 몸을 돌리며 스킬을 사용했다.

"[백스텝], [고요의 정신], [어릿광대의 균형]"

한껏 낮춘 자세와 뒤로 돌아 시전한 백스텝이 그녀를 더욱 빠르게 달음박질치게 해 주었다. 여기에 텀블링하며 착지한 그녀의 발이 빙글 회전하며 예상치 못한 엉뚱한 방향으로 튕겨 나가게 하였다.

그리고 그 상황 속에서 그녀가 활시위를 당겼다.

퉁!

"[둔한 발 구름], [수련자의 중심]!"

우렁찬 외침이 들렸다.

불쑥 튀어나온 이가 좌로 우로 스텝을 밟더니 번쩍 발을 올려서 화살을 차 낸 것. 곧 그는 팽이처럼 빙글 회전하더니 스칼렛에게 옆차기를 뻗었다. 3m의 거리를 가벼운 스텝으로 좁히며 날카롭게 뻗는 주인공은 화랑!

"우랍차…… 엇?"

"……유저?"

서로의 얼굴을 본 둘이 머뭇거렸다.

"엥? 웬 예쁜 누나가?"

지팡이를 들었던 빈센트 역시 눈을 크게 떴다. 단검을 꺼내 들고 옆차기에 대응하려던 스칼렛과 발길질을 멈춘 화랑이 나자빠지는 모습이 보였다. 그들 간에 교차하는 황당한 표정.

많은 생각이 스쳐 간다는 것을 표정만 보아도 알 수 있었다.

– 침입자를 배제하라!

– 크와아아!

그들은 다수의 서치 무리를 보자 고개를 끄덕였다. 눈빛만으로도 상황이 모두 전달된 것처럼 별다른 대화 없이 의기투합한 그들이 함께 싸우기 시작했다.

빈센트의 막강한 화력이 저들을 흔들고 화랑의 호쾌한 움직임이 교란시켰다. 빈틈을 모두 메우는 스칼렛의 정교함이 어우러지자 놀라운 속도로 서치 무리가 섬멸됐다.

영상은 이후 그들이 의기투합하여 제대로 던전을 탐사하고

자 진입하는 모습까지였다.

"헐~"

어보미네이션들의 경고는 내가 아니라 바로 저들의 침입이었던 것이다. 이 정도 소란이라면 내가 죽고 자시고 할 것 없이 저들만으로도 퀘스트가 진행될 것이 분명했다. 내게 이런 영상이 메시지로 도착한 것은 선퀘스트 진행자로서 알아 두라는 알림일 뿐이다.

의기양양하게 돌입하는 저들의 모습.

'힘들 텐데.'

포부 당당하긴 하지만, 스케일이 어마어마하다는 걸 잘 아는 나로선 고개가 저어질 따름이다.

'훗날엔 대단한 랭커일지 모르지만, 지금은 초보자거든.'

탁월한 컨트롤임에는 분명하나, 레벨이 너무 낮다.

제국을 전복시킬 정도의 초대규모 이벤트라 했다. 국경요새의 장군이 직접 나서서 토벌대를 조직할 정도의 퀘스트이다. 그런 것을 고작해야 초보자 마을에서의 고수들이 무슨 수로 해결하겠는가.

결과가 빤히 보였다.

하지만 중요한 것은 그게 아니었다. 분명한 것은, 창을 두고 오지 않았다는 간단한 실수 때문에 여기서 뭉치지 말았어야 할 이들이 뜻밖에 뭉치게 되었다는 사실이었다.

'가만.'

"3명이 뭉쳤단 말이지?"

그렇다면 내가 받은 강제 퀘스트를 저들에게 떠넘기는 건 어떨까.

'퓰라의 정체를 내가 아니라 저들이 밝혀 내게 하면?'

그리된다면 고맙게 융통성 있는 퀘스트가 알아서 제꺽 변경되지 않겠는가. 성공과 실패를 떠나서 말이다.

나는 불현듯 떠오른 이 아이디어를 바로 실행에 옮기기로 했다.

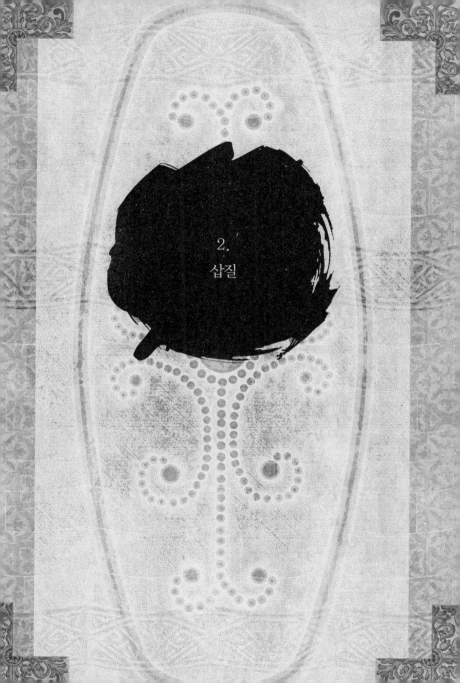

2.
삽질

옛말에 궁서설묘(窮鼠囓猫)라 했다.

이제는 능동적으로 해 주겠다.

'퀘스트 아이템들을 얻고 관련된 정보를 빈센트 일행에게 전해 주면 된다. 나 대신 그들로 하여금 퀘스트를 완수하게 하는 거지.'

중요한 사실은 내가 죽지 말아야 한다는 것과 저들이 살아야 한다는 것.

끝으로 내 퀘스트 지침대로 저들을 움직여야 한다는 것이었다.

이를 위한 나의 전술적 무기는 두 가지다.

"정보력."

게임 시스템의 이해라는 것을 제외하고도 1%라는 이점으로 퀘스트 내용을 상세히 알고 있었다. 자율성이 높았다면 굳이 4구역이니 쓰레기장이니 하는 조언조차 없었을 것이고 어떤 아이템을 얻어 누구에게 가야 할지에 대한 단서조차 없었을 것이다. 그러나 나는 1% 적용자이기에 친절히 안내를 받았고 '추월' 할 수는 없지만 '차근차근' 도달할 수 있는 이정표를 가지게 되었다.

두 번째는 성륜의 힘.

무직에 기본 스킬만으로도 이 자리에 있을 수 있게 만든 사기적인 능력이다. 피해를 전가하고 체력을 흡수하고 시신을 삼켜 상태를 회복시켰다. 아울러 조금 전 경험했듯이 어보미네이션의 공격을 상쇄시키는 든든한 방패도 되어 주었다.

이 힘으로 돌파하겠다.

"가자."

- 침입자를 배제하라!

- 침입자를 배제하라!

나는 앵무새처럼 같은 말만 하는 어보미네이션에게 창을 휘둘렀다.

땅!

천적 무기인 서치 투사의 창이 맥없이 튕겨 나왔다. 자유도의 한계로 '적'으로 인식되지 않은 사물을 공략할 수 없는 까닭.

'그렇다면.'

바로 전환한다.

창을 왼손에 들고 손바닥을 정면으로 뻗었다. 그 자세 그대로 발을 내딛으니 손이 파묻히고 피가 빨려 들어가며 지도창에 적색의 불이 들어왔다.

[어보미네이션]이라는 적이 인식 완료된 것.

이에 맞춰 창을 뻗었다.

펑!

박힌 창에서 번쩍 섬광이 일었다. 붉어지며 어스름하게 비치던 빛이 깨져 나가더니 믹서기로 갈아 마셔 버리듯 나의 오른손이 어보미네이션 파편을 빨아들였다.

체력 완전 회복. 경험치 0.7% 상승.

만족스러운 성과다.

"다음."

오른손을 뻗고, 인식이 완료되면 창을 뻗는다. 검은 섬광과 함께 부서져 내리는 파편들!

그 사이로 뚜벅뚜벅 기계처럼 전진했다.

어두운 사위를 밝히는 핏빛의 경치.

피를 먹이고 그 빛으로 적을 포착하는 방식이 순식간에 열 덩어리의 어보미네이션을 낱낱이 해체해 버렸다.

퍼펑!

부수고 또 부쉈다. 도중 레벨업을 한 포인트는 모두 힘에 집중시켰다. 지금 필요한 것은 '한 방'을 버틸 체력이니까.

마침내 곳곳에 산적한 어보미네이션들을 모두 처리하고 발을 내딛자 다음 사냥터의 문이 열렸다.

[퓰라의 키메라 던전. 4구역으로 진입합니다.]

그르르릉—!

어보미네이션의 잔해 사이로 블록이 움직이듯 벽이 교차했다. 앞을 가리고 위로 밀리며 내장처럼 움직이더니 통로를 형

성한다. 암실에 가깝던 지금과는 달리 띄엄띄엄이나마 횃불이
있어 주위가 보였다.

[이곳은 흑마법사 퓰라가 실험하며 생긴 잔해들을 버려 둔
곳입니다. A, B, C의 구역으로 나누어져 있으며 각각의 구
역은 분리, 통합, 네임드 몬스터의 출현이 순서대로 이루어집
니다. 이상의 과정을 마쳤을 때 조건 달성이 완료됩니다.]

[지독한 악취로 모든 능력치가 감소합니다. (-10%)]

[음울한 마력이 당신의 어깨를 짓누릅니다. 이동속도가 5%
감소합니다.]

페널티들의 향연.

"역시."

랭킹에 등록되지 않은 터라 최초 발견자에게 주어지는 경
험치 혜택, 아이템 획득률 상승 등의 효과가 없었다.

'륜을 들킬 바에는 그런 혜택 따위 안 받고 말겠다.'

나는 창을 곧추세우고 전진했다.

⊠　　　⊠　　　⊠

지하 감옥을 쓰레기장으로 쓴 것일까. 그보다는 점점 차오
르는 실패작들 탓에 자연스럽게 쓰레기장이 되었다는 설정이
맞을 것이다.

미로 찾기를 하듯 잠긴 창살과 열린 창살이 있었는데 너머
에서 각종 부패한 괴물들이 난동을 피우고 있었다.

[실패한] 좀비, [실패한] 서치 키메라, [실패한] 들개 인간

등등.

생김새가 하나같이, 어지간한 사람은 구토하리만큼 정말 못생겼다.

카아아!

선공형 몬스터들이 나를 공격해 왔다. 석화된 실패작 몬스터와는 달리, 정말 제대로 된 언데드 몬스터들이 죄인처럼 갇혀 있다가 나를 보고는 벌컥벌컥 창살을 열고 뒤흔들었다.

이 중 열린 창살로 피부가 벗겨져 붉은 살덩이를 보이는 서치가 내게 달려들었다.

나도 작정한 마당!

"그래, D급 좀비물을 찍어 보자."

팔 대신 달린 뼈 창을 겨누며 달려드는 몬스터들에게 마주 공격했다.

– 목이 말라…… 피…… 피를……!

뭉개진 발음. 번들거리는 눈. 처절하기까지 한 절규!

그러나 1% 체감도 덕분에 꿈꾸듯이 느껴졌다.

"조금만 떨어져서 말하라구."

파팡!

나의 쇼크 웨이브가 2마리를 날렸다. 이어 3번째 좀비의 주둥이에 손을 가져갔다. 본래라면 타격으로 치부되고 떨어져야 하지만, 성륜의 효과 탓에 내 손이 '철썩' 달라붙어 그 입을 꽉 막아 버린다.

"너도 목이 마른 거냐?"

치이이잉–!

신명 나게 움직여 대는 성륜!

지금까지와는 다른 격렬한 적대감을 보이고 있었다.

칼날이 돌아가듯 손아귀에 성륜들이 요동쳤다. 몸부림치며 달려들었던 서치 키메라가 딱딱하게 경직되어 버렸다.

'언데드에 관련된 경직이라?'

새로 알게 된 성륜의 효과다. 피를 빨아 먹고 아귀처럼 날뛰긴 하지만 성(聖)륜이긴 하단 말인가.

'악마와 계약한 태진이, 녀석이 없앤 성륜을 얻은 나.'

선과 악이라는 대립 관계로 볼 때, 성륜이 암속성을 잡고 겁륜이 성속성을 잡는 방식인 것 같다.

이것이 과연 네 번째 성륜의 효과일지, 아니면 내가 미처 알지 못했던 다른 효능일지는 장담할 수 없지만 확실한 것은 이 경직이 있어 대언데드전에서 나는 무적에 가까워졌다는 사실이다.

고민은 나가서 하자.

"덤벼라."

1초 남짓한 짧은 경직. 아울러 서치 키메라의 면상을 움켜쥐니 충격이 반감되며 내게 기회를 주었다. 그 틈에 창으로 공격했다.

크와악!

왼손을 당기고 뻗는 움직임에 펑펑 터지는 이펙트. 단숨에 서치 키메라의 체력이 70%로 뚝 떨어져 버린다. 그 충격에 경직 상태가 풀린 키메라가 공격해 왔다.

[치명적인 피해!]

뼈 창이 몸을 꿰뚫을 듯 깊숙이 찌르고 나갔다.

[체력 −400!]

괜찮다. 한 대 맞고 툭 치니 서치 키메라가 펑! 하며 터졌다.

'다음.'

한 놈을 찔러 죽여 버리고 그사이 달려들던 좀비를 잡았다. 철썩 달라붙어 경직되는 좀비에게 쇼크 웨이브를 사용한다.

그런데 이번에는 그 위력이 살벌했다. 스킬 효과에 따라 퉁! 하며 떠밀려 가는 몸뚱이와 성륜에 철썩 붙은 좀비의 머리가 따로 움직인 까닭이다.

"오호라."

찌지직!

섬뜩한 파열음 이후 좀비의 머리와 몸뚱이가 나뉘어 버렸다. 회색빛에 물들어 멈춰 버리는 몸뚱이지만, 잡힌 머리는 여전히 두 눈으로 나를 노려보고 있었다.

지금까지 일반 몬스터를 상대하면서는 절대로 보지 못했던 광경이었다.

'충격은 0인데 몸을 갈가리 찢어?'

나가떨어진 좀비의 몸체가 회색으로 변했지만 내 경험치에는 변화가 없었다. 고로 내가 노린 이 몬스터는 '살아' 있는 채 몸은 '죽어' 버렸다.

'경직시키는 성륜과 밀쳐 내는 쇼크 웨이브의 합작인가.'

마치 프로그램과 프로그램의 충돌로 일어난 현상 같았다.

1%의 사용자는 타격치로 손해가 환산된다. 어디를 공격하

나 프로그램이 같이 여기며 몬스터와의 접촉이 '금지' 되는 것이다.

반면, 성륜은 '붙잡고 흡수' 한다. 내가 누구건 성륜은 대상을 붙드는 것이다. 이로써 잡지 못해야 하는 몬스터를 내가 붙든 상황이 되었다. 그 상태에서 '적중하면 밀쳐 내는' 쇼크 웨이브를 사용했다.

그 결과, '성륜' 이라는 설정과 'new century' 의 설정이 충돌하며 이러한 결과가 나왔다!

'좋은데?'

접촉 상태에서의 쇼크 웨이브는 저항력에 방해받지 않는다니.

지금 상황에는 아주 안성맞춤이지 않은가.

나는 더욱 힘차게 사냥했다.

당기고 내뻗는 창. 표적조차 관계없이 뻗은 창에 보정 효과가 붙어 최소 충격으로 적중한다.

펑!

체력이 차오르며 머리가 튕겨 나갔다. 뒤이어 오른편에서 달려드는 [들개 인간].

개의 다리에 사람의 등, 뒤로 꺾인 머리를 가진 키메라의 아가리에 손을 뻗었다.

덜컥. 키메라가 멈추고.

펑!

쇼크 웨이브로 몸체를 날려 버렸다.

한 발이 몸통을 찢고 다른 한 발이 그 뒤편의 좀비를 밀어

냈다. 그사이 모가지만 남은 몬스터를 흡수하면 체력은 물론 마력까지 모두 차오른 상태가 된다. 주변에 목과 분리되며 new century상에서는 '죽은 것'으로 인식된 시체들이 즐비하게 널리기 시작했다.

그야말로 일격 필살이다.

"끄으으…… 다, 당신은? 이곳……은 지옥…… 도망쳐야……!"

분리한 들개 인간의 머리가 말을 했다. 들어 주면 혹 관련 퀘스트가 뜰지 모르니 바로 붙잡아 주신다. 이어 철컥 붙들고 탕! 하니 쏘아 보내면 어느새 목들만 대롱대롱 매달렸다.

마무리는 창으로 꿰어 죽이면 끝.

피와 살이 분리되는 그로테스크한 분위기. 오금이 저린 공포극 속에서 나는, 머리통만 작살내며 체력을 흡수하고 전진에 전진을 이어 나갔다.

[레벨업!]

포인트를 모조리 힘에 투자.

다음 적을 붙들고 쇼크 웨이브로 날렸다.

그렇게 10분이 흘렀다.

※　　　※　　　※

쿠웅!

4-A 구역의 모든 부분을 밝히자 벽면이 뒤집히며 새로운 방이 나타났다.

조금 넓은 쇠창살. 그 너머에 아이템 〈스론의 석화된 검〉
이 떨어져 있었다. 주위에 몬스터가 있는 것도 아니고 텅 빈
자리에 놓인 퀘스트 아이템이다.

지키는 몬스터는 어디에도 보이지 않았다.

'하긴 많이 싸우기도 했지.'

[루트 4-A : 스론의 석화된 검을 획득하였습니다.]

그렇게 안심할 때였다.

치르르릉!

볼륨감 있게 금속음이 울렸다.

쾅! 철컥!

창살문이 움직이고 벽들이 뒤로 턱턱 넘어갔다. 그러자 곧
석화된 검이 있던 방을 중심으로 사방이 확 트이더니 광장처
럼 휑하니 뚫리는 것이 아닌가.

분리와 통합이라는 것이 이걸 뜻했었나 보다. 그렇다면 하
나로 확장된 방에서 남은 것은……

[네임드 몬스터 〈어보미네이션 - '탐욕'〉 출현!]

거대한 붉은 점이 지도창에 나타났다.

"어디 있는…… 헉!"

위가 어두워지더니 눈앞이 캄캄해졌다. 육중한 무언가가
덮쳐 오고 있는 것.

굼뜬 이 몸으로 피하기엔……!

'늦었다.'

쾅-!

눈앞을 가로막는 거대한 돌기둥이 놀라운 속도로 날아들었

다. 나는 서치 투사의 창을 마주 뻗었다. 그리고 돌기둥과 창이 맞부딪치는 순간, 생소한 메시지가 떠올랐다.

[넉 백(knock back)!]

[마력 충돌!]

드세게 몸이 울렸다. 곧 천장이 바닥으로, 바닥이 천장으로 교차하더니 어느새 나의 몸이 벽면에 파묻히듯 박혀 있게 되었다.

[중급 키메라의 마력과 충돌한 '묽은 어둠의 창'이 파괴됩니다.]

창이 부서져 내렸다.

위를 보지만 시야가 점점 밑으로 내려갔다.

고개가 올라가지 않는 것이다.

[큰 충격으로 쇼크 상태에 이르렀습니다]

체력이 단숨에 50% 이상으로 감소할 경우 맞게 되는 상태 이상이었다. 1분간 거동을 못 하는 것으로서 사실상 죽었다 해도 과언이 아닌 상황이다.

그런 나의 눈에 여기저기의 얼굴을 뜯어 붙인 것 같은 면상, 힘줄이 번들거리는 벌크 상태의 두 팔, 열린 뱃가죽으로 썩은 피를 흘리고 있는 '키메라'가 보였다.

– 퀴이아아!

턱관절이 찢어지며 얼굴 크기만 하게 입을 쩍 벌리는 키메라.

족히 2m 30cm는 됨직한 키메라가 천장 벽면을 들고 있었다. 두 손을 쥐어 과자 부수듯 벽을 으스러뜨린 몬스터 때문에 썩은 피가 튀었다.

－ 중독! 해독 전까지 초당 3의 체력이 감소합니다.

－ 쿼르르르르!

이지러진 입. 뱃가죽의 열린 입이 동시에 괴이하게 웃었다. 그리고 확인된 네임드 몬스터, 〈어보미네이션 － 탐욕〉의 레벨은 무려 60.

30~40대 몬스터들 사이에서 느닷없이 출연한 60레벨의 몬스터였다.

'구역마다 저런 몬스터가 지키고 있단 말이지?'

보상이 후한 이유가 있었다.

[공략 팁 : 퓰라의 초기 성공작인 〈어보미네이션 － 탐욕〉은 하급 몬스터를 먹음으로써 상태를 회복하고 진화합니다. 최대한 빨리 남은 시체를 파괴하여 성장을 막고 처리하십시오. 시간이 관건입니다.]

좋은 정보이긴 한데, 쇼크 상태인 내가 무엇을 할 수 있겠는가. 그저 보고만 있을 뿐이었다. 그러자 나를 보던 키메라가 쩝쩝 입맛을 다시더니 돌연 반대로 움직였다.

으적으적.

바닥에 널브러진 회색 시신을 움켜쥐고 먹어 버렸다. 또 열린 뱃속에 쓸어 담기까지 했다. 이빨이 쩝쩝 씹고 창자가 녹이며 좀비와 키메라들을 꿀꺽꿀꺽 소화했다.

[〈어보미네이션 － '탐욕'〉이 성장을 시작합니다.]

[1%…… 5%…… 10%]

[〈어보미네이션 － '탐욕'〉 60 －〉 62Lv!]

몸이 불룩거리며 더욱 커졌다.

성장하는 네임드 몬스터.

시체 하나당 1업씩.

후반에 들어서는 성장이 더뎌지긴 했지만, 여전히 폭발적인 레벨업이었다. 흡입한다 싶을 정도로 우걱우걱 삼켜 댄 몬스터는 레벨105라는 엄청난 괴물로 변해 버렸다.

레벨이 5 상승할 때마다 팔이 튀어나오고 다리가 늘어나 정말 '몬스터'라는 말 그대로의 모습. 근육 위에 갑주를 걸친 양 두터운 표피에 싸인 초대형 괴물이 탄생했다.

쇼크 상태가 풀린 나는 오른손을 내밀고 타이밍과 간격을 쟀다.

❈   ❈   ❈

승산은 확실히 있었다.

거대해진 네임드 몬스터.

놀라운 위용을 자랑하는 이 몬스터는 사실 머리통이 살집에 완전히 파묻히고 보이지조차 않았다. 나는 그 이유를 잘 알았다. 놈이 먹으며 어떻게 성장했는지 똑똑히 지켜본 까닭이다.

〈어보미네이션 - '탐욕'〉은 시체를 먹은 만큼 그 부위가 불어나는 '설정'을 갖고 있었다.

시체를 먹고 흡수하여 성장하는 방식인 것.

그런데 이곳에 남은 시체들은 모두 머리가 없는 상태였다.

'성륜이 갈아 마셔 버렸으니까.'

덕분에 몸통과 팔다리는 늘어났지만, 놈의 머리는 그대로 였다.

머리는 두고 몸만 크면 어찌 되겠는가.

어깨 근육이 올라오고 팔이 불끈 돋아날수록 점점 목 윗부 분이 숨겨지다시피 됐다. 그럼에도 왜 '탐욕'이라는 이름이 붙었는지 말하듯, 열린 뱃속으로 주워 담아서 쓸어 넣었으니. 현재 105레벨의 네임드 몬스터는 앞 못 보는 장님인 것이다.

악마와 초월자. 그들 간의 설정이 충돌하여 빚어낸 촌극이 었다.

뒤뚱~ 뻑!

발을 내딛더니 벽에 머리를 박았다.

- 쿼르릉!

신경질적으로 벽면을 때리더니 다시 반대로 뒤뚱거리며 움 직였다.

나는 여섯 개의 팔과 네 개의 다리로 버둥거리는 네임드 몬 스터에게 천천히 다가갔다.

'한 번이라도 공격을 허용하면 바로 죽는다.'

조심. 또 조심.

아무리 높은 자유도라 할지라도 나와 내 앞의 몬스터는 모 조리 '턴' 방식으로 공격을 주고받게 된다. 시스템상 설정된 공격속도에 따라서 그 순번이 정해진 것이다. 그렇다면 '앞을 보지 못하는 어보미네이션'에게 간격만 잘 재고 들어가면 나 는 먼저 일격을 날릴 수 있게 된다.

그리고 내 공격은 경직 효과를 동반한다.

'공격 지연은 3초.'

이동과 공격, 공격과 공격 사이의 타이밍을 노렸다. 유효 범위 반경 5m. 넓은 범위이긴 하지만 저 혼자 부딪치고 발광하는 틈을 노리면 충분히 가능했다.

"지금!"

벽에 화풀이하는 바로 그 타이밍에 들어가 손을 뻗었다. 네 개의 기둥 같은 다리를 붙들자 거대한 괴물이 덜컥 멈추었다.

기회!

"쇼크 웨이브."

콰작!

순간 기둥뿌리 같은 다리 한짝이 그대로 분리되어 버렸다. 내부에서 폭발한 파동이 new century의 설정에 따라 네임드 몬스터를 밀어낸 것.

아이템이 비처럼 쏟아졌다.

'부위별로 아이템이 떨어지나 보군.'

- 크와아아악!

놈이 발광하며 쿵쾅쿵쾅 달려들었다. 3개의 발과 6개의 팔로 땅을 짚고 달리는데 가히 탱크 같은 압박감이다. 녀석은 가로막는 모두를 깨부수며 다가왔다. 무너질 듯 동굴이 뒤흔들리고 흙먼지가 짙게 일어났다.

'큰 공격은 5초 지연.'

나는 그 사이로 다시 다가가 여러 개의 팔 중 하나를 붙잡았다. 이어, 거목을 쓰러뜨리는 나무꾼처럼 밑동에 느릿하며 확실한 도끼질을 했다.

"쇼크 웨이브."

퍼적!

– !!!

파고들어 간 몬스터의 비명이 벽을 부르르 진동시켰다. 성륜이 자연스레 '떨어져 나간 팔'을 흡입하며 상태 회복과 아이템을 선사했다. 물론 확인할 필요 없이 다시 스킬을 사용하고 몸을 움직였다.

꽈릉!

폭주하는 전차가 이러할까.

소리를 내며 위협적으로 일대를 풍비박산 내는 네임드 몬스터.

그러나 보이지 않는 공격의 방향은 유도하면 그만이다.

확실한 무기와 공략법을 인지하고 평정심이 유지되는 지금, 승패는 정해져 있는 셈이었다. 내가 긴장해서 실수를 하면 모르지만, 1% 체감도인데 '긴장'을 할 리가 있으랴.

차근차근.

내 눈높이까지 하나씩 해체한다.

초 간격을 재고 접근. 그 발에 손을 가져갔다.

쇼크 웨이브라는 투박한 스킬은 또다시 네임드 몬스터, '탐욕'의 다리를 분리했다.

'이만한 버그를 갖고도 공략 못 하면 내가 병신이지.'

몬스터를 공략하며 확실하게 깨달을 수 있었다. 암속성과 성속성은 성륜과 겁륜의 관계와 닮았다. 이는 new century

의 신과 악마를 조사하면 '진실에 접근' 할 수 있다는 의미.

현실에서 성륜을 모으고 이를 기반으로 new century의 접점을 파헤쳐 내는 것이다.

– 크와아악!

괴물의 포효는 듣기 싫은 소음에 불과할 뿐이다.

더 이상의 스킬도 필요 없다. 나아질 컨트롤도 없었다. 이 게임 세상에서 내가 발전하고 갖춰야 할 힘은 바로 '성륜'에 있었다.

행복한 삶을 위해 갖춰야 할 필수적인 힘은 레벨이나 스킬, 랭킹 따위가 아닌 막강한 시스템 그 자체를 손에 쥐는 것.

new century에서 내가 가야 할 길이며 갖춰야 할 무기가 바로 이것이었다.

※   ※   ※

환장하겠다.

로그아웃도 못한 채 어언 40시간째 플레이 중.

'……이러다 질려 죽겠어.'

진행 상황은 아주 좋았지만 내 심정은 '정말 피곤하다' 였다.

그러나 이제 슬슬 끝이 보인다!

풀라의 음모(1)

> 긴급 탈출! * (제한 시간 72시간 : 남은 시간 32시간 37분
> 28초)
>
> 　모종의 장소에서 서치를 세뇌하고 키메라를 제작 중인 마법
> 사 퓰라. 그의 은신처에서는 알 수 없는 음모가 진행 중이다.
> 풋내기 여행자 제임스는 우연히 발견한 그의 4구역 쓰레기 창
> 고에서 단서를 찾아 알려야 한다!
>
> 　[흑마법사 퓰라의 키메라 던전 4-A : 레허돈의 자경대장
> 스론의 석화된 검]　*획득!
>
> 　[흑마법사 퓰라의 키메라 던전 4-B : 레인저 헌티의 석화
> 된 일지]　*획득!
>
> 　[흑마법사 퓰라의 키메라 던전 4-C : 마법사 헤인더의 석
> 화된 수정]　*획득!

　[던전 4구역 완파! 출구와 3구역으로의 길이 열립니다.]

"드디어……."

　주마등처럼 스쳐 가는 시간은 오로지 사냥의 연속이었다.
정물화와도 같고 똑같은 장면을 무한 반복해서 보는 것과 진
배없는.

　'생각하지 말자.'

　떠올리기만 해도 지겹다.

◈　　　◈　　　◈

　뻑뻑하게 시야를 가렸던 벽면이 와르르 무너져 내렸다. 폐

광에 비추는 한 줄기 햇살처럼 저 위쪽의 빛이 온기를 품고 내려왔다. 다른 벽면에서는 음울한 귀곡성이 울리며 새로운 시련의 시작임을 알려 주었다.

산소를 가득 담은 살랑 바람이 불어온 걸까.

살점과 혈육의 파편. 한바탕의 지옥도가 펼쳐진 던전의 횃불들이 일제히 타올랐다. 핏빛 두개골이 바닥을 뒹구는 을씨년스러운 복도, 흥건히 고인 피 웅덩이 사이로 나의 모습이 언뜻 비쳤다.

무소의 뿔처럼 우뚝 솟은 투구의 뿔.

안면을 덮은 두개골. 삐쭉 나온 송곳니.

붉은 피가 뚝뚝 떨어질 것만 같은 핏빛의 갑주는 견고함은 물론, 길게 뻗은 스파이크(spike)만으로도 위협적이기 그지없다. 여기에 네임드 몬스터에게 얻은 2m 크기의 그레이트 엑스, 〈망자의 광란〉을 들고 있으니 가히 공포영화 주인공이라 해도 좋을 것이다.

'누가 보면 몬스터로 오인할 모양새지만.'

성능은 최고다.

써 보기 전엔 미처 몰랐다. 플레이어들이 왜 좋은 아이템에 목매는지.

그러나 죽도록 고생하던 중 바꾼 장비로, 열 번 때려야 하던 놈이 한 방에 나가떨어지는 희열을 느끼니 이해가 되었다.

〈망자의 광란〉 [Great Ax] * 정확한 감정이 필요합니다.
극한의 고문과 실험으로 미친 영혼을 봉인한 도끼 〈키메라〉

'좀비 워리어'가 사용하며 시독(屍毒)이 깊숙이 배어들었다. 썩은 골수와 좀비 워리어의 두개골을 갈아 만든 강철괴, 정강이뼈로 만들 수 있는 아이템이다. 산 자에 대한 증오심과 평온한 자에 대한 분노, 축복받은 자에게 강한 적개심을 갖게 된다.

속성 : 暗

착용자(제임스)의 속성 : 中

(속성 불일치로 아이템의 효과가 제한됩니다)

* 효과 : 체력 +1,000, 공격력 300~?, 방어력 50, 힘 +30, 지혜 −10

대형 무기(소형 1~5인, 중형 1~3인) 동시 공격 가능

대형 몬스터에게 공격력 +20%, 이동속도 −3%, 공격속도 −9%

상태 이상 〈중독〉 : 휴식을 통한 체력 회복이 이루어지지 않으며 초당 1의 체력이 소모됩니다.

* 생성 스킬 : [피맺힌 절규] [광란의 일격]

[피맺힌 절규] : Active(Lv1 0.00%) 〈사용 불가〉

고통받은 영혼을 불러 그 한을 토해 낸다. 대상의 정신력에 따라 상태 이상 혼란, 두려움 등에 빠지게 되고 전의를 상실하게 한다.

재사용 시간 : 5분

효과 : 20의 혈력을 소모하여 반경 20m의 모든 적에게

5등급의 상태 이상을 일으킨다.(저항력에 따라 피해 정도가 달라진다)

: 아군에게 공격력 +5%, 이동속도 +5%, 방어력 −7%, 저항력 −7%의 오라 적용

[광란의 일격] : Active(Lv1 0.00%)

미쳐 버린 영혼은 자신의 몸을 사리지 않는다. 한계를 넘는 공격은 내 숨통과 적의 뼈를 동시에 끊어 버릴 것이다.

재사용 시간 : 30초

효과 : 체력 100~2,000 선택. 공격력에 가산되며 받는 피해 역시 가중된다.

: 공격력 +10%, 방어력 −15%

참 마음에 든다.

'그나저나……'

거듭 주위를 살폈다. 혹, 누군가 보기라도 할까 조심하는 것이다.

사용하면 사용할수록 이 성륜이라는 것은 정말 들키지 말고 조심해야 할 버그임이 거듭 확인됐다.

new century는 정말 현실적인 가상현실 게임을 자랑한다. 그렇기에 '완제품'이랄 수 있는 무구는 오직 '보스급의 몬스터'에게 '퀘스트를 통해서'만 얻을 수 있었다.

이외에는 모두 다 관련된 '재료'만을 얻을 수 있고, 이 재료를 가공하거나 조합하여 직접 '제작'하는 수밖에 없었다.

여타의 몬스터가 완제품을 남기는 일은 그야말로 벼락을 열 번 내리 맞을 확률. 인간형 몬스터를 잡는다 할지라도 그들이 '검' 을 고스란히 남기는 일 역시도 드물었다.

검편, 손잡이 등의 부품만 남기기 일쑤인 것.

아, 물론 초보템은 예외다.

'서치의 단검 따위.'

초심자들의 편의를 위해 쉽게 얻을 수 있게 해 놓았으니까.

조잡한 무기는 쉽게 얻되, 제대로 된 장비는 절차가 까다로 운 것이다.

'그런데 난 세트로 입고 있으니.'

성륜 만세, 만세 만세다.

〈탐욕자의 갈망〉 [세트 아이템] * 정확한 감정이 필요합니다.

저열한 피와 끝없는 탐욕이 깃든 방어구로서 어보미네이션 '탐욕' 의 피와 뼈. 힘줄을 가공 처리하고 뛰어난 판금장인의 솜씨가 가미되어야 얻을 수 있는 아이템이다. 막강한 힘을 얻을 수 있으며 그 식성에 영향을 받아 상한 음식과 독을 먹어도 모두 소화할 수 있다.

속성 : 暗
착용자(제임스)의 속성 : 中
(속성 불일치로 아이템의 효과가 제한됩니다)

〈착용〉

헬멧(힘 +8) (지혜 −7)메일(힘 +13) (민첩 −4)

파울드론(힘 +13) (민첩 −4)벨트(힘 +8) (민첩 −3)

레깅스(힘 +11) (민첩 −5)부츠(힘 +9) (민첩 −3)

〈미착용〉

없음

〈세트 효과〉

* 힘 +60, 체력 +2,000, 민첩 −30, 지혜 −40

* 공격속도 −10%, 이동속도 −20%

* 생성 스킬 [굶주린 자의 흉성] [딱딱한 피부] [피의 갈증]

 정식으로 제작한 아이템이 아니기에 모든 효능을 알 수는 없었다. 그러나 빈곤한 상태창과 몸으로 알아낸 효과만으로도 매우 만족스러울 정도다.

 탐욕자의 갈망을 입으며 갖게 된 스킬들은 패시브 2개와 액티브 1개였는데 '씹을 수 있는 모든 것을 소화할 수 있다' 는 [굶주린 자의 흉성]. '피부 그 자체만으로도 단단한 갑옷 이 된다' 는 [딱딱한 피부]가 패시브였고, [피의 갈증]은 혈력을 소비하여 공격, 이동, 반응속도, 치명타 확률 등을 모두 증가시키는 액티브 스킬이었다.

 new century의 연금술사를 찾아가면 마법 아이템들의 스킬들만 빼내서 익힐 수도 있다지만.

 그것 역시 퀘스트의 일환이니 포기하기로 했다.

 나는 채 분배하지 못한 포인트들을 분배했다.

당장은 체력이 중요하니 350포인트를 모조리 힘에 투자한다. 여기에 혈력 35포인트 역시도 체력을 증강할 수 있는 전사전용의 스킬인 [혈력 집중]에 투자했다. 그 결과 [혈력 집중] 스킬의 레벨업 효과로 총체적인 힘의 증강이 98이나 이루어졌고 이로써 얻은 9의 혈력은 다시금 [고통의 희열]로 분배, [혈력 집중]에 재투자했다.

그 결과. 1Lv 상승 시 4단위, 10단위로 오르던 스킬 효과가 9Lv에서 10Lv. 즉, 마스터하여 2배로 껑충 뛰어 버렸다.

제임스Lv60(전사)

힘 : 690(+152) 혈력 : 12(+15)

민첩 : 49(-19) 기력 : 0(-2)

지혜 : 100(-17) 마력 : 10(-2)

위엄 : 6(-1)

혈력 집중 : passive(Lv10 * master)

지닌 바 혈력으로 신체를 강화한다.

효과 : 힘64 상승

직업 효과 : 힘160 추가 상승. 체력 20% 미만 시 공격력 36%. 공격속도 36% 증가

습득 조건 : 혈력1

최하급 스킬이랄 수 있는 [혈력 집중]만으로도 상승치가 대

단했다.

'중, 후반부 스킬이라면 어떨지.'

조합된 스킬트리가 얼마나 현란할지 짐작이 가지 않을 정도였다.

정상적으로 이 게임을 즐기는 것도 꽤 재미있으리라는 생각이 '아주 잠깐!' 스쳐 갔다.

"뻐근해."

야근하고도 퇴근 못 하는 심정이다.

신속히 어서 이 세상을 탈출해야 했다. 나는 복잡해지는 머리를 가라앉히고 서둘러 포인트 분배를 마무리했다.

전사의 육체 : passive(Lv5 301.97/500.00%)

두드려 강해지는 강철과도 같이 전사의 몸은 고통에 굴하지 않는다.

효과 : 8%의 물리적 피해를 감소한다.

직업효과 : 피해50 감소

Lv10 상승 시 신장 1㎝ 증가

습득 조건 : 혈력1

2레벨이던 전사의 육체가 5레벨이 되었다.

최대 체력 7,210의 전사. 든든한 체력을 믿고 나는 걸음을 옮겼다.

'또 사냥이 이어지겠군.'

가능한 한 짧게 끝나기를 기원한다.

✠　　　✠　　　✠

　　녹슬고 찐득거리는 사다리를 오르자 하수구 뚜껑 너머로
길게 뻗은 통로가 보였다.
　　고개를 슥~ 내밂과 동시.
　　띠링!
　　메시지가 도착했다.
　　[퓰라의 키메라 던전. 3구역으로 진입합니다.]
　　'안다.'
　　[이곳은 흑마법사 퓰라의 키메라들이 강화되고 변형되는 실
험장입니다. A, B, C, D, E, F의 구역으로 나누어져 있으
며 각각의 구역은 유기적으로 복합 연동됩니다. 네임드 몬스
터(퓰라의 여섯 제자)의 출현이 랜덤으로 이루어지며 몬스터
형, 인간형, 전사형, 마법사형에 따라 각기 대처가 달라집니
다.]
　　'음?'
　　['주시자'를 조심하십시오. '주시자'에게 적발될 경우 흑
마법사 퓰라(400Lv)가 등장하게 됩니다.]
　　'헐?'
　　진정한 보스 몬스터가 현신한다니. 레벨만 해도 엄청났다.
무려 400이라지 않는가. 회귀 전, 게임에 미쳐 있던 태진이
가 도달한 최고 레벨이 320이었다는 것을 고려하면, 절대로
이겨 낼 수 없는 보스급이 확실했다.

[농밀한 어둠의 마력이 당신의 심장을 압박합니다. 모든 능력치가 감소합니다. (-20%)]

제약이 이전보다 배는 되었다. 게다가 여기서 끝이 아니었다.

[음울한 마력이 당신의 어깨를 짓누릅니다. 이동속도가 감소합니다. (-10%)]

[침입자들 때문에 역장이 작동 중입니다. 모든 스킬 사용에 제한을 받습니다. (실패율 +30%)]

[경각심으로 완전한 전투 태세입니다. 가혹한 지휘로 삼엄한 군기가 일대를 짓누릅니다. (공격속도-8%, 반응 -10%)]

상황이 더욱 힘들어졌지만.

뭐.

'언제는 정상적으로 플레이했더냐.'

심기일전하며 고개뿐이 아니라 아예 상체를 끄집어 올렸다. 벽면에 기대어 살짝 저편을 살폈다.

사주경계 중인 몬스터가 보였다. 잘 훈련받은 군인처럼 자신의 자리를 지키고 있는 그것들은, 들어오기 전 손쉽게 잡고 몰이사냥까지 했던 서치였다.

그런데 위쪽에 뜨는 이름과 레벨이 사뭇 심상치 않았다.

'60Lv 강화된 서치 경계병. 63Lv 강화된 서치 궁병.'

흔하게 보이는 간부급의 서치는 70레벨이 넘고 있었다.

그러나 준 보스건 어떤 몬스터건 내가 '먼저' 발견하고 손만 가져다 댈 수 있으면 풀라는 물론, 어떤 몬스터라도 일격에 날려 버릴 자신이 있다.

'3-C 구역에서 침입자를 발견했고 A 구역을 막으라 했었지.'

이는 출입구가 A 구역에 있고 C 구역에 가면 그들을 발견할 수 있다는 이야기였다.

"가 볼까."

왼손에 도끼, 오른손에 스킬을 준비하며 나아갔다. 안 그래도 느린 이동속도가 더욱 느려져서 뛰는 것이 빠르게 걷는 지경이다.

순찰 중인 1개 조에게 당연히 발견되었다.

"침입자다!"

"창병 앞으로!"

"앞으로!"

상급자 서치가 검을 겨누고 두 병사가 창을 뻗었다.

후위에 있는 서치 정찰병이 활을 겨누었다.

매섭게 날아드는 화살!

나는 든든한 갑주를 바탕으로 맞아 가며 접근했다.

"쇼크 웨이브."

퍼펑! 터져 나가는 파동을 투명한 막이 막아 냈다. 다른 조에 포함된 서치 메지션이 실드 마법을 사용한 것이다. 이에, 공격을 맞으며 도끼를 뻗자 막강한 공격력이 실드를 와장창 바쉈다.

그 빈틈으로 곧 딜레이 없는 쇼크 웨이브를 연이어 사용했다.

"방패!"

칼을 내뻗던 서치가 재빨리 몸을 돌리며 대응했다. 그러나 능숙한 대처건 아니건 내 공격은 시스템에 따라 들어갈지니.

"키엑!"

팔뚝을 가린 방패째 서치 한 마리를 훌쩍 날려 버리고 두 번째의 파동이 창병을 밀어냈다.

드러난 빈틈.

오른손을 쭉 뻗어 서치 상급자의 머리를 손으로 쥐었다.

치이이잉-!

"이제 끝이다."

성륜의 가동이 시작되면 이제부터 내 싸움이 시작되는 것이다.

펑!

붙들고 사용하는 쇼크 웨이브가 일격에 상급자를 절단시켰다. 머리통을 도끼로 깨부순 뒤 다른 놈을 잡는다. 그리고 재차 사용. 어느 놈이건 한 놈만 잡히면 그때부터 줄줄이 엮인다.

"끼에엑!"

3-E 구역을 이렇게 돌파했다.

'우선 A 구역으로 가 퇴로를 확보하는 것이 먼저다.'

한가하게 사냥하다가 퓰라의 제자라도 등장하면 낭패다.

공격을 몸으로 견뎠다. 막강한 방어력과 체력이 쭉쭉 빠지면 붙들고 있는 서치는 사경을 헤맨다. 그러다 틈을 보고 몸통을 날려 버린 뒤 다른 대상을 노리는 방식이다.

단순 명료하지만 절대로 흐름이 끊어지지 말아야 한다는 것이 관건.

화력이 집중되는 것을 방지하는 것은 기본이다.

지도를 보고 좁혀 오는 포위망을 응시하며 빈센트 일행을 찾는 것도 병행했다.

그때였다.

움푹!

달려든 서치들에게 밀려 뒷걸음질 쳤을 때, 땅이 풀썩 꺼졌다.

띠링!

[자이언트 몰(Giant Mole)의 땅굴에 빠졌습니다.]

'두더지의 땅굴?'

생소한 나와는 달리 서치들은 부리나케 움직인다.

"또 함정이다!"

"준비했던 추적 마법을 써!"

"그게, 실드를 사용하느라 캔슬이 된 상황입니다."

사방에서 찍찍거리는 서치들의 대화가 이어졌고, 휘청거린 나와 다섯 마리의 서치들이 일제히 우루루 떨어졌다. 그와 동시에 발목을 갈고리 같은 것이 낚아채더니 빠르게 이동하기 시작했다.

어두워졌다가 확 밝아진다. 서치들과 함께 줄줄이 끌려가다 벽면을 뚫고 도착한 곳.

나는 먼저 떨어져 해롱해롱거리는 서치들 너머를 보았다. 땅굴에 머리를 연신 부딪치며 도착한 장소에는 황갈색의 거대 두더지들이 발톱으로 주둥이를 털어 내고 있었다.

'몬스터가 아니군.'

자이언트 몰은 지도창에 파란색이었다. 게다가 가까운 곳에서 반짝이는 흰 빛까지.

그렇다면 저들은 모종의 퀘스트를 통해 NPC들과 함께 이곳에서 사냥하고 있다는 이야기가 된다.

그때 내 귀로 익숙하고 반가운 목소리가 들렸다.

"와! 생긴 거 봐, 살벌하다."

"선빵 갈겨!"

"걱정 말라고요~ 누나, 트랩 완료?"

"OK."

소리가 나는 쪽을 보자 빈센트 일행이 보였다. 쪽지창에는 A 구역으로 들어섰다는 메시지까지 떠오른 상황.

예상했던 것보다 너무도 수월하게 일이 진행되어 버린 것이다.

'잘됐다.'

이제 나도 로그아웃할 수가 있는 거다. 이제 이 아이템들만 건네주고 적당히 둘러대면 모두가 행복해진다.

그런데 기쁜 마음으로 다가가는 내 발에 무언가가 걸렸다.

끼릭!

퉁— 팍!

[마비 트랩이 작동합니다.]

[〈탐욕자의 갈망〉이 하급 트랩을 무시하였습니다.]

움찔하는 사이, 뒤이어 긴 지팡이 위로 이글거리는 불꽃이

피어올랐다. 똑바로 정면을 겨누는 뒤로 씩 웃고 있는 빈센트
가 보였다.

'헐?!'

어떤 식으로 버티고 있나 했더니, NPC의 도움을 받으며
'낚시'를 했던 모양이다. 땅굴을 파고 움직이는 자이언트 몰
이라면 던전에서 가장 확실한 게릴라군이 될 것이니까. 퀘스
트 배경은 자이언트 몰의 부탁에 저들이 수락하는 식으로 이
루어지지 않았을까 예상해 본다.

"[파이어 캐논]!"

활활 타오르던 막강한 불길이 일직선으로 줄기줄기 뿜어졌
다. 반사적으로 움켜쥐고 있는 서치를 내밀어 막아 내는 나.

스킬을 발동했다.

"쇼크 웨이브."

퍽! 터져 나가는 몸뚱이가 빈센트의 마법을 부분 상쇄시켰
다. 이어, 사냥 중이었던 서치 병사의 머리를 도끼로 까부순
뒤 흡수하는 것으로 모든 상태를 회복했다.

곧, 도끼를 높이 쳐든 뒤.

"생긴 대로 살벌하게 막아 버리네."

"조심해. 온다!"

"선공(先攻)."

애매하게 살아서 꿈틀거리는 서치를 향해.

"광란의 일격."

내려쳤다.

후웅—

전신의 근육이 모여졌다가 확 풀리는 이펙트. 공기가 떨리며 육중한 도끼가 섬뜩하게 3마리의 서치를 절단했다.

써걱!

"엥?"

"헉!"

"!"

말 그대로 이등분되어 토막 난 서치들.

체력 2,000을 담은 최선의 일격. 3마리 적중으로 내 체력이 6천이나 빠져나가는 막강한 공격이었다. 압도적인 공격력으로 서치들의 허리가 그대로 절단되는 광경까지 보이지 않았던가.

나름 분위기 반전을 노리며 보인 이벤트에 저들이 멈칫했다. 나는 그 틈을 타 투구를 벗으며 말했다.

"오랜만입니다."

내게 꿈 없는 편안한 잠을 자도록 해 줄 고마운 사람들.

'자, 이제 이 아이템을 받고 얼른 끝내는 겁니다.'

그들을 보는 내 입가로 미소가 절로 지어졌다.

✕   ✕   ✕

저들의 표정은 제각각이었다.

의문을 가득 품은 빈센트. 경계하며 곰곰이 생각하는 화랑. 의외인 것은 놀랐다가 이내 웃으며 어깨를 으쓱거리는 스칼렛이었다. 마치 나를 이전부터 안 것처럼 편하고 자연스러워한다.

'역시'라는 모습이랄까?

난데없이 등장한 나를 궁금해해야 하는데, 그녀의 반응은 정말이지 예상 밖이었다. 고작 2번 마주쳤던 것이 전부인데 왜 저리도 나를 '잘 아는 것'처럼 보이는 걸까.

여하간, 지금 중요한 것은 그게 아니었다.

나는 이들에게 아이템을 건네고 퀘스트를 해결할 방법을 생각했다.

솔직하게 다 터놓으며 말을 하는 방법, 살짝 속이는 방법, 일부만 말하는 방법 중 무엇을 택하는 게 좋을까.

솔직하게 말하려면 성륜에 대해서도 말해야 한다. 살짝 속이자니, 빈센트와 스칼렛의 뛰어난 머리가 우려됐다. 그렇다면 일부만 말하고 일부는 속이는 방법을 쓰는 것이 좋을 것이다.

'태진이에게 방해가 안 될 정도의 정보라면······.'

얼만큼만 알려 줘야 할까.

고민하는 그때 빈센트가 물었다.

"토끼 잡던 제임스 형, 맞죠?"

"동명이인이 또 있지 않다면 내가 맞겠지?"

"하긴, 앞머리로 얼굴 가리는 구린 패션이 두 명일 순 없죠."

그러자 빈센트가 눈을 수십 번 깜빡였다. 그 짧은 사이 초 단위로 눈을 깜빡이다니······ 귀엽기도 하고 머리가 팽팽 돌아가는 것이 느껴질 정도다.

"아! 그때 피렛의 가게 앞에서 뵀던?"

화랑이 손가락을 튕겼다.

활동성 있게, 마법사임에도 소매와 바짓단을 질끈 묶은 모습이었다. 쥐고 있는 지팡이는 정신 집중의 아이템이라기보다는 봉처럼 붕붕 돌리고 때리는 일이 더욱 잦았다.

나는 생각할 시간도 늘릴 겸, 희극적으로 길게 응수했다.

"당신의 발차기에 반한 구경꾼이 맞습니다."

"이거 다행이네요. 사실 저 혼자 알은척을 한 줄 알고 속으로 엄청나게 걱정하고 있었거든요."

느릿하게 도끼를 바닥에 놓았다. 육중한 무게가 쿵 하니 벽면을 울렸고 땅에 기둥처럼 뿌리내렸다.

현재 있는 곳은 3구역의 A(*) 지점. A 구역에 속해 있긴 하지만 자이언트 몰에 의해 마련된 모종의 통로인 듯했다.

벽에는 횃불이 있었고, 그 덕에 시야에 큰 무리가 가지 않았다. 주둥이 청소를 마친 두더지들은 두꺼운 가죽과 강한 앞발로 다시 움직이려는 기미를 보인다.

다시 낚시를 실행하려는 모양.

이를 빈센트가 가서는 다급히 말렸다.

자연스럽게 쪽지창이 반짝였다. 새로운 퀘스트 정보였다.

빈약한 자의 구제(1)

간신히 쓰레기장을 탈출한 풋내기 모험가, 제임스. 죽음의 위기에서 자이언트 몰과 뛰어난 여행자들에게 구함을 받아 다행히 목숨은 부지할 수 있었다. 그러나 풀라의 키메라들에게 보금자리와 보물을 빼앗긴 자이언트 몰들은 그들만의 전쟁을 하는 중이었으니…… 도망치고 싶은 마음이 간절하지만 옴짝달싹할 수 없는 신세가 되어 버렸다.

천운으로 마을에 퓰라의 음모를 알릴 단서를 구하긴 했지만, 홀로 빠져나갈 능력이 없다. 경험 많은 여행자에게 맡기고도 싶으나, 거지나 다를 바 없는 풋내기의 말을 누구도 들어 주지 않으니 어쩌랴.

하는 수 없다. 말조차 통하지 않고 도와줄 실력도 없으니 별수 있는가. 온 정성을 쏟아 돕고 호감을 올려 신뢰를 만들어야 한다. 어설픈 칼 대신 삽을 들고 땅을 다지자. 큰 도움은 되지 않으나 그 노력이 가상하게 보이기는 할 것이다.

보상 : 자이언트 몰과의 호감도. 여행자들에게 단서를 건넬 기회(1회)

실패 : 모든 능력치 -1. 칭호 [쓸모없는] 획득

곧 낡은 삽자루가 저만치서 반짝이는 게 보이고 지도 중간마다 삽질해야 할 부분들이 표시되었다. 이런 일을 해야 한다는 뜻이었다.

그런데 말이다.

'풋내기 모험가?'

나는 Y/N의 선택지를 저 구석에 옮겨 두었다.

'내가 빈약하다니.'

〈망자의 광란〉을 들고 〈탐욕자의 갈망〉 세트를 입은 내게 풋내기라니.

4구역에서라면 모를까 여기서까지 그런다니 이 얼마나 기쁜 일이랴!

고마운 일이었다. 랭킹과 퀘스트를 피한 것이 절대로 쓸모없는 일이 아니라는 방증이니까.

new century의 세계관과 시스템은 초월자의 영역이다. 반면, 랭킹과 퀘스트의 보상 및 실패들은 Z&F에서 만들어 둔 그물이었다. 내가 퀘스트를 꺼리는 이유. 혹, 받더라도 성공도 실패도 아닌 모호한 결과를 얻고자 하는 것이 이 보상이 지급됨에 따라 정체가 기록되는 방식인 까닭이다.

그렇다면 왜 나를 풋내기 모험가로 지칭하는지가 나온다.

new century에서 나는 두 가지의 흔적을 남겼다. 처음 여관에서 제임스라는 이름을 사용했고 '마터에게로'라는 매우 간단한 퀘스트를 이행했었다. 그 이후에는 모든 퀘스트를 포기한 뒤 어디에도 시스템 메시지가 뜨는 흔적을 남기지 않았다.

스킬을 익히면서도 랭킹을 피해 달아나기까지 하지 않았던가. 지금도 퀘스트를 받기는 했으나 해결에 이른 것은 없고.

그 결과 Z&F가 인식한 제임스는 초반의 그것이 전부였다.

1레벨. 잘해야 5레벨인 주제에 온갖 곳을 빨빨거리며 돌아다니는 판국인 셈.

"그보다 형, 엄청 멋있어졌네요?"

"몬스터 같지는 않고?"

"보스급 몬스터 같아요~"

"뭐가 돼도 인간은 아닌데, 좋아해야 하려나?"

빈센트가 킥킥 웃고 화랑 역시 고개를 끄덕였다.

"그러고 보니 장비가 대단하시군요. 어쩐지, 마음에 든다고 옷을 줄 때부터 뭔가 다르다 싶었는데 이렇게 의외의 모습으로 나타나실 줄이야……."

"그저 흔히 구할 수 있는 옷이었습니다."

겸연쩍게 말하자 화랑이 손사래를 쳤다.

"다른 사람들은 오히려 구걸하던데요."

"근데, 형은 어떻게 여길 왔어요? 혹시~ 우리 뒤를 몰래 쫓아온 건?"

빈센트의 약간 장난스러운 표정에 이은 물음. 하지만 나는 당당했다. 찾은 건 사실이지만 순식간에 도착한 건 저 녀석들 책임이었으니까.

"내가 왔다기보다는, 쟤네들이 날 데려왔지. 사냥 도중에 갑자기 끌려왔거든."

자이언트 몰을 가리키자 소년이 과장되게 이마를 탁 쳤다.

"에구구, 미안해요. 파티 퀘스트는 괜찮죠?"

"응? 무슨 파티?"

절로 반문하다가 속으로 아차 싶었다. 이런 초보적인 언변에 낚이다니, 확실히 내가 들뜨기도 하고 피곤하긴 피곤한 모양이다.

아니나 다를까.

"어라~ 80레벨 몬스터를 혼자서 상대하고 있었단 말이죠? 요거요거~ 형이랑 무지무지 친해지고 싶어지는데요?"

빈센트가 눈을 반짝였다. 함께할 것도 아니니 이런 상황은 절대로 피해야 했다.

이럴 때는 딱히 변명할 것도, 말할 것도 없다. 자연스럽게 바로 화제를 전환하기로 했다.

"그런데 잠시 못 본 사이에 새로운 일행이 생겼나 보네?"

"후후. 이제 함께할 사이인데 얼른 소개해 드려야죠."

빈센트는 다 안다는 듯 악동처럼 웃었다.

"누나~ 미안해요, 우리끼리만 얘기했죠? 그것도 그럴 게 이 형이 워낙 놀랍게 등장해서 말이에요. 소개할게요. 이 형의 이름은 제임스. 보다시피 전사구요, 보이는 것보다 숨긴 것이 엄청나게 많은 음흉한 형이죠. 이제 함께하면 되니까 차근차근 알아 가도록 하자고요."

'내가 언제?'

빈센트의 설명은 계속 이어졌다.

"자자, 다음은 우리 소개 차례. 저는 알고, 화랑 형도 잘 아실 테니 패스. 여기 누나의 이름은 스칼렛이랍니다. 무명인 제임스 형과는 달리 스칼렛 누나는 갈렌 마을에서도 손에 꼽히는 최고의 플레이어라구요. 마을 랭킹 1위. 전체 랭킹은 공동 4위일 정도죠. [준비된 사냥꾼]이라는 칭호를 얻음으로써 카이져에 이어 두 번째로 칭호를 획득! '직업 제한'은 있지만 '칭호를 통한 전직'이 가능하다는 사실을 증명한 분이기도 해요. 랭킹처럼 NPC들의 인정을 통해 자격이 생긴다랄까요? 아아~ 정말이지 내가 6년만 더 컸어도 확 고백하고 싶을 정도인데, 나이가 이 모양이니…… 쳇. 덕분에 지금은 눈 벌게

지고 침 흘리면서 우리 화랑 형아가 호시탐탐 기회만 노리고 있는 상황이랍니…… 어라? 그리고 보니 왜 제임스 형은 랭킹에 없는 거지?"

10살을 갓 넘은 것으로 보이는 소년이 참으로 찰지고 구수하게도 말하고 있었다. 그러던 빈센트가 고개를 갸웃거리는 찰나.

"야-!"

버럭 튀어나온 화랑이 빈센트의 입을 막고는 관자놀이를 마구 쥐어박는 것이었다.

"나, 체력 낮다고요!"

"너 인마! 그걸 그새 쪼르르 떠벌리냐? 에라이!"

"아아악! 나 체감도 높아서 아프다니까요!"

"난 쪽팔려서 확 죽어 버릴 지경이다, 요것아!"

머리통을 꾹꾹 누르는 화랑, 도망치려고 발버둥치는 빈센트가 배경으로 펼쳐졌다. 그 모습을 보는 내 입에서 웃음이 그냥 나왔다.

그나저나 음흉하다니.

'누가 정말 음흉한 건지, 원.'

은근슬쩍 일행이 되어 달라며 권하는 것. 여기에 new century의 칭호와 그 효과에 따른 정보를 제공하면서 암묵적으로 '형도 상응하는 정보라도 내놓으라고요' 하고 표현하고 있었다. 똑똑한 녀석의 화법은 뭐가 저리도 복잡한지, 20년 사회생활의 과거가 없었다면 반절도 그 의도를 몰랐을 것이다.

그런데 그때였다.

과하리만큼 소개받은 스칼렛이 다른 인사도, 변명도 하지 않은 채 빙긋이 웃으며 내게 한 손을 내미는 것이 아닌가. 태연히 악수를 청하는 그녀.

맞잡자 친근한 미소를 보였다. 전혀 거리낌 없고 호감이 뭉실뭉실 피어오를 정도다.

"두고 간 옷은 잘 받았어요."

왼손으로 슬쩍 상의를 만지는 스칼렛. 살짝 드러난 빗장뼈에 눈길이 갔다. 피부가 참 곱……

'헛험.'

어떻게 안 걸까?

시야 밖에 은밀히 두고 왔다고 자부하는데 단숨에 나라는 사실을 알아내다니. 시스템적으로 눈치챌 만한 단서는 절대 남기지 않았는데 말이다.

"별말씀을. 외려 '맑은 어둠의 창'을 빼놓고 와서 미안합니다. 제 생각이 짧아서 길을 돌아가게 하였네요. 그런데 어떻게 저라는 걸 알았습니까? 제가 흔적을 남겼던가요?"

이에 더욱 짙은 미소를 지어 보이는 스칼렛.

"역시, 당신이었군요?"

"예?"

이런, 이런. 그랬던가. 넘겨짚었던 걸 줄이야.

긴장이 풀린 내 입에서 절로 웃음이 나왔다.

"하하하. 이거, 한 방 제대로 먹었네요. 어쩐지 이상하다 싶긴 했습니다만…… 그런데 어떻게 저라고 추측하신 겁니까?"

그녀가 싱긋 웃었다.

"간단해요."

정말 별것 아니라는 스칼렛.

"퀘스트를 비틀 만한 변수는 new century에서 같은 플레이어밖에 없으니까요. 플레이어로 말미암은 변수를 추측하면 둘 중 하나인데, 다른 이가 동급의 퀘스트를 진행하여 교차점이 발생할 경우. 또, 이벤트 NPC를 상대할 정도의 무력을 갖춘 '누군가'가 있어 과정을 비틀거나가 되죠. 그리고 가장 중요한 것은 이 일대에서 나보다 앞서 나갈 수 있는 인물은 오직 딱 한 명, 당신뿐이라는 사실이랍니다."

정확하게 눈을 노려보는 눈빛. 붉은 머리칼만큼이나 선명하고 정열을 담은 눈동자가 나를 직시해 왔다.

……엄청나게 부담스러운 눈빛이다.

"이벤트 NPC가 몬스터에게 당할 가능성도 있지 않겠습니까? 방대하며 자유로운 세계가 new century니까요."

"아무리 현실 같다고는 하지만 엄연히 '가상현실 게임'이지요. 체감도에 따른 자유도의 제한이 있다는 것은 그만큼 시스템에 얽매여 있다는 뜻이기도 하고, 나름의 시나리오가 정해져 있다는 의미예요. 여기서 추론하여 대상을 좁혀 갔을 뿐입니다. 그리고 고마워요."

"네?"

그녀의 미소가 더욱 깊어졌다.

"덕분에 new century가 어떤 '게임'인지, 또 퀘스트를 어떤 식으로 바꾸어야 할지 확신이 생겼거든요. 예를 들면 저체감도와 고체감도 사이의 메시지를 통한 공략이랄까? 여기에 저체감도만의 장점들을 몇 가지 더 알아낸다면 new century의 실체에 한 발 더, 다가갈 것 같네요."

잡은 손을 위아래로 흔들어 보이는 스칼렛.

'감도를 통해 내 체감도를 분석했단 거군!'

정말이지 단서 하나로 저만한 사실들을 유추할 수 있다는 것이 실로 놀라울 따름이었다. 나조차도 이를 듣고 나서야 관련 정보가 떠올랐다. 초중기의 랭커와 게이머들의 격차에 지대한 영향을 끼쳤던 요소가 바로 이것이라는 것을.

'그래도 그렇지 반응속도만으로 체감도를 가늠하고 시스템과 연관 지어 이에 따른 공략과 연결하다니.'

그랬다.

체감도의 차이를 이용한 게임의 공략은 실상 7년 뒤의 두 번째 버전부터 활용되는 기법이었다. 높은 자유도를 통한 다양한 달성 루트와 보상의 변경은 분명, 자유도가 장점인 고체감도 게이머의 발 빠른 성장으로 이어진다.

그러나 초기 퀘스트와는 달리 중수 이후부터는 보상이 커지는 만큼 단서도 적어지며 난도는 현격하게 올라간다. 또 수많은 퀘스트들과 연계되어 중도 변경되는 일이 잦아지게 되는 것이다.

예를 들어, 명예 회복을 위한 귀족의 퀘스트가 있다고 하자. 그런데 진행 도중 왕권 강화를 위한 왕명 퀘스트를 누군가가 받게 된다. 여기에 또 다른 게이머가 몰락 귀족의 복수라는 퀘스트를 받게 되면 어찌 되겠는가.

이 모두가 한 영지에서 이루어진다면?

3가지 퀘스트가 서로 얽히며 그 난이도가 대폭 수정된다. 혹은 목적에 따라 적대 세력이 잠시나마 힘을 합칠 수도 있고, 그 반대의 경우가 일어나기도 한다. 목표 자체가 은근슬쩍 바뀌기기도 하는 데다가 간혹, 로미오와 줄리엣의 경우처럼 서로 적대시하는 가문에서 꽃피는 사랑이 겹 퀘스트로 떠오를 때도 있다.

이러면 정말이지 카오스적인 상황에 이른다. 처음 받을 때와는 달리 달성해도 목이 달아나면 성공 겸 실패로 간주하는 것이다.

작지만 큰 변화의 단서들을 어떻게 포착해야 할까.

역설적이게도, 높은 자유도가 여기서 발목을 잡았다.

'이거 자꾸 꼬이는군.'

이럴 때 효과적으로 먹히는 것이 바로 체감도 변화를 통한 시스템의 알림 메시지다. 유료 콘텐츠긴 하지만, 체감도를 변화시켜 각 분기점마다 단서를 메시지로 얻고, 이를 열쇠로 고 체감도의 자율성을 더해 풀어 나가는 방식.

그뿐만 아니라 단서조차 주어지지 않는 막무가내식 퀘스트를 타개할 유용한 수단이 되기도 한다. 파티원 중 한 명만 전환하면 같은 정보를 공유하는 셈이 되니 훗날에는 누구나가 흔하게 쓰는 기술이 되어 버린다.

문제는!

'너무 빨라.'

지금은 아무도 몰라야 정상이라는 것이었다.

안 되는 놈은 뒤로 넘어져도 코가 깨진다더니, 성륜 덕에 살아서 버티자 그 덕에 엄한 정보를 준 셈이 되고 말았다.

잘못 짚었다 여긴 나는 다시 화제를 전환하고자 눈을 돌렸다.

그리고 깜짝 놀랐다.

"오호? 어라~? 흥~"

머리를 팽팽 굴리는 빈센트가 묘한 감탄사를 흘리고 있는 것이다. 분명히 티격태격하고 있었는데 어느새 곁에서 나란히 쪼그리고 앉아 손에 턱을 괴고 듣는 중이었다.

소년이 익살맞게 웃었다.

"이미 아는 사이였다 이거죠? 게다가 체감도에 따른 시스템과 가상현실 게! 임! 이라면~ 체감도가 곧 자유도이고 이를 변경하는 콘텐츠와 시스템을 연동시키는 것이 퀘스트의 해법이라는…… 그런 이야기인가요?"

빙글빙글 웃다가 이마를 과장되게 탁 쳤다.

"아차차~ 제임스 형은 안 가르쳐 줄 게 뻔하지. 초반에도 알면서도 알려 주지 않았으니까요. 그럼~ 누나. 형의 체감도는 눈치챘죠? 아직도 8 이하인가요?"

'약삭빠른 녀석 같으니.'

맞잡은 손을 떼어 보지만 이미 늦은 상태였다.

스칼렛이 고개를 끄덕였으니까.

"너무 현실적이고 완벽한 설정이어서 잊고 있었지만, new century는 분명 '게임'. 몰입하여 위치를 자각하는 것이

적응이고 컨트롤의 시작이라면, 기존 NPC를 추월할 게이머의 확실한 수단은 시스템에 있는 거였어."

"그럼 아곤(Agon)을 높이고 알레아(Alea)적인 성향을 낮춰서 퀘스트 난이도를 조절하는 것이 체감도의 부수 효과라는 거가 되네요. 이런 내 생각이 누나 생각이랑 같으려나요?"

"'가상현실'을 가상현실 '게임'으로 바꾸는 열쇠가 체감도라고 생각한다면."

"헤헤~ 역시 통하는 게 있다니까. 이거 재밌네요? 완벽한 가상현실이라는 인식이 장점임과 동시에 게이머의 발전을 저해하는 요소라니. 그렇다면 유료 콘텐츠들이야말로 게이머들의 진짜 무기라는 건데, 쓰기 나름이겠어요."

서로 주고받으며 공감하는 모습을 보노라니, 그야말로 기가 막혔다.

내가 숨기려는 정보에 저렇게 쉽게 도달하다니.

"중요한 건 의도적으로 Z&F에서 숨기지는 않았다는 거야. 외려 랭킹 제도처럼 '완벽한 가상현실'을 어떻게든 '게임적으로 끌어내리는' 것 같아."

"그렇죠? 보완해서 완전하게 밸런스를 유지하는 식이 아니라, 손이 닿을 정도로 이정표를 제시해 주는 그런 느낌을 저도 받았어요."

이거야 빼도 박도 못 하게 돼 버렸다. 뭘 숨기고 자시고 할 것도 없이 그냥 있는 것 자체만으로 낱낱이 해체해 버리는 판국이니.

'무서운 것들!'

단서를 모아 결론을 얻는 것과 결과를 알고 단서를 추론하는 것은 난이도가 다르다. 저런 이들에게 단서를 주는 것은 게임으로 성공하고 최고가 되려는 태진이의 앞을 내가 제대로 방해하는 셈이었다.

"저기 말이지…… 이게 뭘까?"

화랑이 머리를 긁적였다.

"번역은 되는데 이해는 안 되는 그런 거 말이야. 대체 무슨 이야기인지 나도 좀 끼워 주지 않겠어?"

"뭐가요?"

"아곤인지 뭔지, 하는 거 말이야."

"별거 아네요. 프랑스 학자인 로제 카이와가 구분한 게임의 분류인데, 규칙이 있으면서 자신의 의지로 플레이할 수 있으면 아곤. 규칙은 존재하지만, 자신의 의지로 플레이할 수 없는 놀이가 알레아. 의지대로 플레이할 수 있지만, 규칙이 일정하거나 예상할 수 있는 규칙이 없으면 미미크리(Mimicry). 규칙도 없고 의지에 의해 플레이할 수 없는 놀이를 일링크스(Ilinx)라고 한 거거든요."

가볍게 씨익 웃어 보이는 빈센트.

"그런데 가상현실이라는 여러 각도로 입체적인 이 세상도 '게임'에 불과하고 시스템으로 낮출 수 있다는 방법을 안 것이니 놀라운 거죠. 뭐랄까~ 역발상이랄까? 전부가 '진짜 현실감 있나?' 하고 달려들 때, '게임'적인 요소로서 관조하고 냉정하게 본 격이니까요. 그리고 그 입장의 차이가 지금 제임스 형과 우리의 수준 차를 부른 거로 연관 지은 것뿐이에요,

화랑 형."

'아니다!'

오해가 깊어지고 있다. 난 성륜이라는 버그를 써서 성장한 것에 불과하니까.

빈센트가 생글생글 웃으면서 가볍게 대꾸하는데, 이를 들은 화랑의 표정이 더 애매하게 변했다. 그 표정을 본 스칼렛이 덧붙였다.

"체스나 바둑이 아곤, 룰렛과 주사위놀이가 알레아, 가면무도회나 소꿉장난이 미미크리, 회전목마나 롤러코스터가 일링크스의 예예요. 아곤의 비중이 높고 알레아가 낮다는 것은 보통의 RPG 게임이랄 수 있고요. 간단히 말해, 그냥 가상현실 게임을 RPG처럼 느낄 수 있다는 거죠."

"아, 대충 알겠습니다. 그러니까 '체감도를 낮추면 도움말을 들을 수 있다'. 뭐, 그런 거군요? 하여간 요 꼬맹이는 같은 말도 어렵게 한다니까. 그렇지 않나요, 제임스 씨?"

동질감이 확 느껴졌다. 나도 저런 설명은 생판 처음 들었으니까.

"네. 이해는커녕 따라가기조차 버겁네요."

"그렇다니까요. 쉽게 말해도 될 걸 뭔 용어를 저리도 쓰는건지…… 에휴."

깊이 동감하며 웃으니 빈센트가 한심하다는 듯 화랑을 보았다.

"에이~ 형. 제임스 형은 우리 쪽 부류라니까요? 그 형 보고 우리도 이제야 안 건데요. 제임스 형도 순진한 형아 그만

놀리고 얼른 와서 퉁 치는 게 어때요?"

칭호에 대한 정보를 말하는 것이었다.

'하긴.'

지금까지 내가 말했다기보다는 저들이 알아낸 것에 불과했다. 그렇다고 여기서 모르는 척, 연기를 해 버리는 것도 문제였다. 퀘스트 아이템을 저들을 통해 배달시켜야 하는 까닭이다.

고민된다.

똑똑한 저들에게 어떤 방식으로 전해 줘야 더는 질문이 안 나올까?

"분명 우린 같은 심정으로 고개를 끄덕였다구. 그 뭐냐, 서민들만이 느끼는 공감대랄까? 계산이 아닌 감정의 문제인 거지. 맞지요, 제임스 씨?"

"그 도끼나 한번 들어 보고 정신 차려요, 형."

간단히 일축해 버리는 빈센트였다. 잠시 내 갑옷을 보던 화랑이 다가와서는 도끼에 손을 얹었다. 그러다 낯빛이 변하더니만 발을 가져다 댔다.

"헉! 뭐야, 이거! 발로 들어도 안 들려!?"

"후후. 그런 걸 든 서민 봤어요?"

"제, 제길. 이놈의 게임은 왜 괴물들이 넘쳐나? 혹시 이거 버그 아냐?"

내심 뜨끔한 단어.

"어휴. 남들이 볼 때는 우리도 버그라고요. 우리보다 낫다고 그렇게 매도하면 안 되죠~ 게다가 끼리끼리 논다고. 형도 만만치 않잖아요?"

"그, 그렇지? 하하!"

반색하며 좋아하는 화랑.

"네. 머리는 비었지만, 몸 쓰는 거 하나만큼은…… 우악!"

"너, 이 자식!"

"어어? 백만 불짜리 머리를 자꾸 때릴 거예요? 아야!"

"오냐, 천만 불짜리로 커질 때까지 빠방하게 때려 주마!"

……저렇게 둘만 있어도 절대로 심심하지 않을 것 같았다. 한두 번이 아니라는 듯 어깨를 으쓱해 보인 스칼렛이 티격태격하는 둘을 두고 내게 다가왔다.

또렷하고 정확한 시선.

부담이 엄청나게 되는 그 눈빛을 여전히 유지하며 말이다.

위기의 순간.

끽! 끼륵!

나를 구제한 것은 다름 아닌 두더지였다. 주둥이를 털고 저들끼리 구경하던 두더지 중 하나가 나서더니 두들겨 맞는 빈센트에게 무어라 한 것이다. 끼르르륵거리는 소리를 듣다 보니 내게도 이미지가 떠오르다 스러졌다.

[고요의 정신(1Lv)의 스킬 레벨이 낮아 해석할 수 없습니다.]

[숙련도 활성스킬 적용.]

둥근 표적판이 생기더니 [끽~], [끼륵~] 따위의 단어들이 돌아다니고, 가로줄과 세로줄이 휙휙 움직이는 일종의 미니게임이 생겨 버렸다. 황당해서 보다 보니 단어가 저만치 날아가고 메시지가 떠올랐다.

[각인 실패.]

[등록되지 않은 언어입니다. 해석할 수 없습니다.]

'……헐.'

저체감도 유저를 위한 서비스가 소소하게 웃음을 자아냈다.

'이런 식으로 적용되나? 게임엔 젬병이니 써먹기는 글렀군.'

나중에 고통의 희열로 마스터나 해야겠다.

하여간, 마법사의 기본 스킬인 고요의 정신이 깜찍하게 등장하니 나름 재미있었다. 고문(古文)을 읽고 유사인종과의 대화를 돕는다는 효과가 붙는 스킬.

뭐, 나한테는 별반 도움이 되지 않았지만 말이다.

"빈센트의 스킬 레벨이 상당한가 보군요. 대화까지 가능하다니."

"그렇지는 않아요. 단지 발음기호를 이미지화하는 데 능숙할 뿐이거든요."

별거 아니라는 듯 스칼렛이 말했지만 사실 그게 더 대단한 일이었다.

두더지의 울음을 정확하게 이미지화한다니.

참새가 짹짹 지저귄다 치자. 미세한 고저나 크기의 차이가 있기는 할 거다. 그러나 사람이 듣기에는 그저 짹짹일 따름이다.

"발음기호를 정확하게 이미지화한단 말입니까?"

"네."

"……비범하군요."

한국 고양이가 야옹 하고 운다면 미국 고양이는 미유 (miaow) 하고 울고, 한국 닭이 꼬끼오 울면 미국 닭은 카카 두들두(cockadoodledoo)라고 운다. 같은 울음이라 할지라도 그 나라의 언어체계에 따라 다르게 표기 및 해석되는 것이다.

그렇다면 new century가 인정하는 '정확한 이미지' 의 기준이 대관절 무엇일까? 가늠조차 되지 않는데 이를 해석할 정도까지 된다니, 저 비범은 대관절 어느 정도까지 가는지 거듭 놀라울 따름이었다.

'이 사람들, 무섭구나.'

말 한 마디, 한 마디가 모조리 정보로 가공되고 단서가 되는 마당이었다.

얼른 도망쳐야겠다.

본론으로 들어가자.

"그나저나 정말 신기하군요. 키메라 던전에 자이언트 몰들이 있을 줄이야. 게다가 팀을 이루어 사냥하시다니 정말 놀랐습니다."

"제임스 씨만 할까요? 이런 곳에서 만날 줄은 상상도 못했는걸요."

"하하. 우연하게 3번을 만났으니 확실히 인연이 있긴 했나 봅니다. 그런데 그거 아십니까? 퓰라의 키메라 던전이 본래 자이언트 몰의 거처였고 보물을 찾는다는 목적에 따라 싸움을 벌이고 있다는 것을요."

"물론이에요."

"그렇다면 보물을 회수하는 방법으로 요새의 군사를 빌릴 수 있다는 것도 아시겠군요?"

도끼를 뽑아 쥔 나는, 투구와 함께 인벤토리에 던져 넣었다. 퀘스트 아이템을 찾는 내게 스칼렛이 물었다.

"〈땅의 가호〉를 NPC들을 통해 얻을 수 있다는 건가요?"

'땅의 가호? 저들이 찾는 퀘스트 아이템인가 보군.'

모르지만 짐짓 아는 척을 했다.

"new century가 나온 지 채 열흘도 되지 않았는데, 플레이어들에게 이런 퀘스트가 주어질 리가 있을까요. 물론 스칼렛 양을 비롯한 여러분의 컨트롤이 매우 뛰어나서 사냥할 수 있긴 했지만, 본래 이 퀘스트와 주어진 단서는 이런 사냥법이 아닙니다. 〈땅의 가호〉는 일반 몬스터와는 급이 다른 보스급이 갖고 있거든요."

"그 아이템처럼 말이군요?"

내 장비를 가리키매 별것 아니라는 투로 웃었다.

"이런 건 애들 장난이죠. 제대로 된 보스는 말 그대로 압도적이니까. 기적이 일어나지 않는 한 부딪치면 전멸일 겁니다."

"당신은 어떻게 가능했나요?"

질문에서 성격이 그대로 보였다. 응시하는 시선 역시 돋보였다.

당당하고 도도하다. 나를 지칭하며 똑바로 보는 그 시선이

건방지거나 무례하기보다는 당연하게 느껴질 정도. 이제 20대 초반으로 보이는데, 대중 앞에 나서서 이끌어 본 사람만이 보이는 당당함을 물씬 풍기고 있었다.

대체 이런 강렬한 인상의 여자를 난 왜 본 적이 없는 걸까. 외국인이라고 해도 굉장히 유명했을 것 같은데 말이다.

'여하간 저 눈빛은.'

기대감 가득한 초롱초롱함은…… 정말 부담된다.

어색함에 헛기침해 본다.

"묽은 어둠의 창에 대한 정보를 보면 알 수 있을 겁니다. 최소 데미지 300을 보장하고 하급 키메라에 한해서는 막강한 위력을 자랑하니까요. 그리고 제가 엉겁결에 들어선 퓰라의 던전은 4구역이었습니다."

"4구역이라면?"

"쓰레기장이죠. 퓰라의 실패작들이 즐비한."

이후는 말하지 않아도 능히 짐작할 것이었다. 곧, 두더지와 얘기를 마친 빈센트가 이를 보며 물었다.

"그 4구역에 우리도 갈 수 있죠?"

"물론. 그런데 당분간은 아무것도 없을 거야."

"왜죠?"

"내가 싹 쓸었거든. '4구역 완파'라는 메시지가 떠오를 정도로 말이지."

빈센트가 희쭉 웃었다.

"그 정도야 좀 기다리면 되죠, 뭐. 다행히도 묽은 어둠의 창이 누나한테도 있거든요. 이참에 몇 자루 더 챙겨서 4구역을 노려볼게요."

"그래라. 다만, 네임드 몬스터 잡을 땐 조심하고. 창은 중급 키메라랑 부딪치면 바로 박살 나 버리니까. 네임드의 레벨도 100 이상이야. 아차 하면 바로 간다."

목을 끽 하고 쳐 보였다.

"엥? 그럼, 형은 어떻게 잡았는데요?"

"비밀. 알아서 연구해 봐."

그러자 화랑이 스칼렛과는 사뭇 다른 시선을 주며 물어왔다. 눈에 칼날이 번뜩였다랄까.

쏘아 보내는 느낌이었다.

"그 몬스터를 혼자서 잡은 겁니까?"

스칼렛이 타고난 분위기로 압박한다면, 그의 시선은 사뭇 도전적이었다. 네가 했으니 나도 그쯤은 해 보이겠다는 뜻이 적나라하게 보이는 것.

'사심이 느껴지는 건…… 내 착각이겠지?'

여하간 곧은 시선은 부담스럽다. 내가 떳떳하지 않으니까.

"흠. 조금 어려웠지만요."

"실례지만, 현재 레벨이 어떻게 되시는지?"

"4구역을 돌다 보면 저 정도쯤은 무난하게 될 겁니다."

간단히 거절.

멋쩍어하는 화랑에게 나는 슬쩍 웃어 보였다.

"이렇게 만난 것도 인연이니 선물을 드리지요."

슬쩍 말을 끊은 뒤 바로 퀘스트 아이템들을 꺼냈다.

"조금 전에 '군사를 빌릴 수 있다'고 했었지요? 이게 그 단서가 됩니다. 4구역을 완파하며 퀘스트와 함께 얻은 아이템들인데, 각각이 희생당한 마을 사람들의 유품입니다. 이를 전달하면 흑마법사 퓰라의 준동과 증거로 인식되고, 대규모의 토벌대가 조직되게 되지요. 제 생각이지만, 자이언트 몰 일족의 보물은 NPC 군대가 퓰라의 던전을 쑥대밭으로 만드는 사이에 취하는 방식으로 달성하는 것 같습니다."

"그냥 우리끼리도 나름 사냥할 만했는데요?"

빈센트에게 단호하게 고개를 저어 보였다.

"퓰라의 여섯 제자가 있는 3구역의 몬스터들은 조직력까지 갖추었고, 퓰라는 무려 400레벨 보스야. 게다가 2구역이나 1구역은 이보다 더 대단한 전력들이 즐비할 텐데, 이걸 몇 명이 함께 해결할 수 있을까? 만약 강화 서치 따위가 아니라 네임드 몬스터가 자이언트 몰의 함정에 딸려온다면 지금의 이 파티는 순식간에 전멸당할 거다. 네 화력, 스칼렛 양의 함정과 컨트롤, 화랑 씨의 기술이 뛰어나긴 하지만, 솔직히……."

미안한 웃음을 지었다.

"나조차도 죽이지 못했잖아?"

"우와. 그렇게 안 봤는데 잘난 척?"

무시한다.

"또 아무리 잘 피한다고 해도 뒤에 있는 자이언트 몰들이 죽으면 어떻게 될까?"

"자존심 상하긴 하는데, 쇼크 웨이브라는 기술로 대놓고 막는 걸 봤으니 인정할밖에요. 그거 조합 스킬 맞죠?"

"물론."

"나보다 먼저 쓰는 사람은 없는 줄 알았는데. 쳇."

언짢아하면서도 수긍하는 빈센트에게 〈마법사 헤인더의 석화된 수정〉을 쥐여 주었다. 〈레허돈의 자경대장 스론의 석화된 검〉은 화랑에게, 〈레인저 헌티의 석화된 일지〉는 스칼렛에게 건넸다.

그럼에도 내 퀘스트 창에는 변화가 없었다. 여전히 삽질하라는 메시지와 안내일 뿐.

보상 없이 그냥 줄 거면 말리지 않는다는 의미였다.

'잘됐다.'

나는 빈센트에게서 시선을 돌려 스칼렛과 화랑을 보았다.

"4구역에서 얻은 증거물이자 퀘스트 아이템들입니다. 검과 수정은 게론 촌장에게, 일지는 마터에게 전해 주면 되지요. 그러면 연락망이 가동돼서 토벌대가 조직될 것이고, 군사들이 퓰라의 던전에서 접전을 벌이는 동안 〈땅의 가호〉를 챙기면 됩니다."

수정은 멜도란의 경비대장, 토레인에게 전해야 하는 것이었지만 그냥 게론에게 보내는 것으로 바꿔 말했다. 사실 퀘스트 내용을 쭉 말하고 친절하게 알려 주는 양 연기했지만, 연계 퀘스트 '토벌'은 복수 조건을 달성해서 멜도란에 전달할 때만이 이루어진다.

즉, 이렇게 분산시켜서 마을에 전한다면 '시간 끌기'나 '전령'으로의 연계가 이루어질 뿐이라는 것이다.

이제 진짜 마지막이다.

"다만, 이게 시간제한이 있습니다. 퓰라의 제자들이 4구역이 털린 것을 알아차리면 토벌대가 조직되기보다 키메라 군단이 선수를 치게 되지요. 그러면 우선 마을 두셋은 휩쓸리고 시작됩니다. 퀘스트 역시 실패로 인식되지요. 하지만 성공하기만 하면 막대한 보상을 얻을 겁니다."

"몇 시간이 남았는데요?"

여기서 순간, 멈칫했다. 시간을 대폭 줄여서 얘기할까?

빨리 보내려면 시간을 단축해서 속이는 것이 좋았다. 30시간 남짓이라고 하면 여기서 더 사냥하다가 느긋하게 갈 우려가 있으니까.

그러나 조금 전 체감도의 용법을 알게 된 것이 못내 마음에 걸렸다. 저들 중 누구라도 체감도를 낮추며 시스템 메시지를 본다면 들통 날 터.

"대략 30시간 정도지."

마지막에 잘못해서 들킬 바에는, 차라리 지금 졸린 눈과 정신을 어떻게든 움켜쥐고 버티는 편이 나았다.

그 순간 갑자기 스칼렛이 눈을 번쩍였다.

……왠지 불안하다.

"당신 생각에는 우리가 서둘러서 움직여야 할 것 같나요? 아니면 느긋하게?"

내 생각이야 물론.

"서두르는 것이 좋을 것 같습니다."

이들이 얼른 퀘스트를 해결해 주어야 내가 잠을 잘 수 있으니까 말이다. 아울러 다시는 이런 일에 얽히지 않도록 조심도 하고.

"함께할 의향은 없나요?"

"아쉽게도 아직 진행 중인 퀘스트가 남아 있어서 나갈 수가 없군요."

삽질 퀘스트 말이다. 그런데 이에 답하는 그녀의 반응은 여전히 알쏭달쏭했다.

"취미로 들어온 건데 굉장히 관심을 끄는군요."

그녀가 갑자기 손을 뻗었다. 잽인가 싶더니 부드럽게 손가락이 펼쳐지며 내 눈앞을 스치고 지나간다.

['스칼렛'에게 공격당했습니다.]

[3의 손해를 입었으나 '전사의 육체'로 인해 견뎌 냅니다.]

코끝을 스쳐 감과 동시에 거두어지는 손. 뒤늦게 알 수 있었다. 그녀가 보려 했던 것이 내 얼굴이라는 사실을. 코까지 치렁치렁하게 내려와 얼굴을 가린 머리칼을 치우려 했었던 것이다.

"적의가 담길지라도 피해를 주지 못하는 공격이면 머리칼 하나 빗겨 낼 수 없다라…… 저 체감도 게이머의 레벨이 압도적이면 PK에서는 가히 무적이겠네요. 이쪽의 최고 데미지, 그쪽의 최소 데미지의 싸움인가요?"

역시나 순식간에 간파해 버리는 그녀.

이번에는 천천히 부드럽게 손을 뻗어 왔다. 머리칼을 빗겨 내지 못했으니 악수를 하듯, 적의 없이 움직인 것이다.

"분명히 목소리는 어린데, 대하는 건 한참 후배를 대하는 것 같단 말이죠."

슬쩍 물러서 피하자 그녀가 팔짱을 끼더니만 이채롭게 눈을 떴다.

"다시 소개할게요. 전 이블린 윈슬릿이라고 해요. 당신은?"

갑자기 웬 통성명인가? 게다가…… 이 이름 어디서 들어 본 것 같았다. 눈같이 하얀 치아를 드러내며 웃는 환한 웃음에 반사적으로 대답하려던 나는 가까스로 정신을 수습할 수 있었다.

"제임스라고 합니다."

그녀는 이내 피식 웃어 버렸다.

"아직인가요? 하긴, 쉽게 알면 재미없기도 하죠. 그럼 다시 볼 때는 꼭 알려 주시기를."

영문 모를 소리를 하던 스칼렛은 이어 빈센트에게 말했다.

"들었지?"

"네. 형도 알았죠?"

멀뚱멀뚱하게 보는 화랑.

"뭐가?"

한숨을 푹 내쉬는 빈센트였다.

"어휴. 뭔가 끊긴다니까, 그냥 형은 따라와요. 가면서 설명해 줄 테니까. 그럼 제임스 형~ 나중에 보자고요~ 그리고 다음에 볼 때는 클라우드라고 불러 주세요~"

여전히 이해 못 하는 화랑과 나였다.

"음? 갑자기 분위기가 왜 이래? 나도 말해야 되냐?"

"그냥 눈치껏 해요."

"험. 저는 양혁수라고 합니다. 아~ 나 이거야. 어디 가서 멍청하단 얘기는 안 듣는데, 오늘은 도저히 이해가 안 가네요."

정말 절절하게 와 닿는 말이었다.

"동감입니다."

"그렇죠? 그런데 다들 왜 저리들 오해를 하는지, 원……."

이를 킥킥거리며 보는 빈센트. 실상 누가 어떻게 오해를 하는 건지 알고는 있는 걸까.

"에이~ 순진한 형아 또 놀리고 있네. 얼른 가죠?"

그렇게 짤막한 자기소개를 마치고 구경 중인 두더지들에게 간 빈센트가 무어라 말을 했다. 발을 동동 구르는 동작까지 보이니 두더지들이 갑자기 땅을 파기 시작한다. 곧 연결된 땅굴은 바로 지도창에 보이는 3구역이 아닌 출구로 나가는 길이었다.

나만 덩그러니 두고는 저만치 멀어져 가는 일행들이 두런두런 대화를 나누었다.

'대체 왜들 저러는 거지?'

역시나 내 궁금증을 대변하는 이가 화랑이었다.

"그런데 갑자기 왜 이러는 건데? 스칼렛 씨는 뭔가 다른 말을 들은 건가요? 제가 듣기로는 퀘스트가 한참 남은 걸로 들리던데요."

"표면적으로는 그렇지만 그는 항상 의도를 담고 말을 하더군요. 시간제한이 있다면서 30시간이라니, 이상하지 않던가요? 그래서 추측했더니 역시인 거였죠."

저만큼 멀어지며 나누는 대화들이 벽면을 통해 웅웅거리며 들려왔다. 여전히 알 수 없는 이야기들이었다. 들킬까 봐 퀘스트 잔여 시간을 말했고, 기왕이면 서둘러 주면 좋겠다 한 건데 왜 저러는 것일까.

"아…… 진짜. 번역은 되는데 해석이 안 된다니까."

"에효. 남은 시간은 30시간인데 서두르라는 거, 들었죠? 요새에서 군사들이 나온다고 했고 마을 몇 개는 단숨에 쓸릴 대규모 이벤트라고 말이에요."

"그게 왜?"

"마을에 가면 전령 보내서 요청하고, 군대 조직해서 토벌 오는 게 순서잖아요. 그렇다면 이 단서 3개를 들고 가장 가까운 국경요새로 직행하면 어떻게 될까요?"

"요새로?"

"마을에 있어 봐야 길잡이 노릇이나 하겠죠. 그런데 요새로 가게 되면 경비대가 아닌 토벌대에 '직접 참여'할 수 있다는 의미가 돼요."

"……대관절, 30시간이라는 말 어디에 그런 의도가 담긴 건데?"

"설마 갈렌 마을에 가는 데 30시간이 부족하다고 제임스 형이 말했겠어요?"

'저 녀석들은 대체 뭐야!'

어찌 저런 해석이 나온단 말인가. 아니, 그보다도 저 아이템들을 들고 요새로 가 버리면 그 보상이 정말 장난이 아니었다. 분명, 토벌대의 질주 퀘스트가 시작되고 요새대장 막심으로부터 능력치와 특수 스킬까지 전수받지 않던가.

쥐뿔만큼도 말하지 않았는데 왜 저런 결론이 나오는지 도저히 이해할 수가 없었다. 어처구니없는 것은 화랑도 마찬가지였는지 기가 찬다는 듯이 대꾸했다.

"헐~ 그 말이 왜 그렇게 해석되는 거냐?"

"일종에 퀴즈랄까? 제임스 형 말은 암호처럼 뭔가를 감추고 있었으니까요."

'그런 거 없다!'

왜 말을 하면 액면가 그대로 해석하지 않고 저렇게 배배 꼬아 해석을 한단 말인가. 그리고 그 해석들이 죄다 치명적으로 파고들고 말이다.

"그 거짓말 진짜야?"

"에헴. 저나 누나는 그렇게 들었어요. 그래서 제임스 형이 음흉하다는 거예요. 말에다가 단서를 숨겨 두고는 의뭉스럽게 행동하잖아요? 알아서 해석하고 건져 봐라~ 뭐, 이런 식이죠."

"에이, 그냥 우연 아니냐? 내가 보기엔 별것 아닌 거 갖고 너나 스칼렛 씨가 이상하게 모조리 끼워 맞추는 거 같던데?"

정말로 통찰력 있는 사람은 화랑이 분명했다.

"누나나 제 안목을 무시하는 거예요? 게다가 한두 번이면 그럴 수 있지만, 우리가 발견한 모든 단서가 죄다 그렇게 연결되었다고요."

"뭐, 가 보면 알겠지. 이렇게 달려갔는데 막상 문전박대당하면 그것도 꽤 우습겠다."

"헹~ 내기할까요?"

"난 친한 사람이랑 내기 안 해."

"어? 누구세요?"

"야!"

"그만들 하고 얼른 가죠? 준비할 게 많으니까요, 화랑
씨?"

"옙! 맡겨만 주시죠."

"네~ 누나."

저 짙은 오해와 편견을 어찌 벗겨 낼지 갑갑할 따름이었다.
나는 뒤따라가며 들려오는 소리에 집중했지만, 곧 한계에 봉
착했다. 삽질 범위를 벗어났기 때문이다.

[삽질을 시작하시겠습니까?]

……안 그래도 제대로 한 마당이다.

※　　　　※　　　　※

째깍…… 째깍……

기다린다.

Y/N으로 반짝이는 퀘스트 창을 방관하며 기존의 퀘스트
창이 사라지기만을.

그렇게 가만히 홀로 기다리는 시간.

"……."

적막했다. 바닥에 털썩 주저앉은 나는 목에 가시처럼 걸린
이름들을 곰곰이 되짚었다. 이미 일어난 일이야 어쩔 수 없었

고, 지금은 저들이 성공하기만을 바랄 수밖에 없었다.

'그보다.'

그 이름들이 못내 걸린다.

이블린 원슬릿. 클라우드. 양혁수.

분명 들어 본 적이 있는, 나름 익숙한 이름이었다. 스치듯 듣고 본 적이 있다랄까.

직장에서 겪은 이들은 절대로 아니었다. 그렇다면 태진이와 관계있고 new century와 관계있다는 것이 분명하다.

'랭커 중에 있지는 않을까?'

TV에 나왔거나 혹은 태진이와 부딪쳤던, 녀석이 주절거리던 게이머일 수도 있을 성싶었다. 지금이 초창기임을 고려하면 혹 떠오르지 않을까.

머릿속에서 시간을 흘려보냈다.

저 세 사람이 성장하며 달라지면 어떤 얼굴을 갖게 될까. 어떤 모습으로 변할까.

더 여성스럽고 더 남성스럽고 훤칠해지는 것과 연결하면.

지금 보이고 있는 스킬들과 이를 연계시킨다면…….

'아!'

기억이 드디어 났다. 세계에서 가장 영향력 있는 50인에 속해 있는 인물들. 태진이 녀석이 나오기만 하면 채널을 돌려 버리고 패배감에 짓눌려 이를 갈던 이들. 게임 채널이 아닌, 다큐멘터리를 통해 접했던 이름이 분명했다.

"이블린 원슬릿. 머리칼이 붉은색이라 생각을 못 했었다니."

한국에 처음으로 패배를 안긴 영국의 양궁국가대표선수다. 한국이 석권하다시피 하여 세계인이 이를 갈고 있는 양궁 부분에서 오심이 아닌, 진짜 실력으로 팽팽하게 겨루어 승리를 따낸 첫 외국인이 그녀였다. 그럼에도 자신의 훈련 시스템이 한국 선수들의 것을 모방했으며 운이 따라 주었다고 손뼉을 친 여성이다. 안티를 찾아볼 수가 없는 완벽함을 자랑하는 그녀.

게다가 빼어난 외모와 노래 실력, 높은 학위까지 두루 겸비한 여인이다.

new century에서 그녀의 랭킹은 3~5위. 버전마다 등락이 있기는 하지만 항상 저 윗부분에서 머물렀고 고유명사라고도 불리는 어쌔신 마스터가 직업. '고결한 밤의 지배자'라는 타이틀의 주인이기도 했다. 모든 플레이가 역사에 남고 공헌도만으로 수백억을 받는 이.

영국인이 가장 사랑하는 인물로 꼽히는 그녀는 가상과 현실 모두, 완전하게 성공한 완벽한 여인이었다.

'백색증을 앓았던 탓에 하얀 머리칼과 붉은 눈이 상징이었었지.'

의학적으로 설명 불가능하여 선수 생활을 하는 것이 미스터리였던 그녀.

그리하여 그녀 자체가 기적이라 불리던 이블린이었다.

백화현상에 의해 새하얀 머리칼 눈썹. 그 가운데 차분하게 가라앉은 붉은 눈은 외려 판타지적인 느낌을 주었었다. new century 덕분에 장애를 극복하고 병의 특징만 남은 희귀 사

례의 대표격 인물.

양궁은커녕 햇빛 아래에 눈을 뜨고 있는 것조차 버거운 것이 정상인데, 그녀에게는 모든 상식이 통하지 않았었다. 덕분에 매치가 안 되긴 했지만, 이름을 듣고 따져 보니 그녀가 분명했다.

'혹시 그녀도 룬을 가졌던 걸까?'

왠지 그럴 것 같았다. 초월자나 악마 없이 그녀의 활약은 도저히 '설명이 불가능' 할 정도였으니까.

'가만, 그러고 보면 태진이가 절대로 능가하지 못했던 이를 내가 지금 도운 건가?'

하나도 아니고 무려 셋씩이나 말이다.

"헐."

다음으로 갈수록 더 암담해진다.

클라우드 리드폴.

자수성가한 미국인으로 모든 남성에게 저주를, 여자들에게 환영받는 명실공히 카사노바다. 30대에 세계를 움직이는 젊은 CEO가 되는 입지전적인 인물이기도 했다. 평범한 가정에서 세계 최고의 투자회사를 갖게 되는 것 역시 굉장히 극적인데, 바로 new century의 공헌도 시스템, 그 혜택을 제대로 받은 까닭이다.

'놀다 보니 돈이 되고, 그 돈 갖고 놀다 보니 부자가 되어 있더라. 했지?'

'감이 딱 와요. 쉽죠?' 라는 말을 유행어로 만든 소년. 그의 인터뷰는 간단하고 경쾌했다.

- 어떻게 성공하셨나요?

- 그냥 즐기려고 게임을 했는데 Z&F에서 돈을 주더라고요. 그거로 투자를 좀 했어요.

- 미다스의 손이라 불릴 정도로 손대는 것마다 대단한 성공을 거두셨는데, 그 비결이 뭔가요? 어떤 것을 중점으로 보십니까?

- 그건 그냥 감이 딱 와요.

- 가…… 감이요?

- 네. 쉽죠?

놀면서 일하는 것을 최대로 여기는 클라우드는 그 자유분방함으로 인해 수많은 이들과 연인 관계를 맺으며 지냈다. new century를 취미로 즐기지만, 랭킹 4~17위에 언제나 오르는 그의 직업은 일루셔니스트. 타이틀은 '만물을 희롱하는 광대' 다. 등락의 폭이 비교적 큰 것은 마음 가는 대로 노는 스타일에 따라 플레이가 달랐던 까닭이다.

'사실 태진이 녀석이 가장 증오하던 랭커였는데…….'

사랑하는 NPC를 농락하고 떠났다나? 간단하게, 자기 여자를 빼앗아 갔다는 것이었다. 말로 후리고 재치 있게 들었다 놨다 하는 그 기질은 그야말로 여자들이 '알면서' 도 빨려 들어가게 하는 늪 같은 매력이라 정평이 나 있었다.

끝으로 양혁수.

일찍이 new century에 '만패무사' 라는 이름자를 남겼던 인물로서, 게임을 통해 뒤늦게 빠져든 무술로 세계에 우뚝 선 인물이었다. 가상현실 게임이 심상 수련에 큰 도움이 되고 기술숙달에 탁월한 효능을 보인다는 것을 결과로 증명한 이.
종합격투기 아시아챔피언을 넘어 세계 무제한급에서도 우승한
전적이 있는 한국의 자랑이다.

이후 완전히 프로게이머로 전향, 방송국과 전속계약을 맺
은 뒤 new century의 험난한 환경을 홀로 이겨 내는 탐험
가로 명성을 날렸다. 크리스티와 함께 new century의 선
구자로 쌍벽을 이루는 그의 랭킹은 20~50위. 타이틀은 '전
설적인'이고 직업은 모험가다. 하지만 빼어난 컨트롤 때문에
비공식 PK 랭킹에는 다섯 손가락으로 꼽히곤 했다.

정교함은 없지만, 그의 플레이는 치열하고 투쟁이 살아 숨
쉰다. 이런 한국의 자랑 역시도 태진이가 굉장히 싫어했는데,
방송을 통해 자신의 비결을 아낌없이 전파한 때문이다. 독점
할 수 있는 사냥터를 공개해 버리는 무식한 자식이라며 수차
례 욕했었다.

'억 명이 넘는 사람 중에서도 손에 꼽히는 랭커들을 예쁘
게 모아 놓고 퀘스트를 하라며 내가 보냈단 말이지?'

토끼를 잡다 빈센트와 화랑과 엮였고, 스칼렛의 창을 챙기
는 바람에 3명이 만나게 된 셈이었다. 계획적으로 한 일은 절
대로 아니지만, 하나하나로도 태진이보다 월등했던 이들이 뭉
쳤으니 정말이지 큰 변수가 탄생한 셈이 됐다.

'에이, 그래도 과거 회귀 '씩'이나 했는데 어련히 잘하겠
지.'

게임 폐인 태진이를 믿어 본다.

10여 분이 흐르자 지도창에서 자이언트 몰이 완전히 사라졌다. 빈약한 자의 손길 퀘스트 창도 스러지자 나는 슬그머니 뚫린 동굴을 따라 걸었다.

이윽고 완전히 키메라 던전에서 벗어나자 그대로 털썩 앉아 버렸다.

암벽 가운데에 뻥 뚫린 출구.

그곳에 걸터앉아 멍~하니 정신 놓고 있었다.

째깍째깍, 시간이 흐르고 잡다하게 등장하는 평범한 들개를 도끼로 무심히 쪼개면서.

긴급 퀘스트 '퓰라의 음모'를 크게 열어 놓고는 시간을 죽였다. 그러며 안 것이 있었는데, 경직시키고 꽉 붙들었던 성륜은 보통의 살아 있는 몬스터들에게는 같은 효과를 보여 주지 않았다. 피해 전가나 흡수와 같은 능력은 보여 주었지만, 경직시키거나 쇼크 웨이브로 시체를 분산시키는 그런 효용을 보이지는 않은 것이다.

'언데드 전용인가 보군.'

속성 따라 기능이 갈리는 것이 분명했다.

'뭐, 이만해도 충분히 사기적이었지만.'

나는 의미 없이 더욱 시간을 죽였다.

1시간…… 5시간…… 10시간……

낮이 밤이 되고 휘영청 달이 떠올랐다. 어차피 이곳의 몬스터야 레벨도 낮으니 갑옷을 입고 있지 않아도 크게 어렵지는 않았다. 외려, 갑옷을 본 플레이어들이 나를 귀찮게 할 우려가 있으니 모두 인벤토리에 모셔 두었다.

'그러고 보니, 지금 내 몸은 어떤 상태일까.'

초고가의 캡슐이었다면 대소변 해결은 물론, 영양까지 골고루 챙겨 주었을 것이다. 친절하게 알림 메시지도 있었을 것이고.

반면, 구닥다리 실험 모델인 내 접속기는 '사용자의 뇌파가 접속불가 판정이 날 때'가 아니라면 주야장천 쓸 수 있었다. 좋게 보면 무한정 하고 싶은 만큼 하는 거지만, 그만큼 기본 안전은 물론이거니와 보호 시스템이 전혀 없는 상황이다.

'게임 캐릭터야 요리도 해 먹으면서 공복도를 유지한다지만…… 나가면 고생 꽤나 하겠구나.'

엄청난 허기가 밀려올 수도, 대소변을 지린 상태로 게임을 하는 것일 수도 있었다.

하루 넘게 오로지 게임만 한 상태이지 않던가.

……생각만 해도 더럽다.

예상하지 못한 부분은 아니었다. 다만, 상황이 여의치 않았고 이대로 퀘스트에 실패해 버리면 신진권 회장이, Z&F가 나를 알게 될까 봐 애써 외면했던 부분이었다.

그랬던 부분들이, 이렇게 죽치고 멍하니 기다리자 거듭 나를 심란하게 했다.

'설마, 게임을 하다 죽는 웃기지도 않는 사태가 일어나는 건 아니겠지?'

도끼를 인벤토리에 넣었다 뺐다를 반복하며 나름대로 초조함을 달랬다.

만약 정말 위험하다 싶으면 바로 구급차를 부르는 거다.

다시 5시간…… 10시간이 흘러 해가 쨍하니 떠오를 때쯤.

스륵.

퀘스트창이 우그러지듯 사라져 버렸다.

"드디어!"

허망하게 상실돼 버린 퀘스트. 이는 자랑스러운 빈센트 일행이 무사히 멜도란에 도착했음을 알려 주는 것이었다. 그들이 누구를 만났는지, 어떤 보상을 얻었는지 모른다.

아니, 알고 싶지도 않았다.

이제 토벌대가 생기고 여러 복잡한 일들이 발생할 것이다. 그러나 솔직한 심정으로 지금의 나는 모두 묵인하고 용서해 줄 수 있었다.

60시간 넘게 이 짓을 하고 있으니 한계에 봉착한 까닭이다.

"야영!"

숙련도조차 필요 없는 기본 스킬.

5초의 경직이 흐르고 내 앞으로 따악, 딱 소리를 내며 타오르는 모닥불이 생겨났다.

가만히 불꽃을 보며 바라던 단어를 조심스럽게 내뱉었다.

"로그아웃."

순조롭게 창이 열렸다.

나는 그렇게 new century를 빠져나올 수가 있었다.

　　　　✖　　　　✖　　　　✖

"으으으……."

좀비가 이러할까, 오랜 세월 무덤에서 잠들었던 미라가 이러할까.

고개를 돌리고 일어나는 동작만으로도 '우두두둑' 소리가 울리고. 몸뚱이는 물론 관절 전체가 뻐근했다. 배는 고픈 것을 지나 미치도록 아팠고, 분명 배가 고픈데 배변이 급했다. 먹고 싶은 마음과 싸고 싶은 욕구가 동시에 질풍처럼 몰려드는 것이다.

보통은 이러는 게 정상이었다.

그런데.

"……뭐지?"

오만 가지 생각을 다 하며 로그아웃한 나는 놀랍도록 아무런 고통 없이 일어났다. 접속기기 밑을 보고 근처를 찾았지만 나도 모르게 실례를 한 흔적? 몸에서 느껴지는 이상 징후? 그런 것은 전혀 없었다. 60시간이라는 게임이 내게 남긴 후유증은 정신이 멍하고 눈이 드문드문 절로 감긴다는 정도에 불과했던 것이다.

다행이긴 한데, 이해할 수 없는 일이었다.

'몰라. 우선 잠부터 자자.'

맞다. 사람은 잠을 자야 했다. 골치 아픈 고민은 그때 해도 늦지 않으리라.

나는 한 손으로 캡슐을 옮긴 뒤 이부자리를 깔았다. 창가로 들이치는 햇빛을 커튼을 쳐서 막으려 했다. 그러나 짜증스럽고 피곤한 때문일까. 신경질적이어서 그런지 커튼이 쭉 찢어져 바닥에 떨어진다.

짜증 섞인 한숨이 푹 나왔다.

"내일 치우자."

그냥 수건 하나를 꺼내서는 눈 위에 안대처럼 올렸다. 그리고 오래간만에, 시체처럼 정말 편안하게 푹 잠을 잤다.

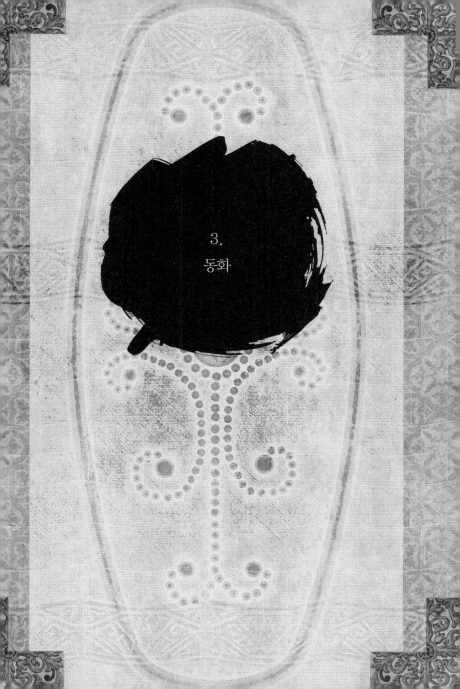

3.
동화

"모르는 천장이다."

……내가 무슨 헛소리지?

나는 천장을 다시 올려다보았다. 시야에 보이는 천장은 평소와 같았지만 달랐다.

지금 누워서 보고 있는 이곳은 내 방이 맞았다.

그런데 왜 다르게 보이는 걸까.

　　　　✖　　　　✖　　　　✖

잠을 자고 눈을 떴을 때, 나는 처음으로 느끼는 기묘함에 휩싸였다.

무언가 변해 있었고, 모든 것이 달라진 기분. 그것은 본능이 전해 오는 경고였다.

이전의 나로 돌아갈 수 없다는 박탈감과 묘한 설렘의 이

중주.

'왜 이런 생각이 드는 걸까.'

나는 마른침을 삼키고는 눈을 굴려 주위를 살폈다. 방 안의 전경은 여전했다. 물건의 위치가 바뀐다거나 하는 일은 없었다. 하지만 창으로 비치는 햇빛. 그 사이로 투명한 보라색 안개가 넘실거리고 있었다.

흐름과 위치에 따라 그 색의 차이는 저 깊은 바다 빛에서부터 옅은 하늘빛까지, 정확히 명칭할 수 없는 수백 가지로 나뉠 정도였다. 처음 천장을 보고 모르는 곳인 줄 알았던 이유가 바로 이것이다.

나는 숨죽여 눈만 데굴데굴 굴리고 있었다. 형형색색의 신비로움에 순간적인 공황 상태에 빠진 것이다.

그러다 문득 떠오르는 생각에 웃어 버렸다.

"예전에도 이랬었지."

코웃음이 나왔다. 처음 과거 회귀를 하고 이불 속에서 꽁꽁 몸을 숨기고 있었을 때가 떠오른 것이다.

그때의 나는 어찌했던가.

지금의 나는 어찌하고 있는가.

'나는 어제보다 한 걸음 나아가긴 했는가?'

분명히 노력해 온 시간이다. 나는 그런 자신을 믿고 소시민적이나마 용기를 내기로 했다.

'겁먹지 말자.'

초월자도 좋다. 악마도 좋다. 무서움에 떨며 질끈 눈을 감지만 않으면 만족한다. 당당히 맞설 능력은 없지만, 고개라도 꼿꼿이 들 정도의 소시민적 용기는 보여야 않겠는가.

숨을 골랐다. 마시고 내뱉노라니 나 스스로 놀라우리만큼 감정의 동요가 가라앉았다. 그뿐만 아니라 오가는 숨결이 가득 퍼지며 몸에 자연스러운 긴장과 이완이 이루어졌다. 순간 머리끝에서 발끝까지 관통하는 소름 끼치는 느낌과 함께 가슴을 쫙 펴게 하는 자신감이 피어올랐다.

'난 달라졌다.'

그간의 시간과 노력이 헛되지는 않았음을 자각했다.

눈으로 보았다. 귀로 듣고 몸을 움직였다. 지금 내 집, 내 방 안에는 아무도 없었다.

밖으로 나가 보았다. 때는 햇살이 비치는 오전.

어느 때보다도 가볍게 일어난 몸이 당당하게. 또 빠르게 문을 열어젖혔다.

벌컥 문을 열고 본 밖에는.

'역시.'

아무도 없다.

혹시나 하여 주위를 보았다. 그러나 몇몇 마을 사람과 눈인사를 했을 뿐, 특별한 변화는 없었다. 그저 방 천장이 그러하듯 세상 전체가 다시없는 아름다운 색으로 가득할 따름이다.

사람의 일상은 그대로였으되 세상'만' 변해 있는 것이다.

※   ※   ※

하늘의 문이 열려 저쪽 세상이 이쪽 세상에 투영되기라도 한 것 같았다. 저 하늘 너머에서 날개 달린 누군가가 내려온다고 해도 고개 끄덕이며 반길 수 있을 정도의 몽환적 색채.

"경이적이구나."

사람들은 저 놀라움을 알고 있을까. 사람들은 저 아름다움을 보았을까. 저 자연스러운 이질감에 대해 인지하고 있기는 할까.

아무렇지도 않게 일상에 충실한 사람들이 스쳐 간다. 나는 물끄러미 보다가 곧 방으로 들어갔다.

방전된 휴대전화를 충전기에 꽂고 전원을 켰다.

6월 11일. 로그아웃한 날은 6월 9일.

'이틀이 빈다.'

게임 종료 후 지나간 시간이었다. 시체처럼 잠에 흠뻑 취해 있었던 것이다.

휴대전화 창에는 부재중 전화와 몇 개의 메시지가 보였다.

'일상은 일상이라는 걸까.'

나는 바로 들어가서는 휴대전화 카메라로 방 곳곳을 찍었다. 찰칵찰칵거리는 소리. 가능한 한 짙은 보라색이 보이는 곳으로 찍은 뒤 이를 확인했다.

하지만 사진에 남은 것은 평범한 풍경일 뿐이었다.

두 눈으로는 분명하게 보이는 보라색 기류들. 햇빛에 찬란히 부서져 내리는 그 흐름이 사진에는 전혀 보이지 않고 있었다.

아직도 꿈속인 양 볼을 꼬집는 따위의 일은 하지 않았다. 몸으로 느껴지는 6월의 공기가 확실했으니까. 손발의 촉감이 뚜렷하거늘 꼬집어 아픔을 확인할 이유가 어디 있으랴.

꿈이 아닌 현실이 분명했다. 확실한 것은 카메라가 담지 못하는 것을 내 눈이 보고 있고, 현재 나의 의식은 더할 나위없이 또렷하다는 사실이다.

'이유가 뭘까?'

툭 물음을 던져 본다. 단서가 어딘가에 있을 것이다.

방 안의 풍경만으로는 부족할 수도 있을 터. 나는 총천연색으로 뒤바뀐 바깥을 확인하고자 다시 걸어 나갔다. 그리고 문고리를 잡고 다시 돌리는데.

"어?"

촉감이 이상했다.

정확하게 손가락 모양으로 깊게 눌려 있었던 것이다. 내가 급히 잡아 돌리며 생긴 자국이 분명했다.

너무 꽉 잡아서 이런 일이 생겼나 보다.

'이거 새로 하나 사서 달아야⋯⋯?!'

가만있자. 문손잡이의 재질이 아연이든가, 스테인리스 스틸이든가⋯⋯ 정확하게는 모르겠다. 여하간 쉽사리 우그러뜨릴 만한 소재가 아니라는 것만큼은 확실할 거다.

그런데

'그런 재질의 문을 내가 가볍게 우그러뜨렸다?'

순간 심장 소리가 들린 것 같았다.

콰득!

숨을 탁 멈춘 나는 조심스럽게 손을 보았다. 퍼적퍼적거리는 느낌. 조각난 플라스틱들 사이로 휴대전화의 잔해들이 부서져 내리고 있었다.

이를 양 손아귀에 쥐고 서로 비비적거려 보았다. 그러자 한
줌의 모래를 쥔 것처럼 약간의 이질감이 느껴지고, 휴대폰은
제 형체를 잃고 부서지고 찌그러져서는 현관 바닥에 흘러내렸
다.

싱크대를 한 손으로 쥐고 슬쩍 힘을 주었다.

무리 없이 번쩍 들린다. 전혀 힘이 들지 않았다.

"허허."

다 늙은 사람처럼 헛웃음이 나왔다. 마른침을 삼키고 싱크
대를 내려놓았다.

조금의 상처도 없는 나의 손. 눌린 자국조차 없다. 그뿐만
아니라 단련한 적 없는 내 손이 수년은 고련한 자의 손처럼
억세고 강하게 변해 있었다.

주변을 살핀 나는 싱크대에 물을 잔뜩 받았다. 가득 찬 수
면으로 긴 머리칼에 깊은 흉터를 가진 '내'가 비쳤다.

깊이 손을 담그고는 한 마디를 내뱉었다.

정말 혹시나 하는 마지막 테스트.

"쇼크 웨이브."

순간, 보라색 기류가 핏줄을 타고 손으로 가더니 심장 박동
과도 같은 둔중한 울림을 토했다. 이어 손끝으로 작은 소용돌
이가 이는가 싶더니만 거센 폭발음과 동시에 싱크대가 밑으로
주저앉으며 물이 솟구치는 것이 아닌가.

펑! 촤아악!

수중에서 폭약을 터트린 양 역류한 물들. 순식간에 부엌을

아수라장으로 만든 그 속에서 나는 그저 웃을 수밖에 없었다. 비 맞은 생쥐처럼 쫄딱 젖은 그 모양새로 실실 웃었다. 가슴이 허하고 먹먹할지니 나오는 것은 공허한 웃음뿐이어라.

그래, 손에서 장풍이 나가는 이게.

'현실이란 말이지?'

정말로 기가 막히는 상황이다.

손에 새겨진 톱니바퀴 모양의 성륜이 비웃는 듯했다.

⊠   ⊠   ⊠

"······정리해 보자."

젖은 머리칼을 대충 쓸어 넘겼다. 머리띠라도 하지 않으면 시야를 모조리 가릴 기세다. 길어진 머리카락의 길이는 딱 new century의 제임스와 일치했다.

이만큼 길러 본 역사조차 없으면서도 감지하지 못할 정도로 편하게 여기고 있다니.

게다가 내 손에서 뿜어져 나가는 쇼크 웨이브라는 스킬이 말해 준다.

'경지를 이뤘다 싶은 이용택 관장조차도 내공은 분명히 없다고 했었는데.'

놀라운 기술을 구사하던 그가 확신한 한마디가 이것이었다. 그런데 내 손에서 이런 것이 쏘아지니 어떻겠는가.

상식에 어긋나며 반칙적인 힘이었다.

그런데 나는 이런 모순적인 상황에 제법 익숙했다.

'마치 게임 속의 성륜 같다.'

그래. 그렇게 추론하면 뜻밖에 쉽게 모든 것을 해결하게 된다.

초창기, 내가 new century에서 성륜의 효능을 알고 우려했던 사태가 예상치 못한 시점에 터진 셈이다. 바로 현실과 게임의 경계가 무너졌다는 것. 그것의 매개체가 '성륜'이라는 사실이었다.

그런데 의문은.

'왜 오늘이지?'

추측 가능한 첫째. 기본적으로 성륜은 이러한 능력을 갖추고 있었다. 다만, 나의 성장이 워낙 더뎌 눈치채고 있지 못할 뿐이었으나 이번에는 급속한 레벨업을 통해 가시화된 것에 불과하다는 것이다. 먼 산 조각구름 멈춘 듯 흘러가는 것처럼, 변화는 급격하지 않으나 꾸준히 이루어졌다는 소리.

괜찮은 추측일까?

'그럴 리가.'

곧 고개를 젓게 되었다. 이는 그다지 가능성이 크지가 않은 까닭이다.

new century의 캐릭터가 가진 스킬과 능력치는 아무리 미약하다 하더라도 현실의 나에게는 가히 달인에 가까운 힘과 능력을 더해 준다. 어지간히 무던하고 생각이 없다면 모를까, 조심스럽게 상태를 점검하는 나에게는 있을 수가 없는 일이었다. 돌다리를 얼마나 두들기며 내가 길을 건넜는데 말이다.

그렇다면 이건 아마도.

"네 번째 성륜의 힘이겠군."

시기상으로나 가변요인으로나 가장 사실에 근접한 추론인 것 같았다. 결과에 따라 원인을 끼워 맞추는 식이기는 하지만, 우선 작금의 사태를 new century와 현실의 경계를 허무는 힘, 동기화라 생각하기로 결단을 내렸다.

내 지식으로는 다른 추론이 불가능했던 이유이기도 하다.

"이럴 줄 알았으면 잘생기게 할 걸 그랬네."

흉터 덕분에 폭력배처럼 됐으니 말이다.

피식.

나는 객쩍은 생각을 저 구석에 치워 버렸다.

원인 파악이 끝났다. 이제는 응용에 들어갈 단계.

사태를 돌릴 수 없으니 영리하게 적응해야 하지 않겠는가.

'스킬의 효용성을 점검하면.'

현재의 상태를 확인해 보았다.

우선은 몸이다. 지금 나는 흠뻑 젖었지만 '하나도 춥지' 가 않았다. 제아무리 6월 초이긴 하지만 찬물에 흠뻑 젖어서 척척한 몸으로 있으면 조금은 춥거나 하는 반응이 있어야 하는데, 정말로 나는 아무렇지 않았다.

이상현이 아닌 제임스인 까닭이다.

'지금 나의 몸은 바로 전사의 육체니까.'

대표적인 전사의 스킬인 혈력 집중은 지닌 바의 혈력으로 신체를 강화하는 스킬이다. 혈력 포인트 자체는 고통의 희열로 모두 불태웠으나 상승한 막대한 힘 수치는 나의 체력 그 자체를 높여 주었으리라 본다. 그뿐만 아니라 도둑의 기본 스킬은 신체를 활성화시켜 준다. 기민하고 안정적안 움직임은 그 덕분일 터.

'그것도 있었군.'

풀려 나가는 실타래처럼 속속 갈증 어린 의문이 감로를 마신 듯 해갈되어 갔다.

세상 전체를 뒤바뀌게 해 준 스킬은 바로 마법사의 본능 같다. '마력의 움직임'을 파악하여 성공률을 높여 주는 효과를 부여하니까.

"그럴 법해."

현재 내 눈에 보이고 있는 이 모든 현상은 바로 이 스킬 덕에 일어난 것이었다. 평소와 같이 살아가며 전혀 느끼지 못하고 있었던 마력이 버젓이 보이며 발생한 사태. 아직 1레벨에 불과한 패시브 스킬이 활성화되며 보이기 시작한 신세계 말이다. new century의 세계가 보랏빛이 아니었던 까닭은 내 체감도가 극단적으로 낮은 때문일 것이다.

'더 있나?'

파악하지 못한 다른 변화가 또 있을까 재차 점검했다.

상태창은 열리지 않았다. 퀘스트를 비롯한 시스템 알림음 등도 전혀 작동하지 않는다. 마지막으로 인벤토리까지 확인했으나 전혀 반응하지 않았다. 즉, 성륜의 힘으로 동기화된 게임의 능력은 제임스라는 캐릭터의 육체가 전부였다.

나는 천천히 음미하듯 세상을 보았다. 충만한 마력을 보다 보니 자연스럽게 떠오르는 의문이 있었다.

왜 이토록 가득한 마력들이 그저 '흐르기만' 할까.

집 안을 다시 보았다. 곳곳에 보랏빛 마력들이 흐르고 태양광에 따라 놀라운 스펙트럼을 보이고 있다. 그러나 제임스의 육체와 호흡하며 드나드는 마력들과는 다르게 세상과 온갖 사물의 마력은 그저 본래 가진 만큼만, 또 흐르는 만큼만 유지되고 있었다.

마치 보이지 않는 경계가 있어 선을 딱 그어 놓은 것처럼.

'저러니 이용택 관장이 내공이 없다고 한 거구나.'

조금 더 많은 것을 보고 싶어진 나는 지갑을 챙겨 밖으로 향했다.

잘 포장된 도로. 달리는 차량과 숨 가쁘게 어디론가 향하는 사람들. 익숙한 도시의 풍경이었다. 그리고 그렇게 보이는 모든 이들 역시 마찬가지였다. 체내에 마력이 존재하며 세상 가득한 마력 속을 사람들이 유영하고 있는 셈이지만 정작 안과 밖의 동조가 전혀 이루어지지 않았다.

외려 사람들의 마력이 미량씩 빠져나가고 있었다.

'기는 있으나 내공은 없다. 마력은 충분하나 마법은 없다.'

갈무리하지 못하고 모두 호흡에 따라 소진되어 가는 마력들은 어린아이보다 어른, 어른보다 노인에게서 더욱 많이 빠져나왔다.

마력을 기로 대체한다면 얼추 이해가 되는 모습들이었다.

그러나 이전의 상식과 반대되는 것은, 내가 사는 산동네보다 도심으로 갈수록 마력이, 사람들의 생기가 곳곳에 넘실거리며 가득하다는 사실이었다.

수련하고 도를 깨우치려면 맑은 기운이 물씬 풍기는 곳이 낫다고 하는 것은 단순한 낭설에 불과한 걸까.

마력은 산속보다 도심에서 빠르고 역동적이며 농밀하게 움직이고 있었다.

'생기 가득한 세상에서 외려 생기를 잃고 있다니.'

인조건물들일수록 마력이 더욱 잘 흐르고 그 움직임을 가속했다. 반면, 덜 가공된 목재일수록 자신의 마력을 지키고만 있지 주위에 흩뿌리거나 동조되지 않는 모양새를 보이고 있다.

"정말 모를 일이군."

분명 아이보다 노인의 마력 양이 적었다. 이로 보면 마력을 생기로 보아도 맞을 법한데 마력의 절대 수치는 나무보다 건물에 넘치고 있었다.

생기가 넘치니 더 큰 생기가 빠져나가는 기이한 사태인 것.

'과호흡증후군이랑 비슷하게 생각해야 하나.'

걸음을 계속 옮겼다. 꽤 오랜 시간을 걸었지만, 상현이라는 인간보다 수십 배는 강한 제임스이기에 전혀 힘들고 피곤하지 않았다. 그렇게 홀린 듯이 주위를 얼마나 보았을까.

쏴―!

나는 갑자기 풍파가 인 것처럼 일대가 개이며 고도로 집중된 보라색 광채가 솟구치는 것을 보았다. 송신탑과도 같이 밀도 있게 집중된 그 빛줄기가 어딘가로 뚜렷하게 날아갔다. 이어 주위에 있는 사람들이 한결 개운하며 후련한 표정을 하고 있었다.

그런 나를 깨우는 손길.

"하실 건가요?"

"네?"

보랏빛에 취해 들어온 그곳은 캡슐방이었다. 미래를 끌어당긴 것인지 둥근 고가의 캡슐들이 나란히 놓여 있었고 적은 마력이 증발한 탓인지 메마른 공기가 상쾌하게 느껴지는 장소였다.

"아저씨, 캡슐방 처음이에요?"

계산대에 있던 아르바이트생이 재차 물어왔다. 다만, 그 말투와 눈초리가 썩 달갑지만은 않았다. 그도 그럴 것이, 전면 거울로 보이는 내 모습은 치렁치렁하게 얼굴을 가린 상태로다 젖은 운동복 차림에 물기를 닦던 수건만 걸치고 있는 탓이었다.

"별로 생각 없습니다."

"그럼 찾는 사람이라도?"

"아니요."

이에, '그럼 왜 온 거야?' 하는 눈빛으로 나를 쏘아보는 아르바이트생.

그제야 정신을 차린 나는 바로 밖으로 나왔다. 정말이지 마력으로 가득 찬 세상에 홀리기는 제대로 홀려 있었나 보다. 상가건물에 올라와 놓고는 이를 알지 못하고 있었다니.

그나저나.

'일대의 마력을 송신하는 역할을 캡슐방이 한다?'

수많은 캡슐이 전송하는 마력들이 과연 어디로 가겠는가. 바로 new century의 개발자, Z&F의 신진권 회장에게일 것이다. 그러나 전혀 알 수 없는 사실은 그가 이 마력들로 무엇을 하는지에 대한 의문이었다.

수많은 곳에서 모은 엄청난 양의 마력들로 그는 무엇을 획책하는 걸까.

"……모르겠다."

정보 부족. 게다가 섣불리 다가갈 수도 없었다. 그러니 아직은 숨죽이며 조심스럽게 구경만 해야 했다.

나는 이를 위해 공중전화를 찾아 이용택 관장에게 전화를 걸었다.

신호음이 떨어지고 나지막한 그의 목소리가 들렸다.

"관장님, 저 상현입니다."

— 아, 그래.

"new century는 할 만하시던가요?"

— 제법 흥미롭더구나. 즐기다 보니 어제 38레벨을 만들었다.

'아, 그렇군요.' 하고 답하려던 나는 잠시 멈칫했다.

38레벨?

그거 꽤 높은 숫자 아니던가?

"혹시, 랭킹이……."

— 어제는 1위였는데 오늘 보니 추월당해서 2위가 되었지.

"대단하시네요."

─ 그리고 겁륜의 계약자 중 하나를 어제 만났다.

"네?"

─ 재미난 녀석이었지. 자유자재로 변하며 말을 하는 무기를 들고 있었으니까.

"어, 어떻게 되었나요?"

─ 제 놈 무기로 죽여 줬다.

"……."

잠시 가만히 있던 나는 이내 고개를 흔들었다. 내 귀가 잘 못되었나 후비기까지 했다. 지금 내 귀가 먹은 게 아니라면, 며칠 만에 태진이를 추월했다가 우연히 만난 겁륜을 아작 냈다는 말이 된다. 이건 아무리 그가 기인이라고는 해도 지나치지 않은가.

'이 남자, 정체가 뭐지?'

희소식을 넘어 경계하게까지 만드는 지나친 성과였다. 혹시 악마나 초월자 같은 존재가 준비한 인물은 아닐까 싶어졌다.

하지만 지금 와서 의심하며 멀리하기에는 너무 많은 것을 보여 준 상태이다. 믿음에는 티끌만큼의 의심조차 없어야 한다.

"굉장한 진척 속도네요."

─ 그런데 그 무기를 뺏고 흥미로운 일이 생겼단다. 성륜이 겁륜을 자신에게 달라고 하고, 겁륜은 아내의 모습으로 변해 살려 달라 애원했거든. 그뿐만 아니라 둘 다 나에게 새로운

세상을 안겨 주겠노라 제안하더구나.

"받아들이셨나요?"

― 둘 다 기절시켰다.

"하하. 훌륭하십니다. 오늘 좋은 술을 들고 찾아가면 될까요?"

― 기대하마.

대화는 거기까지였다.

나는 전화기를 내려놓고는 잠시 멍하니 있다가 웃었다. 밖에는 여전히 보랏빛으로 넘실거리는 경관이 가득 펼쳐져 있었다.

그래. 이제 변할 만큼 변했고 보일 만큼 보인 상황이다. 상황은 기호지세(騎虎之勢), 스스로의 판단과 눈을 믿고 동료를 믿어야 했다. 성륜이고 겁륜이고 죄다 꺾어 버리는 그만한 인물이 내 뒤를 친다면 나는 방법이 없으니까.

인정하는 거다.

"좋은 게 좋은 거지, 암!"

이용택 관장은 엉겁결에 찾은 최강의 패다. 다른 모든 것을 다 합친다 해도 그를 new century로 끌어들인 것 이상의 변수는 없을 것이다.

본래 전화를 건 의도는 게임을 하며 현실의 몸이 달라졌느냐는 것을 묻기 위함이었다. 고체감도의 플레이어. 더군다나 현실의 고수인 이용택 관장이라면 그 미묘한 변화를 절대로 놓치지 않을 테니 말이다.

그런데 더 큰 정보와 선물을 준비했을 줄이야.

'여하간.'

이제 제법 퍼즐을 맞춰 볼 만해졌다. 찾아가서 확인만 한다면, 나 역시도 노선을 확실하게 잡을 수 있게 된다. 저들의 눈치를 보지 않고 내 진정한 목표를 찾을 여유를 얻게 되는 것이다.

"옷을 사야겠다."

우선 몰골이 몰골이다. 운동복에 수건을 건 차림.

여기에 맨발에 슬리퍼를 신고 예까지 나왔다. 지금까지는 마력의 흐름에 취해 사람들의 시선을 의식하지 못했지만, 어느 정도 상황 파악이 되니 주위의 시선이 따갑게 느껴졌다.

나를 더욱 우스꽝스럽게 만드는 것이 바로 발목을 훤히 드러내고 있는 짧아진 바지다. 몇 치수는 작은 옷을 입은 양 몽땅해 보이는 까닭.

옷이 작아진 걸까?

아니다. 이는 내가 그만큼 성장한 때문이다. 바로 10레벨당 1㎝의 키를 성장시키는 전사의 육체의 위엄이었다.

'키 크고 싶으면 레벨업을 해라.'

웃음이 절로 나왔다.

"확실하게 동기부여가 되는걸?"

대한민국의 180cm 미만의 남자들이라면 눈에 불을 켜고 달려들 것이다.

부작용이 있긴 하지만 말이다.

꼬르륵―!

"……배고파."

이 스킬의 단점은 먹성이 몇 곱절은 된다는 사실이었다. 앞 상가에 비친 내 모습을 보며 웃고 있노라니 사람들이 슬금슬금 저만치 우회하여 지나간다.

그때, 문득 음식점 간판이 한눈에 쏙 들어왔다.

비틀린 웃음이 새어 나왔다. 먹고 싶어서가 아니라, 영어와 이탈리아어로 쓴 간판의 글이 자연스럽게 이해된 이유였다.

'기본 스킬 만만세로군.'

모든 외국어 자동 번역!

게임에서는 기본 스킬이었지만 이것이 현실화되니 그 효용이 실로 대단했다.

심장이 쿵쾅거리고 몸뚱이는 흥분으로 달구어진 상태.

그러나 나의 이성은 놀랍도록 평온했으며 상황 하나하나를 모두 눈에 담고 있었다.

바로 마력 응집 스킬의 영향이다. 마력으로 정신을 맑게 해 주는 스킬. 그저 지혜를 상승시키는 단순보조 스킬인데 현실화되니 이 정도다. 지금 보고 해석되고 있는 외국어들? 패시브 레벨1이라는 고요의 정신이 저 언어들을 마치 자국어처럼 익숙하게 해석해 준다.

"더 침착하자."

실수로 버스 문짝을 떼어 내고, 급한 마음에 시속 80Km로 내달릴 수도, 무의식적으로 4층 건물에서 바로 1층 현관으로 뛰어내리는 활극을 나도 모르게 벌일 수도 있을 테니까.

'말 한마디 잘못해서 장풍을 날려 대지 않으려면 말이지.'

대표적으로 절대 금기어, 쇼크 웨이브가 있겠다.

"하나씩."

차근차근 적응할 일이다. 서두르지 않는 건 필수다.

'침착하자.'

없는 자는 갈급하여 갈망한다. 있는 자는 여유롭게 관망한다.

'갈망하는 자는 한 치 앞에 휘둘리고 관망하는 자는 하루를 다스린다.'

나는 후자의 삶을 소망했다. 그러니 평범하게 잘 적응하는 거다.

지금까지처럼 나는 잘할 수 있다.

❈   ❈   ❈

옷을 사기 위해 들어간 가게.

"어서 오……세요, 손님. 무언가 찾으시는 상품이 있으신가요?"

딸랑, 거리는 문소리를 듣고 내다보았던 여직원의 얼굴이 순간 3번 변했다.

옷차림을 보고 짜증 섞인 찡그림.

머리칼을 쓸어 넘기자 흉터를 보고 경악.

깡패라도 본 양 어색하게 짓는 미소.

'씁쓸하군.'

그저 용건을 얼른 마치게 해서 빨리 내보내려는 심산이 여실하게 보였다.

나 역시도 오래도록 쇼핑하는 취미는 없었다. 익숙하고 무난해 보이는 마네킹 하나를 가리켰다.

"저것으로 하겠습니다."

"예! ……예?"

그런데, 내 눈을 보고 목소리를 들은 여직원의 태도가 사뭇 달라졌다.

확연히 정중하게 대하는 것이다.

"죄송합니다, 손님."

급반전된 그녀의 과잉친절이 의구심을 자아냈다.

"그런데 이 정장은 3~40대의 기성세대에 어울립니다. 괜찮으시다면 손님께 어울리는 다른 정장을 권해 드리고 싶습니다. 캐주얼한 스타일도 있고 더욱 젊은 세대에 어울리는 세련된 정장도 있으니까요."

뒤늦게나마 떠오르는 바가 있던 나는 확인해 볼 겸 유치한 짓을 해 보기로 했다.

"그렇다면 저것과 같은 것으로 주세요."

"브로마이드에 있는 정장 말이신가요?"

"예."

"그게, 손님과는 약간의 차이가……."

여기서 끊고 말한다.

"전부 똑같이! 부탁합니다."

"……네, 알겠습니다."

표정. 몸짓. 이들로 얄팍하게 엿본 그녀의 심리는.

'불편함, 존경?'

다소 두려움에 가까운 존경이었다. 역지사지로 보건대 분명히 조소와 실소가 나와도 좋으련만 전혀 그런 기색이 없었다.

표정 한편에 남아 있던 불쾌감 대신 움츠러든 모습이 눈에 들어왔다. 흡사 상사에게 꼬투리를 잡히지 않기 위해 애쓰는 직원의 느낌. 힘센 깡패가 아닌 윗사람에 대한 공경이 엿보였다.

"조심히 살펴가세요."

깊숙이 인사하는 그녀를 뒤로한 채 나는 쇼핑백을 껄렁하게 어깨에 걸쳤다. 이후 구두, 속옷, 안경, 술 등을 사들이며 사람들의 반응을 살폈다.

"뭐, 이런 거지 같은…… 아, 와인 말이시군요. 선물용이라면 여기 이쪽으로."

"저기요. 거기서 신발이라도 털고 들어오시는 게 어때요? ……죄, 죄송합니다. 제가 아직 초짜라서……."

정도의 차이는 있을지언정 목소리와 시선을 주고받는 순간, 태도가 달라졌다.

한편에 콩트처럼 반전되는 모습들.

'그랬단 말이지.'

나는 보따리 상인처럼 쇼핑백을 짊어지고 인접한 찜질방에 들어갔다. 5층 높이에 있는 그곳까지 가는데, 젊은 연인들, 다양한 사람들이 나를 힐끔거리며 킥킥 웃다가 얼굴을 보고는 단청을 피웠다.

입고 있던 옷들은 그대로 쓰레기통에 넣었다. 몸을 씻고는 탕에 들어가 앉았다. 뜨끈한 물속에 앉아 있노라니 긴장이 다소 풀리는 느낌이었다. 냉수마찰이 정신을 번쩍 차리게 한다면 온욕은 심신을 안정시킨다.

나는 의식적으로 길게 한숨을 내쉬었다.

"이게 고작 기본 능력치와 스킬의 힘이란 말이지?"

현재 나의 스킬은 총 15가지.

혈력 집중. 전사의 본능. 전사의 육체. 기력 활성. 도둑의 시야. 도둑의 본능. 쇼크 웨이브. 고통의 희열. 마력 응집. 고요의 정신. 마법사의 본능. 연주. 요리. 야영. 옷 수선.

게임 경험이 짧으니 모두가 낯설게만 느껴졌었다. 쇼크 웨이브를 제외하면 효과조차 이해하지 못했던, 쓰지도 않던 패시브 스킬들이었으니까.

그러나 100% 체감도의 현실에서 겪은 결과 실상은 전혀 딴판이었다.

패시브 스킬은 실로 위대했다.

'분류하면.'

전투 스킬과 생활 스킬이 된다.

이 중 타인에게 영향을 미치는 것. 나를 두렵게 하는 요소는 어디에 있을까?

답은 스킬이 아닌 능력치에 있었다.

힘. 민첩. 지혜.

그리고 지혜로서 파생된 능력치.

'위엄(威嚴).'

두려워하다, 으르다, 협박하다의 뜻을 가진 위(威).

엄하다, 급하다, 혹독하다의 뜻을 가진 엄(嚴).

지혜15에 생겨나는 능력치!

new century에서 NPC에게 끼치는 공식적인 수치이자 자신의 말에 대한 무게를 상징하는 수치. 지혜가 깊은 현자의 상징으로서 '여행자' 임에도 귀족, 왕족과 대화할 수 있게 만드는 능력치다.

이를 일컬어 '카리스마' 라고도 한다.

위엄6!

지금까지 마주한 직원들은 본능에 따라 이를 느끼고 나를 심히 '불편하게' 여긴 것이었다.

"친구 찾기가 지난해졌구나."

한숨이 나왔다. 가뜩이나 흉터로 무섭게 변한 얼굴인데 위엄까지 어렸다. 이에 구애받지 않으며 서로 진심으로 소통할 수 있는 진정한 친구를 어떻게 찾는단 말인가.

첨벙.

숨을 멈추고 머리까지 탕에 잠수하듯 담갔다. 온기가 눈두덩을 데우고 코끝, 귀 끝, 머리끝까지 가득 감쌌다. 먹먹해지는 소리들. 둔중하게 물을 타고 전해지는 울림만이 가득했다.

눈을 떴다. 흐릿하게 보이는 풍경. 물 흔들림에 따라 일렁이는 목욕탕 너머로 마주 앉은 사내와 뛰어다니는 아이가 얼핏 보였다.

등을 밀어 주고 있는 아비와 아들. 샤워기 밑에서 대화하는 두 형제.

'저 평범함이.'

정말이지 흔하지만 내게는 멀기만 하게 보인다.

과거로의 회귀.

만약, 단 하루만이라도 부모님 사고 전으로 회귀했다면 얼마나 좋았을까. 그랬다면, 정말 그랬다면 많은 것을 해 드릴 수 있었을 텐데.

'……괜찮다. 어차피 실패했던 삶!'

새로이 기회를 잡았음에 감사해도 충분하니까.

'나는 내 삶과 목표를 찾으면 된다.'

몸을 일으켰다. 참았던 숨을 내쉬며 내려온 머리칼을 쓸어 넘겼다.

이는 소중한 보물찾기.

일조일석에 이루어질 일이 아니다.

노력하고 고생한 만큼 그만큼 값질 것이다.

❈   ❈   ❈

냉탕에 들어가 차가움으로 정신을 무장했다.

짜릿함이 나를 일깨웠다. 습관적으로 자해하던 왼손과도 이젠 안녕이다. 전사의 육체로 칼날이 미끄러지는 몸뚱이가 됐으니까. 진짜 독하게 마음먹고 확 그어야 하는데, 상처로 말미암은 평정심은 마력 응집이 대체하니 그걸로 됐다.

"앞으로 술은 다 마셨구나."

평정을 유지해야 한다. 홧김에 휘두른 주먹에 사람을 피떡으로 만들 수도 있으니까. 아무도 보지 않는다고 엄한 짓을 저질렀다가 카메라에 찍히면 끝장이다. 공권력이라는 것은 조금 우월해진 이 정도의 힘으로 무시할 것이 아니다.

책임질 수 있을 만큼, 감당할 수 있을 만큼만 쓰고 나를 절제하는 것이다.

냉탕에서 나온 뒤 수건으로 몸을 닦았다. 여전히 느껴지는 주위 사람들의 시선들. 그러나 거리에서와는 달리 확실히 목욕탕 안이라 그럴까 그 의미가 매우 달랐다. 알몸 대 알몸으로 마주한 그들의 눈에는 시샘과 질시, 부러움이 가득했다.

'내게도 초콜릿 복근이란 게 있긴 했군.'

가히 환골탈태라 할 정도로 바뀐 몸.

전사의 강인함에 도둑의 기민함이 더해진 몸뚱이가 되었다. 레벨 상승치로 보면 6cm만 성장해야 했지만, 현실의 몸과 어우러지며 +@가 생긴 덕일까.

옷 치수를 재며 확인한 결과 3cm가 더해져 177cm가 되었다.

'그나마 다행인 건, 비율이라도 봐줄 만하게 유지했다는 사실.'

도둑 스킬을 익힌 것이 천만다행이었다. 덕분에 다리 길이가 길어졌지, 만약 전사형으로 오롯이 갔다면 갑자기 몸집이 불어나던 대장장이 데닉처럼 육중하게 되었으리라.

지금도 어지간한 사람은 기죽일 정도의 몸이었지만 말이다.

'이 몸이면 스포츠 선수가 되거나 K1에 나가도 챔피언은

따 놓은 당상이겠어.'

치기 어린 생각을 지우며 나는 거울을 보았다.

머리칼을 쓸어 넘기니……

'확실히 패션의 완성은 얼굴이라는 게 맞아.'

참으로 다른 느낌이 여실하다.

'연예인이 입었을 때는 귀티가 났던 차콜그레이 정장인데.'

제대로 얼굴을 가릴 겸 가다가 중절모라도 사야겠다.

✠   ✠   ✠

쇼핑을 마치고 돌아오자 어느덧 오후 5시다. 나는 이용택 관장 댁 문 앞에서 심호흡했다.

일주일도 안 되는 동안에 9㎝의 폭풍 성장과 근육질의 몸이 된 나다.

그는 아군으로 만들어야 할 사람이다. 그 때문에 여기서 내게 필요한 것은 진실성이 된다. 어떤 합리적인 설명으로도 '나의 변화'는 비현실적이었으니까.

'설득할 사람이 하나밖에 없으니 다행이라면 다행이지.'

학교를 중퇴했으니 매일같이 만나던 친구도 없었다. 즉, 이번만 잘 넘기면 된다.

흐읍.

다시 숨을 고르고 벨을 눌렀다.

"누구시죠?"

여성의 목소리.

"네. 이상현이라고 합니다. 이용택 관장님을 뵈러 왔습니다."

"아, 기다리고 있었어요."

흔쾌히 반기는 음성.

문이 열리고 생활 한복을 입은 미인이 눈에 들어왔다.

"반가워요, 상현 군. 듣고 생각했던 것보다 훨씬 남자답고 듬직하네요."

희고 고운 손이 악수를 청해 온다. 나 역시 장갑을 벗고는 손바닥이 보이지 않게 신속히 잡았다.

"이상현입니다. 직업은 백수고 관장님께 도움을 받고자 찾아왔어요. 잘 부탁합니다."

차분하게 목소리를 조절하고 이전의 경험을 살려 자기소개를 했다.

곧 눈썹을 묘하게 찡긋거린 그녀가 입가에 미소를 그렸다.

"정혜란이라고 해요. 인심 야박한 무도가랑 사는 흔한 아줌마랍니다."

아줌마라는 소개에 '글쎄' 란 생각이 절로 들었다.

동양적인 곡선에 시원스런 이목구비가 서구적인 매력까지 한껏 풍기는 미녀. 이용택 관장의 나이로 보건대 삼십 대 후반이 분명하지만 이십 대의 젊음과 어머니로서의 포근함을 두루 갖추고 정갈함까지 물씬 풍겼다.

'이상형과 결혼했다더니.'

과연 절로 고개가 끄덕여지는 미모다.

그 아름다움은 실내장식과 함께 더욱 배가되었다.

현관문 바깥.

도시에서는 삭막함이 가득하다. 난잡하게 흐르는 마력들이 외려 피곤할 지경.

그러나 문 너머의 동양적인 내부는 가히 한 폭의 그림과도 같았다.

수묵화가 이러할까. 지난번 실내장식을 보며 감탄을 했었는데, 이제 보니 가장 중요한 주인공이 빠진 상태였던 것이다. 빛과 색을 오롯이 유지하는 마력. 그 중심에서 호흡하는 그녀는 실로 화룡점정이다.

"무얼 그렇게 보는 건가요?"

"눈에 담기는 아름다움이 너무 많아서요. 차마 지나가는 것이 미안할 정도입니다. 특히 사모님이 가장 돋보이시는데, 후유. 확실히 관장님이 자부하실 만한 미모시네요."

"어머? 그이가 그랬었나요?"

"이상형과 결혼했노라고 은근히 자랑하셨죠."

무뚝뚝한 이용택 관장이 절대로 내색하지 않았을 부분을 언급하자 그녀가 묘한 미소를 지으며 콧소리를 냈다.

"나이에 맞지 않게 중절모를 쓰고 있다 했더니, 상현 군이 묘한 센스도 있군요~ 게다가 그거 아는지? 말하는 투가 정말 나이 들어 보인다는 거 말이어요. 으읍~ 버터 한 숟갈은 입에 문 거 같다랄까?"

장난스럽게 짓는 표정.

"아, 그랬나요?"

"물론이랍니다. 스물도 안 된 청년이 그런 식으로 인사를 한다는 것도 난센스고요."

'아……'

과거와 현재 내 나이를 대입하는 부분에서 자꾸 실수하게 된다.

"하지만~ 확실히 그이랑 어울리는 사람이네요."

나는 모자를 벗으며 멋쩍게 웃어 보였다. 아무래도 학교에 다니며 학생 티 내는 방법을 더 익혔어야 하는데, 너무 쉽게 자퇴를 한 것 같았다. 영업하듯이 비위 맞추고 행동하는 패턴이 나도 모르게 남아 있는 거다.

자가 최면이라도 걸어야 할 성싶었다. 내 나이를 잊지 말자, 잊지 말자, 하고.

그나저나.

'그녀는 '위엄'에 조금도 영향을 받지 않고 있구나.'

호기심과 흥미만 보일 뿐, 조금의 위축됨도 없었다. 사람마다 정도의 차이가 있듯, 위엄 역시 받아들이는 이의 역량에 따라 다른 것이다.

적잖게 위로가 되는 부분이었다.

"밉게 보이지 않아 천만다행입니다."

"외려 고마운걸요. 요즘만큼 함께 있는 시간도 없었고, 또."

정말 중요하다는 듯 검지를 들어 보이는 정혜란.

"통장이 묵직한 적도 없었죠. 아참. 이거 선물 맞죠?"

"네? 아, 네."

"잘 받아 둘게요."

한 손에 들고 있는 쇼핑백을 가져가는 손놀림.

38레벨 달성 소식과 태진이 추월 이야기를 듣고 성과급 조로 오전에 3천을 넣긴 했다만…….

'아줌마가 맞긴 하구나.'

차분하고 수려한 동양 미인에게서 강력한 생활력이 물씬 풍기니, 가정이 있고 없고의 차이가 참 크긴 큰 모양이다.

"관장님의 실력이 비로소 빛을 발하시는 건데요."

"고용주의 탁월한 안목 덕이기도 하겠죠?"

심히 부담스럽게 눈을 반짝이는 정혜란이었다. 이건 먹잇감을 노리는 맹금류의 시선!

그때, 반가운 소리가 들렸다.

"왔으면 들어오지 않고, 왜 쓸데없는 소리를 하는 건가?"

그녀가 움찔 놀라더니만 '쉿' 하며 입술을 가렸다. 그리고 처음의 모습 그대로 차분한 표정과 기색으로 변모했다.

현모양처의 고아함.

"준비했던 차를 내올까요?"

"잠시 중요한 일이 생겼으니 한 시간 뒤로 미룹시다."

"그럼 그렇게 준비할게요. 그리고 여보?"

"왜 그러오?"

입가에 환한 미소를 달고 말하는 그녀.

"제가 이상형이라고, 한껏 자랑하셨다면서요?"

"……어험!"

순간, 어색한 헛기침과 함께 보랏빛의 파동이 동심원을 그리며 퍼져 나갔다.

나직한 울림.

쿵쾅쿵쾅 심장이 요동쳤다.

그는 지금 의도적으로 압박하는 파동을 만들어 낸 것이다.

반면, 정혜란은 그 헛기침을 듣고 더할 나위 없이 기분이 좋다는 듯 콧노래를 흥얼거리며 부엌으로 가 버렸다. 두 사람의 마력은 서로 동조하며 호응하고 부드럽게 일대를 촉촉이 적시고 있었다.

"딸자식 있는 어미가 돼서 언제나 철이 들려고…… 쯧."

혀를 차는 이용택 관장은 말만 그럴 뿐, 입가에는 처음으로 보는 미소가 그려져 있었다. 이를 보는 내 심정은 그냥 헛헛할 뿐이다.

'저러니 위엄6 따위가 안 통했지.'

눈앞의 그를 보았다. 그는 마력으로 가득 찬 세상 속에서, 오롯이 존재하고 있었다. 헛기침하며 들끓었던 마력은 언제 그랬냐는 듯 멈추어서는 완벽한 경계를 그리고 있다.

호흡으로 통하고 이어져 있는 세상과 달리, 그의 마력은 자존하고 그것만으로 완벽한 평형상태를 이루고 있는 것이다.

완전의 벽.

그러나 한 번 움직이면 일대에 막강한 영향력을 끼쳤다. 그리고 그의 아내는 그러한 기질과 동화되어 있었다.

나는 이들이 무섭고도 부러워졌다.

"잠시 방에 있는 사이, 통장을 확인했더구나. 덕분에 눈치는 일부 챘지만, 전부를 알고 있는 것은 아니다."

"그 정도야 괜찮습니다."

"다행이구나. 그건 그렇고……."

무심하게 가라앉은 시선이 내 머리끝에서 발끝을 훑었다.

그리고 나직이 물었다.

"꽤 연락이 안 되더니만, 확실히 놀라운 변화로군. 그 모습
이 연구의 성과인가?"

역시나 단숨에 핵심으로 치고 오는 물음.

그리고 나를 무한하리만큼 안도하게 했다. 어떤 의심이나
의혹도 없었다. 그저 new century를 연구하겠다는 나의
의도에 따라 신뢰를 바탕으로 물어온 것이었다.

'그는 믿기로 시작한 이상 결단코, 추호도 의심하지 않는
구나.'

그라면, 정말이지 모든 것을 공유해도 아깝지 않다는 확신
이 들었다.

"네, 관장님께 드릴 선물이기도 합니다."

"……한 시간으로 충분할지 모르겠군."

피식 웃었다.

그를 따라 나는 방으로 들어갔다.

❈   ❈   ❈

방에 들어서자 웅장한 필치로 그려진 수묵화가 눈을 가득
채웠다.

'대단하구나.'

명작과 대작.

손꼽히는 작품이 있다고는 한다. 그러나 사실 나는 미술 작품을 냉소적으로 바라보는 류였다. 한가로이 감상할 여유가 없기도 했거니와 고작 그것에 희망, 사랑 등의 감정을 이입하며 백 년, 천 년에 하나 있을 작품이니 어쩌니 하는 것이 이해가 가지 않은 까닭이다.

사실적인 색채를 볼 바에는 사진이 낫고, 몽환적인 색채를 볼 바에는 여행을 떠나는 게 낫다. 세계는 넓고 상상도 못한 비경이 곳곳에 펼쳐져 있으니까.

그러나 마력으로 보는 지금은 안다.

선과 색을 보고자 하는 것이 아니었다.

실물 같은 작품?

사실성과 현실성?

그것은 중요한 사항이 아니었다.

핵심은 바로 그림에 담긴 의지, 기상이라고 할 수 있는 서체, 필력!

혼을 담았다 표현해도 좋을 것이다. 오롯하며 고고한 그 마력을 보며 동조하고 감화되는 것이었다. 그렇기에 자신을 송두리째 담은 그 인위적인 작품은 모두 명작일 수밖에 없었다. 명작을 두고 기술을 논하는 이건 모두 헛소리이며 말장난일 뿐이다.

'마력으로 가득 찬 도시. 오가는 숨결들. 절제된 자연. 그리고 정련된 이용택 관장의 기도(氣度).'

상식이 완전히 부서졌다.

과연 초월자의 모략일까, 악마적 지혜의 소산일까. 저들은 양산되며 버려지는 마력들로서 무엇을 추구하는 걸까.

모르겠다.

'하지만!'

지금 내가 보는 이 마력의 윤곽이 내게 확실한 지표가 되어 주리라는 것만큼은 확실했다.

방석에 마주 앉았다.

먼저 말문을 연 것은 이용택 관장이었다.

"기기 안에서 확보한 성륜과 겁륜을 보관 중이다. 그토록 찾아도 보이지 않던 귀신 어린 물건들이 버젓이 말을 걸어오고 계약까지 하자 하다니, 거참. 재미있는 일이지. 네 정보대로 [　]와 [　　]가 대립하고 있는 것은 분명하더구나. 양쪽 다 계약자를 찾고 있으며 '소원'을 전제로 하여 꼭두각시 놀음을 하려는 것 같다."

"꼭두각시라면?"

"성륜, 겁륜이라 지칭하고 있긴 하지만 둘 모두에게 보이는 것은 드글드글 끓고 있는 욕망이었지. 양쪽 다 결코 올바른 것들은 아니라는 것이 내 판단이다."

"계약자는 그저 수단에 불과하다는 말이시군요."

이번에는 내가 말문을 열었다.

"new century는 난데없이 나타났고 조짐도 없었습니다. 그것은 '기술'이 아닌 '기적'에 속하는 세상이었죠. 저는 '불가능'을 전제로 하여 추리해 나갔습니다. 그리고 표식과 함께 단서로 발견한 것이 있는데, 바로 성륜과 겁륜이었어요. 다만 여기서 난관에 봉착했습니다. 바로 일정 이상은 접근할 수가 없다는 것. 일례로, 저는 지금 관장님이 말씀하신 존재들의 이름을 들어도 듣지 못하는 상태입니다. 알면서도 말하지 못하고 생각하면서도 떠올릴 수가 없어요. 하여, 임의로 초월자와 악마로 부르고 있습니다."

"이해한다."

"그리고 나름의 시간을 들여 겁륜의 계약자 한 명과 미각성 상태의 성륜을 3개 찾았습니다. 모두 겁륜의 계약자가 없앤 것이었지요."

이용택 관장이 대뜸 물었다.

"그 녀석인가?"

"네."

내가 1차 목표로 잡으라 했던 카이져. 바로 태진이었다.

"멀찍이서 뒤만 쫓았기에 어떤 충돌이 있었는지는 모릅니다. 단지 겁륜의 계약자가 성륜들을 불태웠고, 저는 그 재와 흙들을 챙겼다는 것뿐이죠. 단서를 찾고자 흙째로 퍼 왔습니다. 그런데 이를 움켜쥐니 그 재들이 이렇게 사라지더군요."

처음으로 공개하는 오른손.

이용택 관장이 유심히 보았다. 잠시 기대를 했지만, 생각하더니 이내 고개를 저어 보였다. 자신 역시 알지 못한다는 것이다.

하긴, 온전한 형태도 아니고 일그러지고 엉겨 붙은 형태이니 당연한 사실이었다.

"저는 이 흔적을 조사했지만 아무런 단서도 발견할 수 없었습니다. 그러다 new century를 떠올렸고 접속하여 반응을 확인했지요. 곧 3가지의 힘을 확인할 수 있었습니다. 준 피해만큼의 체력 회복, 받은 피해를 타 몬스터에게 전가하는 힘, 시신 흡수를 통해 모든 상태를 완전히 회복하는 것이었죠. 관장님의 성륜처럼 말을 하지는 않았지만 각기 특수한 힘을 발휘하고 있었습니다."

"나 역시 성륜이 제 기분에 따라 5푼에서 2할까지의 능력치를 상승시켜 주더구나. 계약만 제대로 맺으면 5할까지 올려 준다 했고, 겁륜은 말했다시피 물성 변화를 일으켰지."

"저와 마찬가지로 비정상적인 능력이네요."

"그래. 공평치가 않다."

역시, new century에서 성륜과 겁륜은 저와 같은 힘으로 플레이어를 유혹한 것이었다. 훗날의 소원도 소원이지만 당장 혀끝에 닿는 달콤함도 필요했으니까.

"헌데 너는 랭킹에 왜 없는 거지?"

"초기 가입 절차가 일절 없는 시스템을 보고 가상현실 세계는 기적에 속한다고 짐작했습니다. 그렇다면 본사에서 유저를 어떻게 확인하고 통제할까, 생각했더니 가장 매력적인 소재들, 바로 퀘스트와 랭킹 제도가 떠오르더군요. 혹시나 하여 이 두 가지를 피했는데, 예상대로 new century의 시스템은 저를 인식하지 못하게 되었습니다."

삽질이라는 퀘스트 메시지가 선명히 떠올랐다.

"제 레벨이 60을 넘었음에도 아직 '애송이 모험가'라고 부르니까요. 그리고 이를 바탕으로 한발 더 나아가 악마의 계약자, 겁륜의 대표가 카이져라고 한다면 초월자인 성륜의 대표는 new century를 출시한 Z&F의 신진권 사장이라는 것을 유추했습니다."

이용택 관장이 입가를 묘하게 비틀더니 고개를 설레설레 흔들었다. 의아했지만 내 물음에 앞서 그가 먼저 말했다.

"그 몸은 어떻게 된 건가?"

"겁륜과 성륜의 대표격 계약자가 한국에 모두 있는 덕일까요. 운 좋게 또 다른 성륜을 찾아낼 수 있었습니다. 저는 이 4번째 성륜을 지금까지처럼 불태웠는데…… 그 결과 new century의 캐릭터가 제 몸에 더해지는 일이 일어났지요. 현실과 가상현실의 공조화랄까요? 덕분에 제 몸이 성장해 버렸습니다."

"혹시 가상현실의 스킬을 현실에서도 사용할 수 있더냐?"

"네. 단지 new century의 랭킹 제도를 피하려고 초급 스킬들만 익혔습니다만, 전사의 힘, 도둑의 민첩, 마법사의 지혜가 모두 더해졌습니다."

"후후. 천재가 추측 불가의 경지에 이르렀구나."

웃으며 고개를 흔들던 이용택 관장. 심각하게 오해하고 있는 그를 보며 내 입에서 '관장님만 할까요' 하는 말이 절로 나오려는 때였다.

그가 짙은 관심을 표하며 내게 말했다.

"일어나라."

"예?"

"한 수 겨뤄 보자꾸나."

앉은 상태에서 일어나는 그. 무인다운 호승심의 발로일까.

나는 마주 일어서며 그를 만류하려고 했다. 비록 그의 마력이 안정되어 있고 뛰어난 무술고수이긴 하지만, 지금의 이 육체는 진실로 사기적이었다. 수 미터를 단순 도약으로 뛰어넘고 칼날을 비껴 낸다. 그뿐만 아니라 금속을 우그러뜨리는 압도적인 힘이거늘 어찌 상대되겠는가.

만일 new century에서 그와 만났다면 나는 결단코 이길 수 없을 것이다. 하지만 이곳은 현실이었고 나는 현실과 가상, 양쪽에 몸을 걸친 입장이다.

출발점이 다른 것이다.

그런 내게 이용택 관장이 담담한 어조로 말했다.

"間手."

"예?"

순간, 가볍게 손이 뻗어 왔다.

나도 모르게 짧게 호흡이 멈추며 손을 마주 뻗었다. 위기를 감지하며 치명적인 일격을 피하는 도둑의 본능과 빈틈을 감각적으로 감지하는 전사의 본능이 발휘된 것이다.

두 손이 맞부딪치려 했다. 나의 힘으로 보건대 이용택 관장에게 큰 사달이 날 상황!

헌데.

턱!

'이럴 수가!'

맞부딪친 두 손이 놀랍게도 한 치의 밀림도 없이 팽팽하게 힘을 겨루는 것이었다.

"흠!"

짧게 숨을 마신 이용택 관장이 밀어내자 내 발이 뒤로 쿵쿵 밀려 나갔다. 놀란 내가 제대로 힘을 실어 다시 손을 뻗었다.

이번엔 망설임 없이 뻗은 일격.

하나, 부딪치는가 싶던 그의 손이 교묘하게 반회전하더니 내 손을 바깥으로 비껴 내고 이용택 관장의 손이 품 안에 돌입한 것이 아닌가.

"전사의 육체인가?"

명치끝에 턱 하니 닿은 손.

"그렇다면."

넓은 시각을 확보하는 도둑의 시야가 미묘한 움직임을 파악했다. 슬쩍 비틀린 그의 발과 손. 그리고 마법사의 본능이 파악한 그의 마력이 빙글 돌더니 일순간 확 퍼졌다.

명치에 맞닿아 있던 이용택 관장의 손바닥에 미묘한 떨림이 인다.

그리고.

텅-!

명치끝에서 등을 관통하는 육중한 타격이 몸을 울렸다!

'크윽!'

침음을 삼켰다. 충격으로 몸이 떠올랐다. 스킬의 보호를 뚫고 본신에 타격을 입힌 것이다.

그러나 나의 육체는 확실히 전사다웠다.

체내를 진동하는 충격파를 없애고자 몸이 절로 움직였다.

자세를 스스로 낮추며 리드미컬하게 관절을 풀더니만 이내 숨을 길게 마시고 내뱉는다. 이에 육중한 충격과 잔여 파동이 해소됐다.

'이 사람은 도대체……'

얼얼한 명치를 쓰다듬으며 이용택 관장을 보았다. 아무렇지도 않게 손을 거두며 물처럼 담담히 있는 그의 모습은 실로 범접하기 어려운 고수의 풍모.

"스킬입니까?"

"요령이다."

"그 육체는요?"

"요령이 더해진 단련이지."

대수롭잖은 그의 말투. 저 간단한 요령들에 세상 온갖 비전들이 모조리 함축된 것은 아닐까. 과연 이라는 감탄사가 절로 나왔다.

그때 피가 빠르게 돌며 묘한 흥분감이 나를 고조시켰다. 심장이 두근두근 뛰고 설렌다. 충격을 없애며 보인 나의 움직임도 믿기 어렵고, 이용택 관장의 기술도 놀라웠다. 그리고 이 모든 것이 new century에서는 '일상'에 불과하다는 묘한 인식이 스쳐 갔다.

이용택 관장이 손을 거두며 물어왔다.

"패시브 이외, 유효 타격을 입힐 수 있는 스킬이 있나?"

나는 고개를 저었다.

쇼크 웨이브 스킬이 언뜻 떠오르긴 했지만, 스킬창의 설명으로 보건대 3미터를 밀쳐 낸다고 되어 있을 뿐 딱히 유효 타격이랄 수는 없었다. 벽을 사이에 두고 밀어낸다면 나름 효용을 보이겠지만, 엄밀히 말해 스킬 자체의 타격이랄 수는 없다.

게다가 밀어내는 힘 정도는 얼마든지 상쇄할 수 있는 인물로 보였고 말이다. 대관절 500 수치가 넘는 힘과 대등하게 부딪친다는 것이 어떤 요령이며 단련이란 말인가.

"없습니다."

"이후 익힐 가능성은?"

"그 역시도 없습니다."

"하긴, 그들의 시선을 피해야 할 테지."

이용택 관장은 다소 아쉬운 표정을 지으며 완전히 자세를 풀었다.

대기 상태의 마력이 평소처럼 안정적으로 흐르는 것이 확인됐다. 그러나 언제고 그가 마음만 먹으면 즉각 폭발할 활화산이었다.

그러다 반색을 하며 마른 웃음을 보였다.

"이만하면 좋은 상대가 되겠구나."

"예? 상대라니요?"

"나름의 요령으로 딸아이를 교육했는데, 이 녀석이 생각보다 기고만장해져서 말이지. 그렇다고 내가 고쳐 주기도 어려운 것이…… 지금 네가 느낀 것처럼 힘 조절이 잘 안 되더구나."

딸의 대련 상대로 나를 지목한 것일까. 게다가 내가 느낀 것처럼이라니?

"힘 조절이라시면?"

"조금 전에도 5할만 줄인다는 것이 8할은 넘게 힘을 빼 버렸다. 그 탓에 너도 타격이 너무 없었고 이상하여 멈칫하지 않았더냐. 게다가 이 녀석이 나한테 지는 것은 당연하게 여긴다는 것이 문제다. 그러니 딸아이와 한 번만 겨뤄다오."

나는 뺨을 긁었다.

"따님이 몇 살이죠?"

"14살이다. 이름은 한나이고 제 어미를 닮았지."

이 사람이 이런 표정도 지을 수 있구나.

자부심과 자랑이 가득한 아빠의 얼굴. 이용택 관장이기에 더욱 놀라운 표정이었다.

"아…… 예. 알겠습니다."

우선 대답은 하고 보지만 어처구니가 없을 따름.

세상에. 나에게 14살이랑 대련을 하라니!

"고맙다."

나는 속으로 실소할 수밖에 없었다.

딸의 상대로 제격이라지 않는가. 그의 물음들은 액티브 스킬이 더 있었다면 해볼 만하다는 의미였던 것이다. 즉, 지금의 나는 아직 자신과 겨루기에 부족이라는 뜻.

'딸내미는 14살에 전사 캐릭터와 맞먹으려 들고, 대체 이 집안은 뭐냐?'

물어봐야 '요령이다.' 라고 할 게 뻔하지만, 정말이지 격이 달랐다. 저 요령으로 군대를 훈련시키면 가히 천하를 정복할

기세일 터.

그는 시대를 잘못 타고난 무인이 분명했다.

'대관절.'

지난 삶에서 이런 사람은 왜 듣도 보도 못했던 걸까? 내가 알려 준 정보만으로도 new century의 모든 것을 꿰고 있는 태진이와 비등하게 고도성장을 보이는 인물. 아무리 스킬이 중요한 게임 세계라지만 60레벨이 넘는 캐릭터인 제임스를 사뿐히 눌렀고, 그를 '적당한 상대'로 한다는 여자아이라니, 이 역시도 믿기 힘든 일이었다.

'한나…… 이한나? 리한나?'

문득 떠오르는 생각에 조심히 물었다.

"그런데 관장님. 혹시, 이민 가실 계획이 있었나요?"

"이민이라…… 왜 그런 생각을 했는지 모르겠구나."

"갑자기 그날 뵙지 못했으면 어찌 되었을까, 하는 생각이 들었거든요."

이용택 관장이 회상하는 듯 있더니 웃었다.

"내게도 큰 행운이었지. 하성이 녀석이 가져다준 기회였고. 이민이라…… 가능할 법하구나. 장모님이 미국에 계시니 한국에서 내 재량으로 한계에 부딪히면 갔을 거다."

도장 정리 후, 심마니 생활. 볼 것 없이 한계에 부딪혔을 것이다.

그렇다면 역시, 추측이 맞다.

"……천만다행이었네요."

"고마울 따름이다."

이용택 관장은 그리 말을 마치고는 잠시 기다리라며 방문을 열고 나갔다. 홀로 남은 나는 탄식 같은 한숨과 함께 태진이와의 대화를 떠올렸다.

  - 거참. 게임 주제에 별것이 다 있구나. 쾌속의 기사, 만물을 희롱하는 광대, 고결한 밤의 지배자, 피의 지배자, 비탄의 사수 등등. 이름자만 갖고 우주를 정복하겠다. 대체 그런 타이틀은 얼마나 있는 거냐?

  - new century를 그렇게 표현하는 것도 너밖에 없을 거다. 타이틀? 랭킹 100위한테 부여되는 것이니까 100개나 있지. 억 분의 1에 속하는 이들이니까. 그리고 재밌는 것은 100개의 타이틀은 가히 고유명사라 할 정도로 더 생기지 않는다는 거야. 신규 강자? 새로운 시대? 그런 것 없어. 5년마다 물갈이되지만, 이 바닥에서 한 번 고수는 영원히 고수야. 어중간한 애들은 몰라도 초일류의 게이머들에게는 결코 좁힐 수 없는 격차가 존재하거든.

  - 오호~ 강호 무림의 절정고수들과 거대 문파의 저력쯤은 되나? 그럼 랭킹 안에서의 순위는 어떤데?

  - 막 변동되지. 거진 종이 한 장 차이라서 정말 한 끗 차이로 역전되고 갈리거든. 그래 봐야 101위 이하의 것들은 죽어도 못 이길 격차지만. 물론 상위에서도 격차가 또 갈려. 1~10, 10~30, 30~50, 50~100은 주야장천 바뀌지. 가끔 기적적으로 역전하는 일이 생기긴 하지만, 정말 가끔이야.

- 그럼 절대 강자는 없다는 거군. 그럼 너도 운만 좋으면 1등 할 수 있겠다?

- 보통 그렇지만…… 어휴. 실제론 아니야. 게임 초기화 전에 100위부터 1위까지 격파하는 괴물이 있거든. 평소엔 보이지도 않다가 꼭 종료 전 한 달부터 비무행을 벌이는 녀석이지. 독수리가면 쓰고 그야말로 '압도적인 컨트롤'을 보이는데…… 정말이지 전의를 상실케 한다니까. 정체도 몰라. 가면에 흑색 풀 플레이트 메일을 입고 등장해서는 죄다 쓸어버리거든. 타이틀은 '군림하는 자'야.

- 그런데 왜 방송에 한 번도 안 나온 거냐?

- 공헌도 보상 대신 Z&F에 정체 비밀을 요구한다더라. 익명을 유지할 수 있는 유니크 아이템도 같이. 하지만…… 후후. 난 알지. 국적도 이름도 모르는 군림자를.

- 그려. 퍽도 좋겠다. 근데, 넌 기껏 사 왔더니 먹지도 않냐?

- 궁금하지? 후후. 사실 군림자 자체가 빅 이벤트라고. 랭킹에 든 누구라도 그를 쓰러뜨리기만 한다면 랭커들 사이에서 최고라고 인정을 받는 셈이니까. 정말 그 명예라는 건!

- 어, 그래.

- ……젠장. 남들은 알려고 피똥 싸는 걸 이 자식은 운을 띄워도 관심이 없어. 하긴, 그러니까 너한테 이런 얘기를 하지만 말이야. 군림자의 정체가 미국교포인가 봐. 이름은 제네시스 리. 또는 리한나라고 하는데 추종자들이 꽤 많지만, 정보들이 죄다 달라서 확실하지가 않아. 다만 이런저런 얘기가

있지만 확실한 건 '이씨 성'을 가졌다는 거지. 자랑스럽지 않냐? 한국인이라고.

– 이름 들으니 딱 여자네. 또 너도 랭킹에 들잖냐. 싸워 봤으면서 성별도 몰라?

– 그게, 몸은 아이템이 완벽하게 가렸고 음성변조까지 제대로거든. 게다가 보통 남녀의 스킬이나 몸짓이 다른데…… 군림자만큼은 완벽하게 조화로워. 진짜, 스킬 파괴자이자 스킬 창조자라고. 그래서 사실 신빙성이 없기도 해. 이름 자체가 함정 같다니까?

– 그럼 그중에서 가장 신빙성 없는 소문은 뭔데?

– 아빠한테 혼날까 봐 몰래몰래 눈치 보며 하는 딸이라는 얘긴데, 이건 정말 터무니없지. 현실 고수가 게임 고수인데 그만한 고수가 아빠 눈치를 봐? 게다가 여자라니! 말도 안 된다고. 하지만 두고 봐라. 내 비장의 스킬 트리가 거의 완성이 되어 가니 반드시 꼭 복수를…… 어이. 야!

– 그거 돈은 되냐?

– 에이! 이 자식은 뭔 얘기를 해도 감동이 없어.

– 난 캡슐 살 돈이라도 생겼으면 좋겠고 캡슐방비 정도만 여유가 돼도 좋겠다.

– 일상에 찌든 자식.

– 게임에 미친 자식.

생각이 났다. 지혜100의 효과일까? 별반 생각 없이 들었던 대화들이 또렷하게, 그것도 아주 상세하게 떠올랐다.

만약 녀석의 말이 죄다 맞았다면, 그리고 이용택 관장과 이한나의 관계에 대입한다면 상황이 실로 웃기게 된다. new century의 최고 고수, 그리고 그 스승까지 한데 엮어서 초창기에 집어넣은 격이니까.

'태진아, 너 난리 났다. 이를 어쩐다냐.'

녀석이 알고 있는 정보와 겁륜의 힘이 대단하기를 바라며 삼가 애도를 표했다.

그쯤 이용택 관장이 들어왔다. 그의 손에는 부러진 낡은 열쇠가 들려 있었다.

"겁륜이다. 아이템을 빼앗으니 현실화되어 손에 잡히더구나."

"죽은 겁니까?"

"호되게 때리니 부러지더군. 걱정할 것 없다. 이틀이면 다시 살아나니까."

"이틀이요?"

"말 안 듣는 내 성륜 역시도 몇 번 죽었다가 그쯤 살아났다."

"……."

이 사람은 정말 대단한 일을 진짜 쉽게 쉽게 하곤 한다.

"저는 4개씩이나 있는데, 관장님도 태워서 흡수하는 건 어떨까요? new century에서 큰 도움이 될 겁니다. 사실 관장님께 드릴 선물이 이 정보이기도 했고요."

태진이가 겁륜과 정보를 갖고 있으니 그에게도 성륜과 알지 못하는 힘. 즉, 일그러진 '겁륜'은 있어야 공평하다는 생각이었다. 실상 뒤에 숨은 나보다 앞에서 파랑을 일으키는 그가 쓰러지지 않는 것이 중요하기도 했고 말이다.

하지만 이용택 관장은 간단히 내게 물었다.

"내게 힘이 부족해 보이나?"

고민할 필요가 없다. 절대로.

"아니죠."

이에 그가 특유의 마른 웃음을 보였다.

"네가 갖거라. 나도 평생 찾지 못한 호적수를 가져 보고 싶구나."

"······어쩔 수 없네요."

겁륜을 왼손에 받으며 나는 의도적으로 한숨을 내쉬었다. 그때, 흘리듯 이용택 관장이 말했다.

"스킬의 제한이 있다면 본신의 능력으로 구현하면 그만이다. 혹, 요령이 필요하면 얼마든지 물어보거라."

'크윽.'

이건 은근한 도발이다. 여기서 어찌 고개를 끄덕이랴.

모르긴 몰라도 오만 가지 무기술과 요령이라 불리는 비전들이 즐비할 것이다. 그러나 나는 물을 수 없었다. '호적수'라는 말을 들은 탓이다. 그런 말을 들었는데 배우기를 청할 수는 없었다.

'정말 새로운 도전이구나.'

좋다. 해 보는 거다. 사실 지금만 해도 충분했다. 그리고 레벨업과 기본 스킬들을 통해서도 아주 강해질 수 있었다.

"그 요령들이 제게 필요할까요?"

"그럴 리가. 너 역시 나처럼 길을 만드는 사람인 것을."

정말이지 할 말 없게 만드는 사람이었다. 탄식 섞인 웃음이 절로 나온다. 30여 년을 함께해 온 태진이보다, 채 한 달도 되지 않은 이용택 관장이 가깝게 느껴진다면…… 내 착각일까.

그쯤.

똑똑.

문 두드리는 소리에 이어.

"들어오시오."

달그락거리는 다기를 든 정혜란이 들어왔다. 그 뒤편으로 어깨까지 내려오는 단발머리의 한 소녀가 호기심에 찬 눈으로 나를 보고 있었다.

삭막한 표정. 짐짓 아닌 듯 무게를 잡고 있는 이용택 관장에게 눈을 흘긴 정혜란이 태연히 내게 말했다.

"한참을 기다렸다고요, 상현 군."

뒤이어 이한나가 큰 눈으로 나를 보았다.

"맞아요. 아빠가 '심도 있게 대화 좀 하지.' 한 다음에 쫓겨 가는 사람들이 꽤 많았는 걸요? 그런 면에서 이 오빠는 합격?"

"그래, 합격이다."

밝게 웃으며 짐짓 성대모사를 하는 이한나. 두 모녀가 눈에 들어옴과 동시에 메말랐던 이용택 관장의 입가로 고목에 꽃이 피듯, 생기 가득한 미소가 배어들었다.

언뜻 스쳐 가는 이전의 나와 가족들. 상승한 지혜가 세세한 추억의 사진을 펼쳐 보였다. 그러나 지금의 이 따사로운 풍경은 내 사진 속 그 어디에도 없었던 광경이었다.

'부디.'

나는 미래의 언젠가, 저와 같은 가족을 가질 수 있기를 조심스럽게 기원했다.

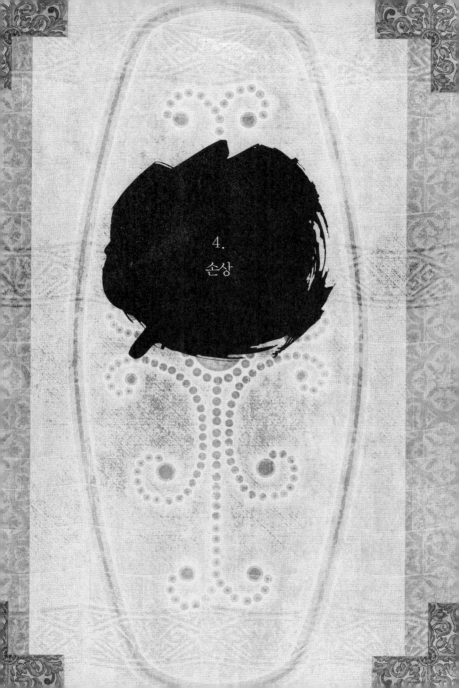

4.

손상

6월의 밤.

훈훈한 마음 한편으로 성큼 들어오는 적막함이 가슴의 온기를 지우기 시작했다. 그것은 밝은 아파트의 불빛들 사이로 마력이 넘실거리는 세상이었다.

시각은 어느덧 9시.

해가 저문 지 오래이나 사람들은 여전히 바쁘고 마력의 흐름 역시 쉼이 없었다. 나이 고하를 막론하고 흐르는 저 대열에 나 역시 동참했다. 버스라는 이름의 상자에 올라타고 정해진 노선을 따라 목적지에 떠내려간다.

마른 미소의 이용택 관장. 온화한 한편 장난기를 품은 정혜란. 호기심 가득히 질문을 퍼붓던 이한나까지…… 문득 떠오르고 사라졌다.

피식.

웃음이 새어 나왔다.

이용택 관장과 나는 대답하기 바빴다. 재잘재잘 두 모녀의 끝없는 호기심은 온갖 방면에 걸쳐 있었으니까. 웃고 대답만 하다 보니 어느새 시간이 훌쩍 지나가 버린 것이다. 그 시간 은 정신없었기는 했지만 실로 편하고 유쾌했었다.

그래……

평화롭고 화목했었다.

시야를 돌렸다. 참으로 수많은 아파트와 각각의 가정들이 보인다.

"가족."

바라 마지않는 이상향을 뒤에 두고 온 지금의 기분은… 뭐 랄까.

언뜻.

new century에 푹 빠진 플레이어들의 심정이 이해됐다. 바라고 원하는 세계가 저기 있다는 것을 알고 나니, 그 세상 에 머무르고 함께 있고 싶은 욕구가 더욱 커져만 간 것이다.

'따뜻한 장소였다.'

그래. 이렇게 나아가는 거다.

그리고

'나도 하나씩 채워 나가자.'

자, 휴식은 이만하면 되었다. 이제 이 겁룬을 어찌 처리할 지 정해야 할 차례.

"어디 보자."

두 가지의 선택지가 나왔다. 지금까지처럼 내 몸으로 흡수할 것인가, 아니면 이용택 관장의 경우처럼 악마와의 접점으로서 다른 이에게 건네 살펴볼 것인가.

'……우선 성륜과의 반응을 테스트해 본 뒤 흡수 여부를 결정하는 것이 낫겠어.'

실험하기로 했다.

목적지는 아니었지만, 횟집이 보이자 벨을 눌렀다. 가게로 들어가 활어를 구매한 뒤 인적이 드문 골목으로 들어갔다.

이어, 활어를 죽이고.

꽉!

오른손으로 쥐었다. 현실에서 성륜이 반응하는가를 시험해 본 것이다. 게임 캐릭터와 동기화되었지만, 아직 이 여부에 관해서는 확인하지 못했으니까.

그 결과.

"……."

조금의 변화도 없었다. 성륜이 어류와 포유류를 구분하여 흡수하지 않는다면 현실에서 성륜의 효과는 없다는 결론이 된다. 즉, new century의 캐릭터가 네 번째 성륜의 효과였고 그 전부임을 재차 확인한 것이었다.

'하나가 게임의 캐릭터를 입히고 나머지 셋은 게임에서만 활동한다.'

우선은 이런 가정에 따라 움직여야 할 것 같다. 비중은 현실보다는 new century에 더욱 있는 셈.

그렇다면 과연 본래의 륜과 불태워 일그러진 륜의 기능에는 차이가 있을까 없을까?

태진이가 불태운 성륜의 본래 능력을 제대로 파악한다면 이 역시 회귀 전의 랭커와 현재를 비교하는 좋은 잣대가 될 수 있었다. 그렇기에 '륜의 변화'는 파악해 두어야 하는 부분이다.

고로, 지금 이 겁륜의 쓰임이 결정됐다.

물성 변화라는 기능이 비틀리는지 그대로 이전되는지 확인할 수 있을 테니까.

"흡수하자."

이용택 관장의 기준으로 '이성이 있으며 자유로이 변화하는 무기'라고 했다. 이에 근거하여 흡수할 때 변화가 있는지 없는지를 확인해 보는 것이다.

기대됐다. 만일 그 효능이 그대로 보인다면 내 오른손에 있는 녀석들은 성륜이라는 이름이 아까운 녀석들인 셈이니까. 시신을 삼키고 체력을 갈취하는 성스러움이 어디 있으랴. 만일 그렇다면 초월자와 악마의 위치를 바꾸고, 태진이가 좋은 신과 계약을 맺었노라고 여겨도 좋을 것이다.

나는 주머니에서 겁륜을 꺼냈다. 그리고 손으로 납작하게 한 뒤 찢어서 여섯 등분해 버렸다. 이만하면 고작, 이틀만으로는 살아나기 힘들 것이다.

그렇게 걷고 있을 때였다.

"이여~ 상현이 아니냐?"

어깨에 턱, 손을 얹으며 누군가 말을 걸어왔다.

"아, 소장님. 오랜만이시네요."

강하성 소장이다.

술 냄새가 은은히 퍼졌다. 한 손에는 빨대가 꽂힌 소주 팩을 든 그는 코끝이 빨개진 모습으로 해쭉 웃었다.

"암~ 오랜만이지. 근데 엄청나게 변했구만? 나도 긴가민가했다니까~ 얼굴은 뭘로 그리 가린 게냐? 얼굴로 확인하려 했으면 못 알아볼 뻔했어. 히끅!"

'역시 씌주는 빨대로 먹어야~' 하는 그.

뭔가 긴장이 탁 풀리는 느낌이다.

"그런데 어떻게 저라는 걸……?"

"용택이랑 비슷해서지, 뭐. 근데~ 젊음이 좋구나! 안 본 사이에 이 정도로도 크는 거냐? 야~ 이거 더 크면 고개 아플 정도로 올려 봐야겠다?"

과장되게 양팔을 쫙 펼쳤던 그가 킥킥 웃었다. 나는 마주 웃다가 재미난 것을 보고 그를 달리 보게 되었다. 술에 취해 서 있는 강하성 소장. 그의 마력이 사람들과는 달랐기 때문이었다. 이용택 관장만큼은 아니지만 지나는 사람들에 비하면 군계일학이라 할 정도로 마력이 절제되어 있었다.

관심을 두고 보니, 그의 호흡이 마력과 공조되어 있었고, 또 굉장히 느리며 깊다는 차이가 확인된다.

'설마, 그도 정체를 숨긴 고수?'

두둑한 뱃살부터 어디 하나 경계심이 느껴지지 않는 몸이 지만, 우선 물어보기로 했다.

"그런데 소장님도 뭔가 배우셨나 봐요? 굉장하신데요?"

"엥? 뭐가?"

정공법이 때론 묘수다.

"숨이 굉장히 안정적이고 깊으신 걸요? 한나만큼은 돼 보여요."

"오? 오오! 너 잠깐 기다려 봐라."

그는 바지 주머니, 윗주머니, 뒷주머니를 뒤졌다가 이마를 탁 치며 안주머니에서 휴대폰을 꺼냈다. 뚜~뚜~거리는 신호음 뒤로 누군가 나직하게 말하자 그가 대뜸 대꾸했다.

"어이~ 용택이냐? 나다, 하성이. 대체 넌 언제쯤이면 이 무미건조한 신호음 대신 컬러링을 넣을 거냐? 내가 요즘 유행하는 노래들로 뽑아 줄…… 응? 짜식. 친구끼리 뭔 일이 있어야만 전화하는 건 아니지. 그냥 갑자기, 불현듯, 문~득 생각나서 이렇게 전화를…… 아아~ 알았다, 알았어. 하여간 한 달 통화료 기본요금만 나오는 삭막한 대인관계 같으니라고. 딴 게 아니라 내가 길가다가 네가 말했던 후보감을 찾아서 그래. ……거 있잖아. 대번에 숨법을 알아보더라고. 누구냐면~ 놀라지 말라구. 누구냐면 말이지, 얼마 전에 봤던 상현이 기억하지? 걔가…… 응? 필요가 없다니 그게 무슨 소리냐? 일단 만나 보고…… 어? 호적수? 그게 뭔…… 엥? 여보세요. 여보세요? 여보세요!?"

뚝 끊긴 전화를 보던 그, 이상하다는 듯 목을 긁는다. 긁다 보니 가려운 부위가 늘어났을까, 가슴을 긁고는 윗옷에 손을 넣어 배까지 긁적이는 것이었다. 강하성 소장이 말했다.

"이상하네. 평소에는 은근히 제자감 기다린다고 찾더니,

오늘은 왜 저러는겨?"

그때 문자가 도착했다. 폴더를 열고는 멀뚱히 보던 강하성 소장이 게슴츠레하게 나를 보았다. 빤히 보고 아래로 쭉 훑어 보더니 바지 주머니를 뒤져서는 무언가를 꺼냈다. 그것은 오 백 원짜리 동전.

"찢을 수 있냐?"

짐작이 간 터라, 쭉 찢어서 돌려주었다. 그러자 반쯤 감긴 눈으로 손에 놓인 동전을 보던 강하성 소장이 손을 내밀었다.

"손 쥐 볼텨?"

손을 내밀자 내 장갑을 벗기고 만져 보고 이리저리 보던 그 가 이내 머리를 긁적였다.

"에이~ 뭐야. 너도 그쪽 과였냐?"

입맛을 쩝쩝 다시더니만 등을 긁으며 장갑을 휙 버려 버린 다. 훌훌 날아서 길 건너편에 떨어지는 장갑들.

"가자."

그가 검지로 가리킨 곳은 조금 전, 내가 활어를 산 횟집이 었다.

"시간 되면 한잔 꺾자. 내 인생 두 번째로 특이한 녀석을 만났는데 한잔해야지."

"내일 업무에 지장 없으시겠어요?"

"인마, 사장이 일하는 거 봤냐? 전산 업무나 전화는 경리 가 받고 분류는 분류사원이 하고 배송은 배송기사가 하고 배 달은 배달사원들이 하고 뭐, 뭐, 뭐…… 그런 거지. 옛날에는 한 푼 두 푼 더 벌려고 몸으로 뛰었는데, 살다 보니 다 사람

두는 게 더 버는 거더라. 몸 축날 바에는 관리 잘해서 팍팍 키우는 게 더 좋더라고. 그럼 콜?"

역시, 친구 사이인데 저들 둘은 참 달랐다. 그러면서 비슷해 보이니 이 역시 모순일 것이다.

"콜. 그런데 누가 사는 거죠?"

"그야 당연히 내가 사는 거지만…… 가만있자. <u>흐흐흐</u>. 너 용택이에 대해서 알고 싶지 않냐? 너도 별종이지만 개도 앞선 별종이거든. 남다른 별종의 비밀에 대해 듣고 싶다면 네가 사려무나. 어때?"

같은 비밀을 공유했으니 특별히 인심 쓴다는 말투에 내가 어깨를 으쓱거렸다.

"어휴. 학생한테 꼭 얻어 드셔야겠어요?"

"중절모 쓴 아저씨한테 먹으련다."

하여간 이놈의 중절모가 문제다.

"네~ 네~"

"암, 탁월한 선택이다. 하하하."

그가 승자의 웃음을 보였다. 나 역시도 불감청 고소원이었던 터. 안타까운 표정으로 웃으며 흔쾌히 받아들였다.

　　　　　　❂　　　　❂　　　　❂

빨대로 쪽쪽 소주를 빨며 가게로 들어선 강하성 소장.

메뉴판 아래에서부터 역순으로 휩쓸 듯이 주르륵 주문하고는 나를 보며 웃었다. 실상 내 재산 현황에 대해 장필모 목사와 더불어 어렴풋이라도 아는 그이기에 할 수 있는 행동이다.

"정말이지, 술이란 것도 그렇고 인생도 그렇고 이 회라는 놈들도 참 웃기지 않냐?"

한 상 거하게 차려질 식탁에 대한 기대감으로 손바닥을 슬슬 비비던 그가 뜬금없이 말했다. 나 역시 수저와 물을 따르며 답했다.

"술은 알 법하고 인생은 느끼고 있는데, 회는 왜죠?"

"술은 취하고 인생은 아무 말이 필요 없지. 때때로 느끼는 게 전부 아니겠냐? 전부 정답, 전부 오답인 게 인생이니까. 그런데 이 회라는 놈도 말이야, 참, 이상하지. 이상해."

알싸하게 취한 주정뱅이의 넋두리일까. 그가 계속 말을 이었다.

어느덧 꿈틀거리는 잘린 낙지들이 기름과 깨에 잘 버무려져 나왔다. 광어회는 물론 보글보글 끓는 매운탕까지 동시에 상을 거하게 가득 채운다. 대체 어떻게 먹으려고 이런 식의 주문을 한 건지, 원.

헌데, 그는 개의치 않고 젓가락을 움직이며 말하고 있었다.

"이거 보라구. 아따~ 거 빨판이 짝짝 달라붙는구먼~ 이거 말이다. 볼 때마다 무섭지 않냐? 사람으로 치자면 살아 있는 놈 팔다리 툭툭 잘라서 펄떡펄떡 뛰는 걸 씹어 먹는 거잖아. 요 봐라, 입에서 움직이는 거. 살겠다고 발버둥치는 거지. 그런데 참 웃기는 게……."

마찬가지로 넓은 쟁반에서 쭉쭉 움직이는 문어를 탕에 넣었다.

"봐 봐. 산 채로 익혀서 신선하고 맛이 죽~인다는 거야. 그런데 텔레비전을 봐도 그렇고 사람들 누구나 신선하고 맛있겠다고 하지, 이걸 보며 무서워하는 사람은 거의 없어요, 아주 그냥. 가끔 돈 더 주고 먹는 회는 자랑스러운 일류 요리사가 칼질하면 생선이 아가미 꺼떡꺼떡대는 상태로 회 쳐져서 나오기도 하잖아? 이러니 웃기다는 거야."

뚜껑을 덮으며 말을 잇는다.

"'생선은 눈알이 톡 튀어나오면 다 익은 겁니다.' 오메나~ 눈알이 튀어나오면 먹을 신호라니? 꽉 닫혀있던 굴, 조개가 입을 열면 '우와~ 잘 익었다.' 하는 등등~ 말이야. 미꾸라지랑 두부를 같이 넣고 푹푹 끓여요. 그럼 어마, 뜨거라 하고 미꾸라지가 살려고 두부에 들어간단 말이야."

그는 익살스럽게 몸을 부르르 떨었다.

"그럼 그걸 맛있~게 썰어서 요리로 만드는 것도 있어. 먹어 보지도 못한 푸아그라인지 머시긴지도 강제로 물 맥여서 간 경화를 일으켜서 괴롭게 죽인다지? 이쁘게 사육하는 양계장 닭들도 옴짝달싹하지 못하게 가두고 먹고 알 빼먹고 크면 잡아먹는 식이기도 하고. 흐미, 잔인해라."

그는 낙지에 초장을 찍어 질겅질겅 씹더니 술과 함께 꿀떡 삼켰다.

"크-! 그러면서도 같은 포유류는 엄청 애틋해해요. 친숙하면 더 발광이지. 유기견 같은 거 보며 눈물 흘리는 사람도 있잖아. 꼭 껴안고 뽀뽀하며 병간호하더니 장사 치러 주는 애들도 있다니까? 그런데 그렇게 이쁘게 '어마~ 무서라~' 하는 여자들도 요리할 때는 부엌칼로 이런 것들, 예쁘게 벗겨진 생 닭부터 생선까지 턱턱 토막 낸단 말이야."

탕 안에서 꿈틀거리던 문어가 이내 멈추었다.

"그러면서 토막살인 뉴스라도 나오면 경악을 금치 못해요. 모기들은 또 얼마나 시원스럽게 잡아 대는데? 가끔 벽에 붙은 걸 탁! 쳤을 때 피가 튀면 깜짝하면서도 묘한 성취감도 느껴지고. 복수의 쾌감이라나?"

푹 익어 간다.

"'생명은 존엄하다~' 여기에 한 단어가 꼭 붙어야 하는 것. 바로 '인간'이라는 거. 고로? 회라는 놈들도 웃기다라는 거야."

넙죽넙죽 회를 씹어 삼키며 말하는 강하성 소장이었다.

그런 그의 말에 무어라 답하겠는가. 일부는 오해하고, 일부는 알면서 외면하며, 일부는 이해하고 수긍하는 부분인 것을 말이다.

"삶이란 게 그런 건데요, 뭐. 먹지 않고 살면 모를까. 잊지 않고 편견에만 빠지지 않으면 되는 거 아니겠어요?"

"외면치 말고 인정한다. 그리고 후회 없이 나의 길을 걷겠다."

그가 묘한 눈으로 나를 보다가 웃었다.

"20년 전이던가. 그때 용택이가 한 말이 그거였지. 지금은 나나 그 녀석이나 나이 들었지만, 한창때는 나름 높은 꿈을 갖고 있었거든. 그러면서 어찌어찌 흘러나온 말 중 하나였는데, 지금 이 안줏감들이랑 잘 어울릴 것 같아서 해 봤다. 재

있는 것은, 태반이 그냥 술주정으로 듣는데 넌 역시나 이해를
한다는 거야. 하여간 세상이 재미있어. 녀석이 이상한 소릴
하기에 미쳤나 했었거든. 그런데 이제는 이해가 되는구나."

잠시 내려앉는 빈 시간을 술잔으로 채웠다.

오가는 술잔에 공백은 여백이 된다.

"비슷한 경우가 여럿 있었나 보네요."

"없지는 않았지. 묘한 친구 덕에 나도 꽤 재밌는 녀석들을
봐 왔으니까. 물론 너 같은 녀석은 처음이지만 말이지. 세상
에, 동전을 찢다니. 용택이급 괴수가 또 있을 줄이야…… 하
하하!"

이야기를 듣는 나 역시도 재미있기는 마찬가지였다. 그저
술 좋아하며 넉살 좋은 중년인으로만 보였던 그가 이런 모습
을 보일 줄이야. 회귀 후, 면담을 통해 본 공영호 선생 같은
느낌이다.

한껏 웃고 떠드는 것 같지만, 실상 남들이 듣기 곤란한 부
분에서는 은근슬쩍 목소리를 낮추고 대화하고 있었다. 편하지
만 비밀 유지에 신경을 쓰는 것이다.

취한 것이 아니라, 취한 척하는 모습으로 보일 지경이다.

'같은 사람. 다른 모습.'

역시. 사람은 비슷한 사람들끼리 어울리는 법이다.

"자~ 물어라, 들을 것이요. 주문하라, 건질 것이다."

"……유머?"

"……딴에는 한 거였는데, 민망하구먼?"

얼큰하게 취해서인지 저 혼자 낄낄거리며 웃던 그가 비로

소 바로 앉았다.

"알았다, 알았어. 그냥 물어봐. 모조리, 무진장, 무한히 답해 주마. 뭐가 궁금한데?"

"궁금한 거야, 좀 있죠. 이용택 관장님의 스승은 소림사에 계신 건가요?"

"그놈을? 가르쳐? 누가 감히?"

한참 주위의 눈총을 사리만큼 통쾌하게 웃던 강하성 소장은 찔끔 흘린 눈물을 닦으며 말했다.

"이소룡 보고 중국무술에 관심을 두긴 했지. 그런데 사실은 반해서 찾아간 게 아니라 그곳에 가면 상대를 찾을 것 같아 간 것에 불과해. 그리고 두 달도 안 돼서 돌아오더니만 '무희(舞姬)들이 넘치고 무술은 없었다. 대신 버젓이 놓이고도 잊힌 요령들은 가져왔다.' 하는 거야. 그러더니 갑자기 세계 일주를 시작했어. 맨몸에 무일푼으로 말이지."

"세계 일주라면……."

"사람은 없어도 그 흔적들은 보고 익힐 수 있다며 떠난 여행이라나? 그러더니 안 그래도 비인간적이던 녀석이 엄청나게 달라져 버리더군. 녀석의 스승? 굳이 따지자면 전 세계에 존재하는 모든 흔적이라 해도 과언이 아닐 거다. 여하간, 녀석은 몸으로 하는 모든 것에서는 천재…… 아니, 초월적이었으니까. 너랑 비슷한 과지. 너도 스승이 있는 건 아니잖냐?"

게임 캐릭터 그대로 가져왔는데 스승이 있을 리 만무했다. 내가 다른 의미로 고개를 끄덕이자 강하성 소장이 어깨를 으쓱거렸다.

"마찬가지야. 네가 그런 것처럼 용택이 그 녀석은 원래부터 말도 못 하게 셌어. 본래 약한 놈이 이기려고 만든 게 무술인데. 이건 슈퍼맨이 무술마저 몽땅 익힌 셈이지. 비전이고 숨겨 봐야 한 번만 보면 다 배워. 하다못해 흔적이나 글귀만 읽더라도 모조리 복원해 내. 그런 괴물을 누가 감히 가르치겠나? 그러면서 무술은 또 엄청 좋아해서 독자적으로 만들고 개량하기를 쉬지 않았거든. 그런데…… 갑자기 '힘'에서 '건강' 쪽으로 방향을 바꿨지."

탁. 젓가락을 내려놓았다.

"우연히 총에 맞았거든."

총이라. 왜일까.

"원한 관계인가요?"

"그런 것 없어. 내 친구이긴 하지만, 원한 관계를 맺을 바에는 아예 땅에 묻어 버리는 초살벌한 녀석이니까."

방금 대수롭지 않게 무서운 얘기를 듣고 말았다.

"총 맞은 건, 그냥 엉겁결에 맞은 거야. 러시아에 컴뱃? 삼보? 아무튼, 고수 찾아갔다가 몸 좀 숲에서 풀었는데…… 야생 동물인 줄 알고 오인 사격을 당한 거지. 생애 처음으로 기절이란 걸 경험했다나. 그런데 그거 한 방 맞더니만 예전엔 인간이 가장 강력하니 어쩌니 하던 녀석이 맞아 보니 생각이 바뀌었다며 현대 무기에 대해 파고들었고, 결국엔 다 때려치웠어. 복원했던 비전들도 '요령'이라고 부르더니 현대에는 건강 체조 이상으론 의미가 없다고 하더라구. 그냥 힘들 뿐이라고 말이지. 녀석이 내공을 찾던 거 얘기했었나?"

"네. 귀신 찾아서 곳곳을 돌아다닌 것도 들었지요."

"사람 몸으론 한계가 있으니까 동양권에서 무진장 찾아본 거야. '자연 어디엔건 무술의 흔적은 내 눈을 피할 수 없다.'는 헛소리를 하는 녀석이 방방곡곡을 다 뒤졌지. 결과적으로는 눈을 씻고 찾아도 없다며 그냥 포기했지만."

"아……."

"사실 녀석이 총 맞았으니 결혼도 하고 지금 저렇게 살고 있지, 아니었으면 오만 가지 요령을 다 찾아내고는 내공인지 뭔지 제 손으로 만든답시고 지금도 줄창 수련했을 거다. 차라리 지 손으로 총을 들면 되는데, 그건 싫다나 뭐라나. 방아쇠 당기는 정도로는 생명이 물건처럼 느껴질 뿐이라나?"

맞장구는 치고 있다만 내가 지금 현존하는 사람의 과거를 듣고 있는 건지, 영화 주인공의 일대기를 듣고 있는지 헷갈릴 정도의 이야기였다.

'이거야, 원.'

들으면서도 공감이 돼야 할 것 아닌가.

여하간, 무슨 이야기인지 이해는 되었다. 현대 무기의 화력을 인정하고 정도 이상의 단련은 포기하게 되었다는 말이니까.

"그런데 의외네요. 저는 산중에서 혼자 조용히 수련만 해서 사람들이 모르는 줄 알았는데, 세계 무예대결이라니. 그 정도면 알 만한 분들은 다 아는 유명인 아닌가요?"

"그런데 어떻게 평범하게 도장하다가 말아먹을 정도로 살고 있느냐고?"

"네."

오지의 민간약초 하나, 산골짜기 약수 등등. 건강에 도움이 된다, 무병장수할 수 있다는 관심만으로 샅샅이 밝히고 해체되는 것이 요즘이었다. 게다가 그런 것이 아니더라도 이용택 관장이 쉽게 말하는 요령들만 잘 전해져도 최소한 일당 십의 군인이 양성될 터.

쓰기에 따라 단순 화력보다 무서운 것이다.

"죄다 모르거든."

아는 이가 없다?

"어째서죠?"

"자칭 고수들이 한 수만에 나가떨어져서 실감을 못 했으니까. 그리고 얼떨떨해하는 동안, 흔적들을 쓱 훑어보더니 비전들을 모조리 들고 '안녕~' 하고 나가 버려. 그 녀석이 이런 식으로 전 세계를 떠돈 거야. 게다가, 걔나 나나 어디 자랑하고 떠들 만큼 멍청한 바보들도 아니잖냐. 그러니 아는 사람이 없지. 뭐, 부족한 융통성은 내가 조금 채워 줬고. '소림사 적 전제자' 식의 거짓말 같은 거 말이다. 제법 먹힐 만하지 않았냐? 하하하."

"확실히 그러네요."

그럴 법했다. 나 역시도 별다른 의심을 하지 않았으니까. 실제로 본 적은 없지만, 영화나 소설로 자주 접해 본, 그런 부류의 익숙함이랄까.

고개를 끄덕이며 음식을 먹었다.

술술 넘어간다.

몸이 바뀐 이후부터는 음식 먹는 속도가 정말 달라졌다. 본디 음식을 입에 넣고 씹어야 삼켜지지 않던가. 그런데 이건 흡입한다는 생각이 절로 들 정도로, 넣자마자 스르르 녹아내렸다. 딱 한 번 씹기도 전에 침과 섞이곤 달게 넘어가는 것이다.

우물우물 꿀꺽, 이 아니라

턱 넣고는 꿀떡이다.

'배도 안 부르고 말이지.'

이래서 전사들이 많이 먹게 되나 보다. 아무래도 정기검진 같은 건 절대로 받아서는 안 되겠다. 헌혈하는 것도 조심해야 할 듯싶다.

"격차가 너무 커서 눈치조차 못 챘다니, 이용택 관장님은 정말 대단하시네요. 사람 맞아요?"

"몸 쓰는 건 사람 아닌데, 머리 쓰는 거 보니 사람 맞더라. 고집도 있고. 게다가, 지도 지 몸뚱이가 반칙인 건 알아요. 그러니 자기 실력을 써먹지 않고 약초나 캐고 어디서 자랑하지 않으며 사는 거야. 단, 필요할 때는 진짜 살벌하게 손을 쓰지만."

고양이 죽이던 것을 반추하노라면 확실히 손속이 대단하긴 할 것이다. 아울러 그 힘 중 절반만 써도 한국의 밤거리는 평정하겠고.

총에 맞으면 이것도 저것도 방법이 없겠지만 말이다.

그쯤, 강하성 소장이 내 빈 잔에 술을 따르며 말했다.

"그래서 말인데, 고맙다. 사실 용택이가 그렇게 들뜬 목소리를 하는 것도 근 10년 만이거든. 제 마누라 만날 때, 결혼할 때, 한나 태어났을 때, 얼마 전에 new century인가 하는 거 할 때 정도로 손에 꼽는다구. 게다가 슬쩍 말하는데 성공하면 숨법을 다시 알려 준다더군. 하하하하!"

여기서 묻지 않을 수가 없었다.

"숨법이 뭔가요?"

"녀석이 갖가지 요령들을 섞어서 만든 거지. 몸을 깨우는 바른 숨법이라고 하던데, 배우기가 겁나게 어렵지만, 이거만 잘해도 그야말로 무병장수한다고 자부하더라. 하여간 작명센스하고는, 숨 쉬는 법은 숨법. 이게 뭐냐? 여하간 이 숨법이 그 친구가 내공 찾다가 만든 거야. 그리고……."

"그걸 다시 시작한다?"

"고렇제. 똑똑하다니까."

소주잔을 빙글빙글 돌리며 악당처럼 흐흐 웃는 그였다.

"귀신을 발견할 때까지 그만두겠다더니만, 만났을 리는 없을 테고. 흘흘…… 짜식. 지랑 같은 등급의 괴물 보고는 호승심이 생겼나? 어쨌건 덕분에 나도 장풍 좀 쓰겠다. 하하~!"

'설마 new century 스킬들을 현실에서 복원해 내는 건 아니겠지?'

말도 안 돼 싶다가도 왠지 그라면 해낼 것 같은 묘한 불안과 기대가 들었다. 이미 지금까지 들은 이야기들만 해도 충분히 판타스틱하지 않은가.

"무병장수라면 가히 인류의 보물급인데, 혼자 알기 아깝지 않으세요?"

"아깝기는, 말도 마라. 이거…… 알려지면 배우려다 태반이 죽어날걸? 안 그러면 비인부전이니 어쩌니 하며 사람 따지고 제 가족이랑 나한테만 전수했겠냐. 섣불리 배우면 피 토하고 그거 잡아 주려면 저 괴물 같은 녀석이 진땀 흘릴 정도로 고생해야 해. 사실 나도 죽마고우니까 엄청 특별히 봐 준 거지."

생각만 해도 치가 떨린다는 듯 몸을 부르르 떠는 그였다. 여간해서는 죽는다는 소리 안 할 사람으로 보이는데, 생각보다 제약이 심한가 보다. 슬쩍 방향을 바꾸기로 했다.

"그럼 강 소장님 식구들은요?"

"마누라랑 아들 녀석? 용택이 식구에게 비하면 심심하지. 하여간 그 집안은 별종에 용가리 통뼈를 타고났어. 아무튼, 숨법이라는 게 배우기도 죽도록 아프고, 자질 없는 녀석 가르치다간 용택이가 죽어나는 거여. 내가 처음이자 마지막 실험자였던 셈이지."

주억거리며 '고마운 자식. 네 집은 평생 무료로 우유 주마.' 하는 강하성 소장이었다.

"그런데도 업그레이드되면 또 배우고 싶어요?"

"흐흐. 당연하지, 인마. 이거 하나면 보양식이 필요 없어요 ~ 깊은 밤, 무한한 열정을 불태우는 정력을 보장하거든!"

거창함과는 거리가 먼 소시민적 바람.

"부럽네요."

"입에 침이나 바르고 거짓말을 해라. 그 표정이 부러운 거냐?"

역시 마력 응집의 스킬은 위대했다. 그의 말을 듣고 안 것인데, 나는 지금 쉼 없이 젓가락을 놀리며 호응하고 얘기하는 중이었던 것이다. 스킬의 장점이 너무 드러난 나름의 폐해랄까. 나의 정신을 맑게 유지해 주어 혼란스러움을 최소화해 주니 생긴 작은 실수. 나를 '묘한 놈'으로 보는 그이기에 괜찮았지만, 다른 자리에서는 조심해야 할 부분이었다.

"또 궁금한 거 있나? 엇!"

'망할 자식. 떠드는 사이 거의 다 먹었어!' 하며 뒤늦게 젓가락을 마구 놀리는 강하성 소장.

나는 잠시 들은 얘기들을 정리했다. 평범한 사람의 기준으로는 초월자나 악마급의 무술고수 이용택 관장. 다행히도 그와 가족들만 다를 뿐, 세상 곳곳에 그와 같은 경지의 고수는 없다고 한다. 가히 존재 자체가 오류인 가장 큰 변수가 내 편이라는 것이었으니, 실상 묻고 듣고자 했던 것은 모두 얻은 셈이었다.

아, 그러고 보니 하나 더 있기는 하다.

"갑자기 호적수로 임명돼서 난감한데, 어떻게, 이기는 방법이 있을까요? 듣기 전이면 모를까, 지금은 조금 난감하거든요. 게다가……."

"게다가?"

"당장 내일은 한나랑 대련해야 하고요."

진심을 가득 담은 문제였다. 이제 14살이라는 여자아이의 어디를 때린단 말인가. 이용택 관장이 비슷할 거라 말했지만, 힘을 조금만 줘도 뼈마디가 으스러질 것 같은 아이를 말이다.

싸워 본 경험도 드물뿐더러, 여자를. 그것도 여자아이를 때려 본 경험은 더더욱 없었다.

헌데, 강하성 소장은 그냥 손사래를 쳐 보였다.

"니가 뺨따귀 서너 번은 화끈거려 보고 강냉이 좀 흔들려 봐야, '아~ 이래서 이 집안이랑은 상종을 말아야겠구나!' 할 거다. 그런데 용택이랑 호적수라…… 구릉 넘어 태산이로구만."

팔짱을 끼고 미간을 찌푸린 그가 심각하게 말했다.

"그 녀석을 상대로 '좀 난감한 거'면 그 자체로 대단한 거다. 어디 보자, 저 우주 괴수를 쓰러뜨리려면 뭐가 필요하려나……. 나도 잘은 모르겠다만, 확실한 건 누구한테 배워서는 평생 가도 그놈 한 수도 못 막는다는 거다. 나름 평생 수련한 무술가들을 쌈박하게 날려 버리는 자식이니까."

순간, 이용택 관장이 나를 인정한 이유가 번뜩이며 이해가 되었다. 역시 지혜100의 효과는 놀라웠다. 작은 단서 하나를 모조리 잡아내니 말이다.

맞다. 완전하게 초월시켜 주는 능력치와 각 직업의 기본 스킬들. 실상 여기에 무엇이 더 필요하랴. 자동 회피, 강인한 육체, 빈틈을 파헤치는 예리한 눈, 명경지수와 같은 정신이 어우러질진데.

그의 말대로 배우지 말아야 한다. 아니, 정확히 말하면.

"배울 필요가 없다?"

"그렇지. 가장 가능성이 높다면 '사람이 쓸 수 있지만, 인류가 사용한 바 없는 무술'이랄까. 가능하지만 사람이 도달할 수 없는 무언가가 있어야 상대할 수 있는 괴수란 거지. 내가 말하고도 이상하지만, 그런 거가 아니면 힘들 거야."

그때 차분해진 이성이 내게 알려 주었다. 이용택 관장을 신뢰한다면, 이 사람 역시 믿어도 될 거라고. 이 둘은 남모를 모든 비밀을 공유하고 지금까지 잘 유지하고 있으니까. 이용택 관장에게 말한 만큼을 전하고 함께해 보는 것이다.

"소장님은 new century를 하지 않으세요?"

"나? 실은 용택이가 하는 거 보고 당장 질렸다. 짜식이 사냥은 죽이게 잘하겠지만, 게임에 대해 뭘 알겠어. 도와주려고 돈 좀 썼지. 아이템 맞추고 장사하는, 고딴 거는 잘 못할 게 뻔하니까 도와주려고 한 거여. 그래서 전사로 고른 다음에 힘만 찍고 피통으로 가방 노릇 좀 해 줬지. 초반 장비는 물론 현질로 공수해 주고."

과연 어른의 플레이 방식이었다. 약간의 돈을 통해 시간을 사고, 그 시간을 통해 시장을 선점한다는 것. 어쩐지 벌써 태진이를 추월했다더니만 이런 조력자가 있었을 줄이야.

"기본 퀘스트에다 가능한 한 물품 대행 같은 것들을 위주로 안면 좀 익히고~ 녀석이 사냥한 물건들 거래하다 보니까 이틀째였나? '최초의 보부상'이라는 타이틀이 생기더라. 그리고 거래 스킬을 배운 다음부터는 힘3, 민첩2, 지혜5로 가고 있다."

"보부상인데 지혜로 갔어요?"

"원래 없는 것들이 몸 쓰고 있는 것들이 머리 쓰는 거 아니겠냐. 사장이 몸으로 들고 뛰어서 성공하는 경우가 얼마나 되냐? 직원이 나설 일이 있고 윗선에서 판로를 뚫어 주어야 하는 일이 있는데, 지금 물건 판다고 힘만 우직하게 찍어서는 알바를 못 벗어나지. 게다가 '거래'라는 스킬이 지혜 능력치의 영향을 받더라고."

강하성 소장은 해물탕 어딘가에 남아 있는 문어 다리를 휘휘 국자로 찾았다.

"가장 중요한 건, 상단의 부단주라는 녀석을 얼핏 봤는데 분위기가 육중하더라. 역시나 크게 될 놈들은 카리스마가 있어야 하는거. 해서 검색해 보니까 카리스마 수치는 지혜를 찍으면 생긴다고 나온다고 하더라. 그럼 답 나온 거 아니겠냐?"

대수롭지 않게 툭툭 던지는 강하성 소장의 말들이지만 플레이어가 대상인이 되어 가는 과정들이 고스란히 담겨 있었다.

역시. 오랜 시간 함께 하면 사람은 서로 닮을 수밖에 없는 거다.

새삼 그가 다르게 보였다.

"그나저나 말괄량이가 내일 대련을 한다고? 흐흐. 구경 가야지~"

……약간 못 미더운 감도 없지는 않지만.

❈   ❈   ❈

주거니 받거니 하던 도중, 잠시 강하성 소장이 화장실에 가게 되었다. 알싸하게 취한 상황에서도 술을 즐기는 것을 보니 확실히 주당은 주당인 모양이다. '물만 빼고 와서 연장전 하자~' 하는 뒷모습은 여전히 유쾌했다.

나는 받아 두기만 한 소주잔을 이리저리 굴려 보았다.

맑은 술이 찰랑거리다가 넘치려고 하고 다시 균형을 잡아 간다. 어느덧 그에게서 들은 이용택 관장의 일화를 되뇌게 되었다.

'보통 천재라는 이들이 다 저런 걸까.'

되묻는다 해도 딱히 답할 도리가 없었다. 다큐멘터리를 통해서나 봤을 뿐이지 실제로 천재라는 이들을 마주한 적은 없었던 까닭이다. 그러나 달라진 내 모습으로 유추하건대 그들이 어떻게 익히고 어떤 사고를 하는지는 나름 짐작할 수 있었다.

물론, 그가 천재들을 압도하는 완벽한 이인지, 아니면 보기 드문 천재성을 가진, 적지만 있을 법한 인간인지는 모르겠다. 이한나가 new century 최강이었다는 점을 고려하면 이용택 관장이 불세출의 인물이겠으나 감히 단언할 수도 없는 상황이니까.

"이거라도 정리가 돼야 할 텐데."

주머니 속에 손을 넣고 겁륜을 만져 보았다. 이거나마 확실한 대답을 해 줬으면 싶었다.

그때였다.

"윽!"

전기에 감전된 걸까.

번쩍이는 쩌릿한 충격에 황급히 손을 뗐다.

손바닥을 본 나는 당황을 감출 수 없었다. 여섯의 겁륜 조각들이 손바닥의 일그러진 성륜을 가로막고 녹아내리고 있었다.

'아뿔싸!'

강하성 소장이 내 장갑을 버렸다는 사실을 망각했었다.

어찌할 바를 모르고 있던 상황에 어느덧 돌아온 강하성 소장이 물어왔다.

"응? 왜 그려, 어디 아프냐?"

우선은 가리는 것이 급선무.

"……아뇨. 그렇게 잘하실 줄 알았으면 접속기기를 함께 사 드릴 걸 그랬나 싶어서요."

"잘하기는. 그냥 잘난 놈한테 빈대 붙어 있는 건데 말이다."

대충 둘러대며 식탁 밑에 손을 옮긴다.

다시 힐끗 보는데……

'빌어먹을.'

역시, 잘못 본 게 아니었다.

녹아내리는 겁륜들.

그 앞에서는 톱니바퀴 같은 네 개의 성륜들이 철컥이며 윙윙 돌고 있었다.

'평소에는 무조건 장갑을 끼고 있었는데.'

무의식중에 저지른 작은 실수가 이토록 치명적일 줄이야.

그때 회전하는 성륜들 사이로 겁륜 조각 하나가 파고들었다.

격렬하게 반응하는 성륜!

곧이어 등줄기에서 묵직한 충격이 쭉 뻗어 올라오더니 머리가 깨질 것 같은 고통이 엄습했다. 눈이 뽑혀 나갈 정도로 짓눌리는 느낌!

쿵……! 쿵……!

둔중한 울림과 함께 시간이 멎은 것 같았다. 모두가 멈춘 그 순간, 내 사고만 더할 나위 없이 또렷해진 것이다. 의식의 속도가 미친 듯이 가속화되고 있다.

정확히 인지하지는 못했으나 한 가지는 확실했다.

무언가 크게 잘못되어 가고 있다는 것!

그때 다른 검륜 조각이 성륜 사이로 파고들었다. 그러자 이번에는 장이 배배 꼬인 것처럼 통증이 전해지며 전신에 힘이 들어가지 않았다.

'크헉!'

의문을 해결할 겨를이 없었다.

다시 하나가 파고들었다.

멈춰 버린 시간 속에서 륜의 움직임은 더욱 뚜렷하게 보였다.

심장이 쿵쾅쿵쾅거리더니 몸 곳곳이 터져 나갈 듯 울렸다.

이제 남은 조각은 세 개. 그 하나하나가 침입할수록 고통은 기하급수적으로 늘어만 간다. 위기감이 엄습했다. 시간이 멎는 것 같았다. 주마등이 스쳐 가듯 과거가 무섭게 흘렀다.

이러다…… 정말로……

'죽는다?'

그럴 것 같다.

'뭐냐, 이게!'

인정할 수 없었다. 아무 조짐도 없이 그냥 이렇게, 이딴 조각 하나 손에 박혔다고 죽게 된다니!

그럴 수 없었다. 이제 제법 알 것 같고 살아갈 방향도 잡은 마당이다. 이렇게 느닷없이, 허무하게 죽어서야 말이 되겠는가!

나는 안간힘을 다해 왼손으로 오른 손바닥의 거죽을 벗겨 내듯 힘을 꽉 주었다. 이어, 사력을 다해 훑어 냈다!

그 순간

—?

모든 것이 정상으로 돌아와 버렸다.

허무하리만큼 간단하게.

'……이게 뭐야?'

정말이지 너무나도 허망하게 모든 것이 원위치되었다. 한 치를 움직이지 못해 발버둥치고 있다가 갑자기 몸이 덜컹! 거리며 나아간 것 같다. 참았던 숨이 단번에 내쉬어지고 한 번에 폐부를 가득 채웠다.

후우— 하아.

숨이 가빴다.

마치 번지점프대에서 고공낙하하던 몸이 안전띠에 덜컥 멈춰 선 것같이, 한껏 당긴 고무줄이 놓이며 제자리를 찾아간 양. 무슨 일이 있었느냐는 듯 정말 대수롭지 않게 몸이 평온을 찾아간다.

순식간에 사라진 증상들은 나를 심각한 탈력감에 빠지게 했다.

손바닥 뒤집듯 단번에 해결돼 버리니 제아무리 발버둥 쳐 봐야 고작 인간에 불과하다는 상실감까지 느껴졌다.

'어처구니없을 정도다.'

정신적 충격으로 가쁘게 숨을 몰아쉬던 나는 조심히 손을 움직여 겁륜의 조각들이 어찌 됐는지를 확인했다.

양손 모두에는 잡히는 것이 전혀 없었다.

슬쩍 펴서 확인했다. 오른손에는 미처 긁어내지 못한 겁륜 하나가 네 번째 성륜 사이에 눈(眼)처럼 떡하니 박혀 있었다. 기묘하게 성륜의 흐름을 방해하는 겁륜 조각. 마치 별이 박힌 양, 일그러진 성륜들 사이사이로 묘한 불균형을 일으키고 있었다. 손가락을 오므려 촉감을 확인하니 살 속에 파고든 듯 전혀 이질감이 없었다.

왼손을 살폈다. 전혀 이상 없는 손바닥과는 달리 손톱이 짙은 금색으로 물들어 있었다. 살구색인 피부가 보이지 않고 금박이라도 씌운 양, 짙은 매니큐어를 바른 양 다섯 손가락 끝이 금색이었다. 이건 또 무슨 조화일는지. 한숨이 절로 나온다.

"괜찮냐? 아무래도 피곤해 보이는데?"

"아⋯⋯무래도, 좀 그러네요."

"그려? 그럼 먼저 가 봐라. 난 남은 거 마저 자작하다 갈 란다. 아, 계산은 이미 했으니까 괜히 또 하지 말고."

화장실 다녀온다더니 계산까지 하고 온 모양이다. 평소 같았으면 가볍게 거절하고 더 시간을 즐겼을 것이다. 얻어먹는다 해 놓고 왜 사느냐는 등 조금 더 너스레를 떠는 것도 좋으리라.

그러나 지금의 내게는 그만한 여유가 없었다. 당장 이 상황에 관해 확인해 볼 필요가 있었던 것이다.

"음식값이 꽤 나왔는데 괜찮으시겠어요?"

"마누라가 바가지 좀 긁겠지만, 불러서 같이 먹으면 공범이 되는 거 아니겠냐. 나만큼은 아니어도 꽤 주당이거든. 좌우지간, 내일 보자. 캬~ 아들놈이 철만 들었어도 데려가서 같이 보는 건데. 거참, 같은 19살인데 내 자식은 왜 저리 분위기가 다를꼬. 확 비교되네."

입맛을 쩝쩝 다시다가는 '가만. 대련이라 이거지? 용택이 이 자식 설마…… ㅎㅎㅎ.' 사뭇 음흉하게 웃는 그에게 나는 간단히 인사했다. 그리고 나가기 전, 몇 가지 음식을 더 주문하고 계산한 뒤 가게를 나섰다.

❈   ❈   ❈

일그러진 성륜과 조각난 겁륜의 충돌!

망가진 두 힘이 장갑이 없다는 이유, 접촉했다는 사실만으로 격렬하게 부딪쳐 버렸다. 그리고 그 결과는 내게 참담함을 선사했다.

너털웃음이 절로 나왔다.

"지혜가 초기화되다니."

더군다나 관련된 모든 수치가 제로 값이 되어 버렸다. 위엄이 남아 있기는 하지만 없는 것과 마찬가지의 상태라니, 그 자체가 오류 아니겠는가.

황당하기 그지없는 사태였지만, 상태창을 띄울 때마다 오른손에서 이질감을 표하는 겁륜이기에 얼추 짐작할 수는 있었다. 현재 제임스라는 캐릭터는 현실의 나와 동기화가 된 상태. 그런 상태에서 겁륜과 직접 접촉을 했고, 그 이물질이 지나친 오류를 불러일으킨 것으로 생각한다.

능력치 중에서도 지혜와 마력, 위엄만 넝마가 된 이유는 아마도 내가 겪은 고통 중 가장 첫 번째였기에. 짧은 시간이나마 가장 오래 받았고, 그 때문에 성륜들 가운데 제대로 침투했기에 생긴 일 같았다.

다시 생각해도 아찔했다. 만일 안간힘을 써서 긁어내지 않았다면.

'병신 될 뻔했구나.'

살았으니 다행이라곤 하지만, 불행인 점은 100이라는 지혜 포인트 중 95가 말 그대로 허공에 날아가 버렸다는 사실이다. 그리고 손바닥에 남은 검륜처럼 [   ]로 고정되어 보유 포인트를 더할 수조차 없는 상태라는 것이었다.

독하게 마음먹고 내가 살점을 후벼 판다면 해결될까도 싶지만, 그랬다가는 남은 성륜이 어떤 반응을 보일지는 짐작조차 할 수 없었다. 안전제일주의가 으뜸이니 그냥 앞으로 마력을 쓸 일이 없다 여기는 편이 나았다.

"어휴."

그래도 그렇지, 5라니.

실제로 능력치의 악영향은 피부로 절감됐다. 조금 전까지만 해도 책을 두 번 읽을 필요가 없던 어마어마한 천재성이 봄날에 눈 녹듯이 사라져 버렸기 때문. 이럴 줄 알았으면 테스트 겸 서점에 들렀을 때, 꽤 많은 책을 머릿속에 담아 둘걸 그랬다.

"잊자."

그래, 더 아까워서 무엇하랴. 나는 한숨과 함께 기분을 전환하기로 했다.

좋게 생각해 보자.

"이만한 게 천만다행이지."

죽을 뻔했는데 살지 않았더냐. 목숨 값 벌었으니 남는 장사였다. 게다가 검륜으로 잃은 것이 지혜와 마력이 아니라 힘이었다 해 보자. 랭킹과 퀘스트 탓에 스킬조차 없는 내게 힘이 기본 능력치로 고정되면, 정말 이건 게임을 접어야 하는 사태가 된다.

여기에, 생성 자체가 그저 접속함으로 나오는 식이니 신 캐릭터를 생성하고 싶어도 불안하기도 하고, 동기화가 된 마당에 캐릭 삭제를 했다가는 내 목숨이 날아갈 우려도 있었다. 그러니 지혜를 잃은 것에 감사할 일이다.

new century에서 확인해 보니 얻은 것이 또 있었다.

물성 변화라는 막강한 겁률을 통해 얻은 부가 효과는 이것.

아이템창을 열고, 아무것이나 물건을 왼손에 쥔다. 그러면 왼손의 금색이 뱀처럼 풀려 나와 아이템에 어리게 되었다. 일종의 아이템 선택 기능. 손가락 개수만큼 다섯이 선택 가능한데, 이렇게 하고 휘두르면?

"황금 도끼."

금빛 잔영을 남기는 황금 도끼가 된다. 망자의 광란이 금색으로 물들자 나름 비싸 보이는 부가 효과가 생겼다. 화려한게 사람들 눈도장 찍기에는 아주 딱 맞다.

하지만 그나마도 게임에서나 되는 거지, 현실에서는 아무런 변화도 없었다. 집 안의 온갖 물건들을 죄다 만졌는데 조금도 반응이 없는 것이다.

new century에서 이용택 관장이 '괜찮은 기능'이라고 평했던 물성 변화? 공격력 강화?

전혀 없다.

그냥 황금 도끼다. 짱돌을 쥐면 황금빛 코팅이 되고 보석을 쥐어도 마찬가지가 된다.

아무래도 성륜과 충돌하고 또, 내 손에 부서지며 무언가 변질이 된 것 같기는 한데 정확히 무엇인지는 아직 실마리조차 찾지 못한 상태였다.

고로, 얻은 결론은.

"절대로 성륜과 겁륜을 한 자리에 두지 말 것."

나름 뼈아픈 희생으로 얻은 확실한 교훈이었다. 그리고 성질이 바뀐 것으로 보건대, 태진이가 악마와 계약을 맺었다는 생각을 바꿀 필요는 없을 성싶다.

그때 나는 문득 주머니에서 3개의 작은 조각을 발견할 수 있었다.

놀랍게도 그것은 현실에서 내가 조각냈던 조각.

나를 죽음의 위기로 몰아넣었던 겁륜의 일부였다.

다급히 꺼내어 정보를 읽었다.

돌 : 공격력2

황당무계한 아이템 정보였다. 금속 조각도 아니고 돌이라니?

'뭔가 왜곡된 거 같은데.'

겁륜이 파손되며 생긴 오류인지 일그러진 성륜에 먹히면서 생긴 문제인지 알 수 없었다. 분명한 것은 정보창을 신뢰할 수 없다는 사실뿐이다.

'가만있자.'

나는 new century에서 나와 현실에서 주머니에 손을 넣었다. 역시나 장갑 낀 나의 손으로 겁륜 조각 3개가 잡혔다.

"륜은 현실과 new century를 오갈 수 있단 말인가?"

곰곰이 생각했지만 사실 특별한 정보는 아니었다. 이미 태진이와 이용택 관장을 통해서 그들의 성륜과 겁륜이 new century에서 특별한 힘을 주고 대화도 가능함을 알았으니 말이다.

어차피 당장은 도움도 되지 않고 쓸모도 없는 물건.

나는 3개의 조각을 new century에 들어가 보관함 한구석에 넣는 것으로 마무리 지었다.

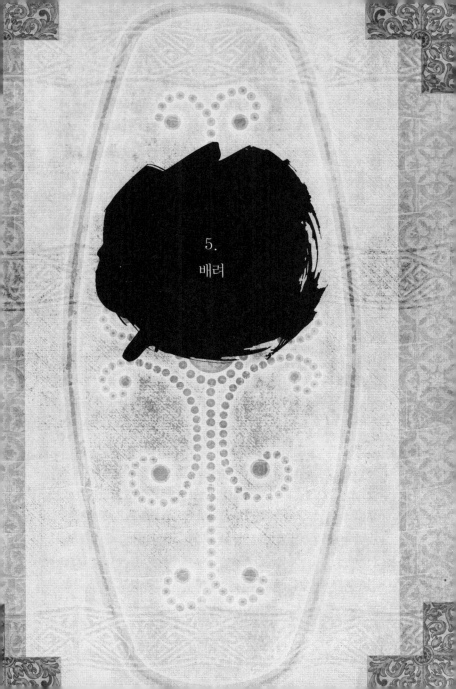

5.
배려

　드디어 다가온 일요일 아침.

　대련의 날!

　1시간 남짓한 토막잠 이후 나는, 의식과도 같은 상처 입히기 대신 일그러진 성륜과 변형된 겁륜을 보는 것으로 마음을 다잡았다. 이어, 현재의 몸에 딱 맞는 유일한 옷인 정장을 입고 중절모를 눌러썼다.

　스포츠 장갑을 양손에 단단히 낌으로써 외출 준비는 완료.

　화장실 거울을 보는데, 이만하면 얼굴도 가려지고 나름 봐줄 만했다. 사실 패션이란 것에 관심이 없기도 하거니와 자고로 옷은 추하지 않고 경우에 어긋나지 않으며 내 몸에 잘 맞으면 그만 아니겠는가.

　그저 모르면 상·하의 세트로 사고, 산 대로 입는 게 최고다.

　"몸이 아주 좋아졌어."

힘을 주자 근육이 불끈불끈 일어났다. 셔츠 위로도 잡히는 각이 실로 예술이다. 몸 좋은 이들이 왜 거울 앞에서 자세를 취하나 했는데 지금은 이해가 되었다.

"흠."

나가려는 마당에 딱 보이는 싱크대가 거슬렸다. 아래가 뻥 뚫려 망가진 이것은 모양새가 의심받기 딱 좋을 성싶다.

나는 밖을 살펴 별다른 인적이 없음을 확인한 뒤 수도 밸브를 잠그고 우그러뜨렸다. 문짝을 떼 내고 수도꼭지도 분리, 움푹 들어간 선반은 눌러 붙여 그냥 덩어리로 만들었다. 그리고 이를 종이상자에 담은 뒤 고물상에 가져가 몰래 두고 나왔다. 일요일에는 고물상 주인도 꽤 늦게 나오는 터라, 아무도 보는 이가 없었다.

어차피 분류를 마친 고물들은 대량으로 운반되어 눌려서 붙기 마련이니 딱히 내 싱크대가 눈에 띄지는 않을 것이다.

❌　　　❌　　　❌

낡은 상가의 뒷문 계단.

성큼성큼 걸음을 옮겼다. 도착한 곳은 이용택 관장이 운영하던 2층의 도장이다. 아직 새로운 임대인이 나타나지 않은 터라 비어 있는 그곳을 오늘 잠시 빌렸다. 1층에는 철물점과 호프집이 있었는데 주말이기도 하고 아직 오전 8시경이라 문을 열지 않은 상태였다.

생애 처음으로 직접 들어온 무술 도장.

치우지 못한 샌드백 하나와 생소한 무기들이 한편에 기대어 있었다. 커다란 창에서부터 채찍 같은 무기. 도와 검이라는 익숙하지만 실제로 본 적 드문 무기들까지 주르륵 있었는데, 영화에서 나오던 십팔반(十八般) 병기라는 건가 싶었다.

정면 상단에는 굵고 힘 있는 서체로 武라는 글씨가 크게 적혀 있었다.

'관장님의 필체구나.'

엄정하게 실린 마력이 돋보인다. 찍어 누르는 육중한 기도에 나도 모르게 고개를 숙였다.

"여어~ 왔냐?"

"왔군."

강하성 소장의 목소리에 이어 메마른 웃음으로 이용택 관장이 반겨 주었다. 구두를 벗고 들어서며 나 역시 너스레를 떨었다.

"생애 처음으로 도장이란 데를 오니 다리가 후들거려서요. 그런데 한나는 어디에…… 어?"

자연스럽게 들어서던 나는 정물화처럼 있는 대상을 보고는 멈칫할 수밖에 없었다.

어제와 같이 평상복 차림인 그들과 나였다.

하지만 한 사람만큼은 달랐다.

머리띠를 질끈 동여매고 검은 도복을 입은 소녀는 이한나. 武라는 큼직한 글귀 아래에서 불가의 승려처럼 가부좌하고서는 천천히 호흡을 고르는 모습이 사뭇 비장하기까지 했다. 큰 소리를 내기가 미안해졌다.

"어제랑 분위기가 엄청 다른걸요?"

방해되지 않게 작게 물어보니 이용택 관장이 '이건 내 책임이 아니다.' 하며 고개를 설레설레 흔들었고 강하성 소장이 씨익 웃었다.

"당연하지. 젊은 남녀가 만난 지 하루 만에 안면에 철판 깔고 대련한다는 게 쉽겠냐? 해서~ 양쪽 다 제대로 불타오르게끔 내가 한쪽에 불을 좀 지펴 줬지."

"예?"

"상품 2개!"

"그게 무슨……?"

"말괄량이가 이기면 new century 하는 거 허락해 주기에다가 최신식으로 사 준다는 2가지 상품을 걸었다는겨. 지면 이 친구한테 인정받고 이길 때까지 영구접속 불가 처분이지. 어때? 불타오를 만하지?"

이용택 관장과 무예를 겨뤄서 이길 때까지라면, 아예 하지 말라는 뜻과 일맥상통한다. 전생에 군림자가 몰래몰래 살짝 나왔다는 소문이 아마도 이래서 생긴 것일 터다.

그런데 양쪽 다 불타오른다더니 왜 내 쪽은 없나?

"그럼 저는요?"

"맞기 싫으면 열심히 하겠지, 뭐."

"동기부여가 굉장히 미흡합니다만?"

"인마, 원래 선물은 애들이나 받는 거야. 너도 어린이날에까까 사 주랴?"

"……소장님, 몸풀기로 저랑 한판하시죠?"

"인마, 원래 애들이나 싸우는 거야. 어른들은 품위 있게 말로 하는 거지."

대놓고 하는 장난에 뭐라 답하랴. 이용택 관장 쪽을 보자 그가 점잖게 말했다.

"겨루기 전날, 과음했으니 책임 정도는 져야지 않겠는가."

"예? 과음이라니요?"

"괜찮다. 중요한 건, 온 힘을 다한 실력과 결과면 충분하니까. 다만, 딸아이가 감정이 많이 상한 모양이니 조금만 배려해다오."

이게 무슨 말일까? 감정이 상했는데 배려를 해 달라니?

가만.

'과음이라고 했잖아?!'

설마 하고 강하성 소장을 보자 그는 빨대를 입에 물고는 눈을 저만치 굴렸다. 범인은 역시 그다. 졸지에 나는 진지한 대련 전날에 만취하도록 퍼먹은 사람이 된 것이다.

'잔만 받았노라' 고 변명을 하려 했다.

그러나.

짝!

나보다 앞서 이용택 관장이 손뼉을 쳐 보였다. 곧 기척도 없이 조금의 동요도 없는 마력이 우뚝 서는 것이 아닌가. 어제의 호기심과 호감이 싹 지워진, 전의(戰意)만 품은 검은 눈이 나를 직시해 왔다.

"아빠가 오빠한테는 전력을 기울여도 된다고 했어요."

"그, 그랬구나."

"무기를 사용해도 된다고 하셨죠."

'그건 아닌 거 같다만.'

"잘 부탁할게요."

긴장감 있게 선을 딱 긋고 하는 말. 묘하게 섬뜩한 까닭은⋯⋯.

이를 악물고 발음하는 이유일 거다.

맞다.

얘, 화났다.

"조, 조금은 양보해도 괜찮단다."

설피 웃으며 긴장을 이완시키고자 하는데, 소녀가 방긋 웃는다.

"아네요. 대련하시면서 정장 차림으로 오시는 분인데요? 부족한 소녀, 이·상·현 오라버니께 아주 잘. 진심으로 부탁할게요."

가진 게 이 옷밖에 없어서 입을 게 없었다고 하면, 믿어 주려나?

⋯⋯그럴 리가.

"그, 그래."

나는 어깨를 축 늘어뜨리며 답했다. 강하성 소장을 째려보는 것도 잊지 않았다.

짧은 대화가 끝났다. 어쩌다 이렇게 된 건지⋯⋯ 어제까지만 해도 더할 나위 없이 귀엽고 친근한 여동생이었는데, 하루아침에 너무도 반전된 것이다.

'하는 수 없지.'

어쩔 수 없었다. 시합 전날 술을 마신 것이니 이는 실력의 고하를 떠나 태도와 자격의 문제가 된다. 남은 것은 온 힘을 기울여 내가 진심임을, 절대로 쉽게 본 것이 아님을 이해시키는 것이었다.

'진심에는 진심으로.'

흡!

마력의 흐름에 집중했다. 호흡을 나름 깊게 마시고 내뱉으며 일신의 감각을 크게 일깨웠다.

쩌릿하게 척추 사이를 흐르는 긴장감이 내 감각을 올올이 곤두서게 하였다. 그 감각이 알려 왔다.

그녀의 체중.

그녀의 키.

장래의 군림자가 어떤 단련을 했고 수련해 왔는지는 모른다. 그러나 확신할 수 있었다.

그것은 바로 힘에서는 내가 우월하다는 사실.

그때.

'척' 하고 이용택 관장이 손을 올리자 소녀가 한 점의 동요 없는, 호수 같은 눈을 유지하며 정중히 고개를 숙였다. 나 역시 마찬가지로 엉겁결에 인사했다. 이어 고개를 들고 나니 어느새 다섯 걸음 뒤에 있는 이용택 관장과 소주 팩을 꺼내 빨대를 꽂는 강하성 소장이 눈에 들어온다.

'아, 약 오르네.'

언뜻 흐트러지던 정신을 가다듬었다.

그 뒤로 이용택 관장이 가볍게 손을 털자 공기가 팡! 터져 나갔다. 가히 쇼크 웨이브의 응용이랄 수 있는 기술. 그의 식에 따르면 작은 요령이었다.

여러모로 이용택 관장은 신기하고 대단하며 무서운 인물이다.

"집중하시는 게 어때요?!"

순간, 희끗희끗한 잔영이 도둑의 시야에 잡혔다.

오른발이 강하게 내딛는다 싶더니 왼발이 따라오며 강하게 바닥을 쳤다. 그리고 몸이 덜컥 세워지더니 뒤축을 세운 옆차기가 날카롭게 날아들었다.

쭉 뻗어 오는 옆차기를 양손을 십자로 교차하여 막았다.

야구 배트를 잡은 듯 딱딱한 느낌. 약간 아릿한 느낌이 들었다. 피해50을 흡수하는 전사의 육체를 꿰뚫고 전해진 타격이다.

'부엌칼이나 망치질보다도 깊고 강한 발차기라는 거군.'

일반인이 맞았다면 뼈가 부러지고 막더라도 손바닥이 아작 날 위력. 저 작은 몸에서 어찌 이런 발길질이 나온단 말인가?

하나, 여기서 끝이 아니었다.

손바닥에 막히기 무섭게 다리를 확 당기더니 팽이처럼 빙글 돌아, 앉아서 그대로 채찍처럼, 낫처럼 하단을 쓸어 온 것이다.

그 연속 동작에 반사적으로 대처하는 내 몸뚱이는 예상과 너무도 달랐다. 뒷걸음질 치거나 발을 들어 피하는 것이 아니라, 발끝을 안으로 좁히며 슬쩍 자세를 낮춘 것이다.

막고 들어가겠다는 육체의 의도.

마력 응집으로 가라앉은 이성이 올바른 대처라 판단했다.

본능에 충실하자 다리는 물론 항문까지 단단히 조여지며 중심을 꽉 잡았다. 피가 뜨거워지며 근육에 힘이 들어갔다.

"치!"

틱!

빠르고 날카롭던 발길질이건만 닿는 느낌은 너무도 미약했다. 재빠르게 이한나가 힘을 뺐던 것.

'발 빠른 대처.'

그러나 날쌘 그녀의 움직임이 잠시 멈춘 상태였다.

빈틈!

나의 오른손이 쏜살같이 뻗어져 그녀가 있는 자리를 후려쳤다.

- !

둔중한 울림.

부르르 상가가 진동하며 아래쪽 철물점에서 온갖 물건들이 쓰러지는 소리가 울렸다. 중간에 힘을 뺄까도 싶었지만, 온 힘을 기울이겠다 마음먹은 대로 그대로 뻗은 여파였던 것이다.

"뭐…… 뭐여? 타폴린 매트에 주먹으로 인을 새겨? 저거 충격흡수 고무 매트 아니냐?"

"괜찮다. 위험하면 내가 막으면 되니. 그런데……."

빨대를 놓고는 경악하는 강하성 소장. 반대로 손목의 시계를 힐끔 보는 이용택 관장이 눈에 들어왔다.

"철물점 주인이 언제 출근하지?"

"8시 반이던가? 오늘은 일요일이니 10시 전후던가 할 거다. 근데 왜?"

"······오기 전에 튀어야지."

"그, 그렇군!"

한편, 목표로 했던 이한나는 어느새 내 뒤편에 있었다. 마치 뱀이 나무를 타는 것처럼 덩굴이라도 된 양, 자신의 다리로 내 다리를 감싼 뒤 이를 축으로 빙글 몸을 돌린 것이다. 긴장해서일까 검은 도복 때문일까, 치켜뜬 눈과 하얀 피부가 더욱 눈에 들어왔다.

퍽!

힘 있게 몸을 비틀어 뻗는 발길질이 무릎 뒤편의 오금을 정확히 송곳처럼 찔렀다. 역시나 전사의 육체를 꿰뚫고 도달한 통증.

'이래서 급소 시스템이 중요한 거군.'

막는 것과 맞는 것의 차이.

손바닥과는 확실히 달랐다. 같은 충격이지만 절로 균형이 무너진 것이다.

하지만 이에 대처하는 육체는 역시나 내 상식 바깥이었다. 대뜸 손바닥을 꽉 쥐더니만 그대로 옆구리 뒤쪽으로 내질렀다.

팔꿈치로 뒤를 친 것!

쐐액! 팡!

날카롭게 공기가 찢어지고 천 자락이 휘날렸다. 반사적으로 낚아챈 그것은 이한나가 하고 있던 머리띠. 날다람쥐같이 정말 빠르게 잘 피하고 있었다.

"저…… 저저저놈! 풍압으로 머리띠를 찢은겨?"

"글쎄. 과연 얼마나 더 버틸 수 있을까."

"빠르구만. 정말 빨라."

나는 눈을 더욱 넓게 두었다.

보이지가 않았다. 찾아야 했다. 소녀가 보이지 않자 피가 고양되며 점점 흥분에 차기 시작하는 나를 느낀다. 게임보다 현실에서 더욱 놀라움을 느끼게 될 줄이야. 정말이지 상상도 못 했다. 이토록 긴박감 넘치는 세상이라니!

'분명 어딘가 있을 터.'

순간, 삐걱거리며 샌드백이 흔들거리는 것이 보였다.

육체가 감지했다.

저기에 적이 있다. 적을 쓰러뜨려라.

이성이 지시했다.

'전력을 기울인다!'

과음에 대한 오해를 풀어야 했다. 이것이 나의 배려일지니.

팔에 불끈 힘을 주었다. 순간 팽창한 근육이 장전된 탄환처럼 놀라운 속도로 쇄도한다.

- !

좌악!

장갑의 올이 터져 나갔다. 샌드백에 손 모양의 구멍이 뚫리고 가득 찬 천 조각들이 사방으로 흩날렸다.

참아 내고 억눌렀던, 폭발하고 싶었던 힘을 오롯이 뽑아낸 힘! 이토록 시원스럽고 육체가 바라는 대로 내지른 적이 있었을까.

후련했다. 팽팽하게 땅겨진 근육이 기분 좋은 탈진감을 선사한다.

그런 한편, '과연 괜찮을까?' 하는 우려가 들었다. 이용택 관장의 나와 대등하다는 말을 신뢰하긴 했지만, 인간이 이런 힘을 어찌 받아 낼까 싶었던 것이다.

하지만 그때, 뇌리로 강렬한 경종이 울렸고 나도 모르게 숨을 짧게 들이마셨다.

뇌리를 스치는 단어.

'체크 메이트.'

텅-!

둔중하게 관통해 오는 힘. 이용택 관장이 8할의 힘을 빼두었다고 한 그 일격이 옆구리를 관통했다. 큰 타격은 없었으나 균형을 무너뜨리는 충격이다!

"여기까지군."

이용택 관장의 짧은 말이 들렸다.

제대로 맞아 버렸다.

다소 실망했다는 듯한 차가운 목소리.

아래를 보자 땀에 흠뻑 젖은 소녀가 손을 뻗고 있었다. 그 작은 발이 반 보 전진하며 크게 매트 위를 굴렀다.

쿵! 하는 발 구름. 감아쥔 주먹이 내질러졌다.

나는 그 주먹을 맞는 순간 알 수 있었다.

'무리했구나.'

맞을 만하다. 견딜 만했다. 기술의 완성도가 떨어진다랄까.

전사의 육체를 꿰뚫고 관통하는 것은 같지만, 전체적인 충격이 비교적 약했다.

힘과 기술. 모두가 부족했던 것이다. 이용택 관장과 이 소녀에게는 그만큼의 격차가 존재했다.

그때, 바르르거리는 떨림이 전해졌다.

"하아…… 후우…… 하아……."

단내가 물씬 풍겼다. 급격하게 숨을 몰아쉬는 소리. 이에, 소녀를 보았던 나는 당황할 수밖에 없었다.

땀에 흠뻑 젖은 모습. 가쁘게 몰아쉬는 숨. 파르르 떨리는 몸. 아랫입술을 꼭 깨물고 있는 소녀의 눈망울에는…… 눈물이 한가득 고여 있었던 까닭이다.

"괘, 괜찮니?"

하며 손을 가져가는 순간, 다리에 힘이 풀린 듯 주저앉아 버리는 그녀. 쓰러지는 것을 받쳐 주기가 무섭게 '으아앙!' 하며 울음을 터뜨리는 것이 아닌가?

'아니, 내가 뭘 했다고?'

내 공격은 다 피하고 한나의 공격은 모조리 몸으로 견디지 않았던가. 잔뜩 두드려 맞다가 끝났는데 대체 왜 저러는지 알 수가 없었다. 당황해서 우선 등을 토닥여 주는데 어느새 다가온 이용택 관장이 부드럽게 딸을 데려가서는 품에 안아 들었다. 가슴팍에 안겨서 엉엉 울어 버리는 그녀를 안고는 나를 무섭게 본다.

"배려해 달라고 말했건만……."

"예?"

"나중에 진지하게 보자."

그리고 가다가 딱딱하게 말했다.

"오늘 일은 내 잊지 않으마."

"예에?"

뒤끝 있는 한마디를 남기고 부녀가 떠나갔다. 나는 흥분감이 가라앉기도 전에 일어난 사태에 괜히 멍해져서는 뒷모습만 보고 있었다. 그런 내 어깨를 툭툭 두드리는 이는 역시나 강하성 소장이었다.

"쯧쯧. 축하한다. 명부에 제대로 이름을 새겼구나."

안쓰럽게 위로하는 그. 영문을 모르고 멍하니 서 있노라니 강하성 소장이 고개를 설레설레 저었다.

"그래도 그렇지, 이 짜슥아. 팔뚝에 대포를 단 것도 아니고, 뭔 놈이 한 방 한 방 날리는 게 그렇게 살벌한겨? 바닥에 도장 찍고부터는 어린 것이 아주 사색이 돼서 필사적으로 피하더구먼…… 쫌 봐주지 그랬냐."

"예?"

"쯧쯧. 그나마 용가리 집안이라 버텼지, 여느 애들 같았으면 바지에 쌌겠다. 이건 뭐, 귓전에서 대포를 펑펑 터뜨려 대는 식이니, 원……. 그리고 막을 필요가 없더라도 대충은 좀 막아 주고 해라. 애가 용 쓰고 때리는데 허탈하게스리 그게 뭐냐? 이건 때리나 마나 그~냥 맞아 주고, 그~냥 날려 버려요. 흐미, 살벌혀라."

"네?"

"아, 참! 맞다. 한나가 왈가닥이긴 해도 곰 인형을 좋아하더라?"

"……."

"고로콤 서 있다가 철물점에 끌려가도 난 모른다~ 그럼, 난 가마. 오늘 구경 잘했다~"

눈만 껌벅거리는 나.

'불쌍타, 불쌍혀' 를 읊조리며 빨대를 꼬나무는 강하성 소장.

그가 멀어져 갔다.

정신없이 뭔가가 훅~ 하고 훑어간 느낌이다.

가만히 보던 나는 힐끗 도장을 보았다. 와장창 쓰러진 무기들. 떨어진 武 현판. 구멍 뚫린 바닥에 갈가리 찢긴 샌드백까지.

동작 보조를 위해 붙어 있는 전신 거울을 보았다.

처음 모습 그대로의 내가 보였다. 달라진 것은 중절모가 조금 삐뚤어지고 오른손 장갑이 걸레처럼 변했다는 것뿐.

천천히 복기하고 지금의 내 모습에 대치시켜 봤다.

"아……."

절로 한숨이 나왔다. 맞수가 될 거라는 의미가 내가 생각했던 것과는 조금 달랐던 모양이다. 예쁘도록 창백했던 피부는 하얗게 질린 것이었고.

'내가 죽일 놈이 맞구나.'

옷을 툭툭 털고 구두를 신었다. 그리고 당장 은행에 들른 뒤 조용히, 초고가 캡슐 2개 값에 이어 성인 남성만 한 크기의 품질 좋은 곰 인형과 귀한 술을 구매했다. 그래도 부족하다 여기곤 조금 전, 헤어진 강하성 소장에게 전화를 걸었다.

"여어~ 상현이. 뭔 일이냐?"

"그게, 관장님 사모님이 뭘 좋아하시던가요?"

대번에 눈치챈 강하성 소장의 웃음소리가 얄밉게 귓전을 두드렸다.

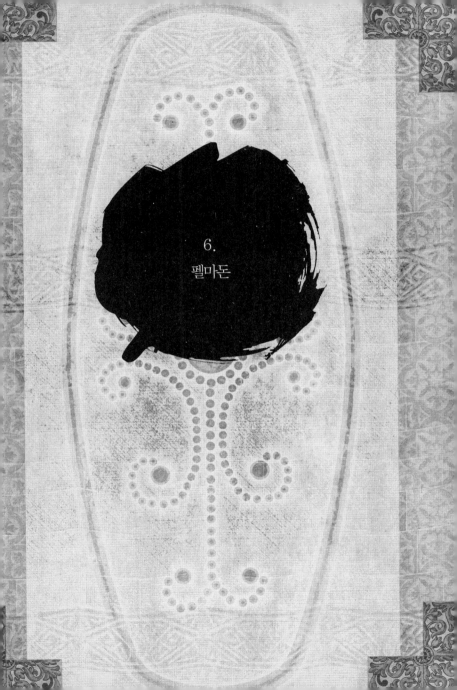

6.
펠마돈

데구르르…….

탁자에 A4용지를 꺼내 놓고 펜을 굴렸다.

장갑이 벗겨졌다는 사실을 잊고 검륜을 직접 만져 버린 나.

결국, 성륜과 검륜이 충돌하는 사태가 발생해 버렸다. 이로 써 확인한 부분은 두 종류의 륜이 예상했던 것보다 더욱 적대 적이라는 사실이다.

'잠시나마 죽음을 느꼈을 정도였지.'

- 관계 : 대립

동그라미를 그리며 알고리즘을 이어 나갔다.

'완벽한 대립'은 매우 훌륭한 단서다.

성륜은 암속성인 언데드에게 매우 강력한 힘을 발휘했다. 그렇다면 검륜은 성 속성의 몬스터를 확실히 제압할 터. 선과 악. 빛과 어둠. 여기에 신성과 마성이 더해진다. 절대적으로 먹고 먹히는 그들의 관계를 추가한다면, 나의 new century

에서의 방향이 결정된다.

'내가 찾아야 할 것은.'

– 신전과 전설.

여기에 몬스터라는 단서를 다시 한 번 표시했다. 성륜은 언데드 몬스터에게 탁월한 효과를 발휘하니까 이를 겁륜에 적용한다면, 축복받은 몬스터가 존재해야 한다는 조건이 도출된다.

'성륜과 겁륜의 계약자들이 모두 '플레이어'라는 사실을 고려한다면.'

– 각각의 단서는 퀘스트화, 던전화 되어야 한다.

"……뭔가 빠진 거 같은데."

나는 볼펜으로 탁자를 두드렸다. 분명 여기에서 무언가 더 건질 수 있을 것 같은데 생각이 이어지지 않았다.

'지혜가 아쉽구나.'

새삼 급감한 능력치를 실감했다. 정말 비중 없게 흘려들었던 이한나의 정체를 떠올릴 수 있었던 것은 오로지 100이라는 지혜 덕분이었으니까. 뇌리 어딘가에 가라앉은 잔재를 명확하게 수면으로 건져 주었다.

그러나.

"뭐."

펜을 내려놓았다.

'별수 없지.'

괜찮다. 비록 날아다니던 날개는 잃었을지언정 달릴 두 다리는 남아 있지 않는가. 나는 느리지만 확실하게 나아가고 있으며 진정으로 '나답게' 가고 있음을 자각하고 있다. 이전의 삶과는 비교할 수 없게 확실히. 또 견고하게.

new century가 단순히 5라는 수치로 표현한 평범한 지 성이지만 그 덕에 내가 나일 수 있는 것이 아니겠는가.

잃어버린 능력치들?

아쉽긴 하다. 허나, 얼마든지 대체할 수단이 있다. 바로 어른들의 방식이었다.

"현거래."

아이템을 산다.

돈을 통해 시간을 산다. 몇 날 며칠이라는 시간을 통해 쌓 은 게임머니와 어려운 퀘스트로 얻은 아이템들을 사는 것이 다. 태진이와 같은 폐인들이 거둔 값진 결과물들을.

나는 자리를 옮겨 접속기에 앉았다. 그리고 사이트에 접속 하여 경매품들을 보다가 예상치 못했던 단서를 하나 더 얻을 수 있었다.

[접속자 : 레벨5 : 제임스]
* 자격 미달로 거래에 참여하실 수 없습니다.

내가 자격 미달이란다. 게다가 이 애매한 레벨은 또 뭐냐.

10도 아니고 5라니.

웃음이 나올 수밖에 없었다. 5레벨이라는 것은 내가 기본 스킬들을 익혔던 때를 말함이다. 역시 노력한 보람이 있었다.

'그나저나.'

이렇게 된 이상 대리인이 필요하게 됐다.

"나도 강 소장의 도움을 받아야겠구나."

빵빵하게 돈 쥐여 주면서 아이템 좀 구매해 달라고 부탁해야겠다. 아울러 돈이 더 들더라도 new century 내의 상단을 이용하여 물건을 전해 받고 말이다. 직접 구매보다 열 곱절은 더 들겠지만, 내 통장의 잔액은 매우, 아주 많이, 정말 심각할 정도로 넉넉했다.

'저들이 양지에서 밝힌다면, 나는 음지에서 수습한다.'

생각을 정리한 나는 잠을 대신하여 다시 new century의 세계로 접속했다.

감은 눈으로 새로운 세상이 펼쳐졌다. 접속대의 느낌이 사뭇 달랐다.

'이곳'의 내가 깊은 터널을 지나 '저곳'의 어딘가로 도착하는 느낌.

구간을 지날 때마다 머리를 겹겹이 감싸는 막이 있었는데, 아무래도 new century의 경험과 자극으로부터 플레이어를 보호하고 경계를 막는 역할을 하는 것 같았다.

'신비롭다.'

참으로 오묘한 막이었다. 폭력적이며 반사회적인 모든 부분은 걸러 주고 망가진 신체를 수복하는 기능만 현실에 전해 준다니. 저것이야말로 초월자의 영역이 분명하리라.

훈훈한 기류가 나를 감쌌다. 이윽고 맑은 공기와 바람이 멀리서 느껴졌다. 1%만큼 멀어진 감각 너머로 느껴지는 대자연의 흐름이다.

순수한 풍광과 그 청취. 불과 며칠 지나지도 않은 풍경인데 왜 이리도 반가운지.

새의 지저귐. 보이는 짙푸른 하늘과 녹음의 대지가 나를 환영해 주었다.

'마력이 없는 자연.'

심호흡을 크게 하고 만끽했다.

보라.

마력으로 가득 찬 현실과 달리 new century의 세계는 놀랍도록 현실적이지 않은가. 비록 나의 감각은 꿈결만큼 무뎌지나 심정만큼은 더할 나위 없이 편안했다. 스킬의 보정이 아닌 내 신체에 아로새겨진 평온함.

'환상적인 현실과 고향 같은 게임이라.'

멀어진 현실과 가까워진 가상현실이었다.

✦　　　　✦　　　　✦

[사냥터 : 야생의 길목에 들어섰습니다.]

멜도란으로 향하는 길을 따르되, 그 언저리를 통해 숲에 발을 걸쳐 두었다. 언제라도 몸을 숨길 수 있도록 한 것이다.

부웅—

〈망자의 광란〉을 휘둘렀다. 겁룬의 효과를 알아볼 겸 황금색으로 변한 도끼를 이리저리 휘둘러도 보았지만, 공격력이나 방어력의 증대 등은 여전히 없는 상태였다. 기술에 대한 방어 효과라도 있나 싶었지만, 그 역시 전혀 없을 따름.

알아낸 것이라곤 이 번쩍이는 황금색이 오로지 '나'의 눈에만 비친다는 정도다.

'색깔로 봐서는 아이템 획득률이 높아질 법도 했는데.'

서치들은 조금이나마 지성이 있기에 이해할 수 없는 행동과 신기한 물건을 보면 반응을 하곤 했다. 그러나 번쩍이는 황금 도끼는 조금도 관심을 기울이지 않았다.

아무래도 겁륜에 대해서는 잠시 접어 두는 것이 현명할 성싶다.

게임에 대한 건 역시 태진이가 전문인데…….

'아참.'

맞다. 그러고 보니 깜빡했었다. 나간 김에 태진이 녀석이 어떤 상태일지 확인하는 것을.

'랭킹 1위를 뺏겼댔지?'

정말 상상도 못 했을 것이다.

녀석이 이용택 관장에 대해 알면 어떤 생각을 할까? 아직도 나비효과를 맹신하며 초조해하려나? 아니면 다른 회귀자가 있다는 의구심을 품으려나?

……뭐, 안 봐도 훤하다.

'나비효과 탓이라면서 감췄던 퀘스트를 엄청나게 해 대겠지.'

하여간 안타까운 놈이다.

"게임보단 현실을 공략하고 집중하는 게 효과적이란 걸 알아야 할 텐데."

나는 그런 생각을 하다 이내 피식 웃어 버렸다.

충고나 조언을 하고 싶은 생각은 없었다. 병아리 시절의 나였다면 깡통 하나 든 빈 수레처럼 덜그렁거리며 훈계했을지도 모른다.

하지만 지금은 안다. 그 역시 충실한 삶이고 가치관이라는 것을.

세상 누구도 노력하는 자를 비판할 권리는 없는 것이다.

'녀석에게는 친구 하나 찾겠다며 발버둥 치는 내가 우스꽝스럽게 비칠 수도 있듯이.'

경험을 통해 삶의 방향을 잡고 그 목표를 관철해 나가게 된다. 쌓아 온 경험만큼 인생은 제각각의 길이 있는 법. 40평생을 넘어 두 번째의 삶을 살며 깨달은 성숙하고…… 그만큼 서글픈 나의 깨달음이었다.

그때였다.

-!

땅이 울렸다.

저만치서 일단의 무리가 무섭게 질주해 오는 것이 느껴졌다.

수풀이 진동하고 땅이 울음을 토했다. 열 명, 백 명이 아니다. 사람의 발 구름이 아닌 준마의 발굽인 것. 동시에 지도로 파도처럼 한 가지 색이 일각을 가득 메우기 시작했다.

파란색의 물결.

NPC들의 군대.

멜도란의 요새대장 막심이 진두지휘하는 토벌대의 질주였다. 기사에서 전투마에 이르기까지 완벽하게 갑주로 무장한 기사의 질주는 가히 항거할 수 없는 전차의 위용이다.

'저체감도인데도 이런 위압감이라니.'

지축을 흔드는 울림을 마주하노라니 과거, 기병이 왜 그토록 무서웠는지, 전투마에 오른 기사의 위용이 어찌나 압도적인지 실감이 된다.

'특히.'

선두에서 달리는 전사를 보는 순간 확실하게 느꼈다. 사자의 갈기가 그러할까. 거대한 핼버드를 마상에 둔 장수. 지식도 없고 본 적도 없지만 딱 알 수 있었다.

저자가 막심이다. 일군의 장이며 400레벨이라는 퓰라의 던전을 무력화시킬 가공할 퀘스트의 중심!

[멜도란의 정예 : 막심 토벌대의 질주를 발견하였습니다.]

부리부리한 두 눈.

혈광이 이글이글거린다. 선두의 그를 시작으로 전체를 아우르는 핏빛 아우라가 저들의 질주를 더욱 가속하고 바람처럼 빠르게 질주시키며 천 근 거암처럼 무섭게 공기를 짓눌렀다.

이것이 바로 전장의 공기!

짧은 대련만으로도 피가 끓어오르는 것일진대, 저 군중에 속한 이들은 얼마나 고양된 상태일까. 흥분되고 긴장되며 설렐 것이다. 그 마력에 빠졌으리라.

더불어, 익숙한 얼굴도 있었다.

은백색 기사들의 바로 뒤에서 달리고 있는 스칼렛.

다소 어색해 보이는 화랑.

말에 단단히 동여매여서는 짐짝처럼 실려 있는 빈센트 때문이었다.

피식 웃음이 나오자.

슥.

예리하게 파고드는 시선이 있었다. 절로 움찔하게 하는 시선의 주인은 막심.

잠시 압도하는 눈동자가 나를 훑고 다시 정면을 향했다.

이어 스칼렛이 반응했다. 막심의 작은 움직임을 보고 나를 발견한 그녀가 짧게 목례를 했다. 마상에서의 리트미컬한 움직임이라 헷갈릴 수 있지만, 까딱 숙이는 짧은 인사가 정확히 내 눈에 들어온다.

'이건, 뭐.'

막심도 그렇지만 저 여자는 대관절 뭐란 말인가. 내가 숨어 있는 게 맞는지 의구심이 들 지경이다.

게다가.

'사흘밖에 되지 않은 플레이어가 무슨 말을 저리도 잘 타?'

현실에서 승마를 즐기는 것일까.

하긴 가상현실 게임의 장점을 극대화하여 가히 설정 파괴라 느껴지게 하는 이들이 상위의 랭커가 아니던가.

'덕분에 탄탄대로를 가게 됐군.'

폭풍 같은 저들의 질주 이후, 멜도란으로 가는 길은 평지를 내달리는 것과 진배없었다. 군대에 짓밟히고 몬스터들이 도망

친 탓에 뻥 뚫려 있는 까닭이다.

그렇게 나는 나름 긴 여정 끝에 멜도란에 들어설 수 있었다.

※   ※   ※

챙!

창과 창이 교차했다.

"정지! 현재 멜도란은 전시체제……."

삼엄하게 말하던 경비병이 고개를 갸웃거린다.

"당신, 이름이 뭐요?"

"제임스라 합니다."

그의 머리 위로 느낌표가 스쳐 갔다.

"정말이지 놀라운 행운을 갖고 있군. 그 실력으로 어찌 여기까지 올 수가 있었는지. 모든 여행자와 행운의 신, 융켈의 가호가 그대에게 제대로 내렸나 보오. 흠…… 좋수다. 본래 모험가들의 출입을 통제하고 몇 가지 시험을 거치는 것이 정상이지만 당신은 너무도 미숙하니 특별히 출입을 허가해 주겠소."

저체감도. 낮은 레벨의 장점은 좋게 말하면 배려이고 나쁘게 말하면 모자란 놈 취급을 받는 것이었다. 좋은 성과를 이룩할지라도 실력보다는 '운수대통'으로 여겨진다.

그런데

'융켈이라.'

금시초문이다. 처음 접하는 신의 이름이니 귀담아들어 두었다.

"이 패를 항시 목에 걸고 다니도록 하시오. 미숙한 모험가들에게만 주어지는 것으로서 신분을 증명하고 소일거리나마 할 수 있을 것이니, 게으르지만 않으면 굶지는 않을게요. 단, 조금이라도 손해를 끼칠 때에는 추방과 더불어 그에 응당한 처벌을 받게 됨을 명심하시오."

새끼줄에 꼬인 목패를 건네받았다. 목에 걸기를 종용하는 경비병에게 고개를 숙여 보인 뒤 들어섰다. 거는 척했던 목패는 그대로 주머니에 직행.

그렇게 한참을 지난 뒤에야 조아렸던 고개를 들어 주위를 보았다.

"넓다."

갈렌 마을과는 달리 높다란 성벽으로 둘러싸인 요새. 번뜩이는 창칼과 함께 삼엄한 군기까지 번뜩이는 멜도란은 지나는 이들의 옷차림부터 달랐다. 저들에 비하면 초보자용 옷을 입은 내 모습은 막 도시로 상경한 시골 총각의 모습이었다.

곳곳에 있는 표지판들도 새로웠다.

와자지껄한 번화가.

나는 중간마다 놓인 표지판을 따라 걸었다. 동쪽은 칼과 방패가. 서쪽은 물결무늬가. 북쪽은 내가 들어선 북문. 남쪽은 또다시 갈림길로 구분되었다.

나는 멜도란의 중심가를 향해 남쪽으로 걸었다. 그렇게 지도창의 어두운 장막이 벗겨지며 곳곳이 눈에 들어왔다. 더욱 늘어난 표지판과 글귀들이 고요의 정신을 통해 일부 번역되어 갔다.

가죽 상점, 잡화점, 대장간은 물론, 병사, 전사 훈련소와 기술을 가르치는 교습소, 몬스터의 부산물을 거래하는 시장, 학문을 가르치는 교원까지 있었다. 마법 물품. 대인용 트랩. 몬스터용 트랩. 다양한 이들이 값싸게 여행자들에게 임무를 부여하는 대자보까지.

성 하나만 꼼꼼히 훑어도 몇 달은 걸릴 지경이다.

'과연 NPC들은 어떤 훈련을 받는 걸까.'

훈련소를 엿보았다.

안에는 몸 좋은 NPC들이 구슬땀을 흘리며 각종 무기술을 수련하고 있었다.

성마다 존재하는 이 기초 훈련소는 바른 자세를 각인시켜 줌으로써 스킬의 성공률을 높이게 해 준다. 그뿐만 아니라, 만일 훈련소에 짜인 모든 일정을 소화하고 교관과 겨루어 인정을 받게 되면, 그에 따라서 전투 직업과 관련된 칭호를 얻으며 새로운 스킬 트리가 확장되는 부가 효과를 얻기까지 한다.

최초일 경우에는 많은 보너스도 붙지만.

'랭킹에 등록되지 않은 나랑은 상관이 전혀 없지.'

그때 한 전사와 눈이 마주쳤다. 그가 손짓한다.

"일을 찾아 방황하나? 이리 와라. 내 둔기를 쥐는 방법을 일러 주지. 인류의 역사와 함께 시작된 퍼펙트 웨폰인 둔기를 통해 네 어설픔도 가려질 수 있을 거다."

사뿐히 떠오르는 퀘스트 메시지.

대꾸도 않고 지나갔다. 불이익이나 피해는 없었다. 저들에게 나는 부랑자이고 장애인으로 비칠 뿐이니까.

더 걷노라니 옹기종기 가옥들이 모여 있었다. 주민의 거주지였는데 한편에서 은은히 약재향이 나는 약재 상점이 있었다.

약재를 써는 노인에게 다가가 보았다.

"이보게, 젊은이. 쯧쯧, 기나긴 길을 지나며 몇 끼나 굶은 것인가? 이리 와 나와 대화하며 잠시 허기를 달래게나. 방황하며 탐구하는 융켈을 나 역시 젊었을 적에 따랐었지만, 실상 허망한 세월을 흘리며 남은 것은 고된 흉터와 낡은 육신일 뿐이었다네. 내 많지는 않으나 약재의 손질을 도우면 한 끼의 식사를, 가판대를 정리하면 머무를 낡은 침대를, 적적한 시간을 대화로 채운다면 작은 손재주를 가르쳐 줌세. 내 유명하지는 않지만, 자네의 노력에 따라 얼마든지 수많은 인명을 치료할 가능성은 될 것이야. 작은 들풀이 될지, 아름드리 거목이 되어 큰 그늘을 만들지는 자네의 잠재력에 달린 게지. 어떠한가?"

퀘스트 알림 메시지가 떠올랐다.

초보자 마을과 국경요새의 차이인지 여기저기서 퀘스트와 기본 스킬을 알려 주려고 선뜻 말을 걸어왔다. 나는 그저 걷고만 있을 뿐인데, 일정 거리를 좁히자 저들이 먼저 제안해 오는 것이었다. 갈렌 마을에서는 단계별로 증명을 거쳐야 하지만, 국경도시쯤 되면 기본 소양에 불과하다는 의미일까.

더 걸어 보기로 했다.

습하며 어둑어둑한 골목에 들어섰다. 산뜻하게 입고 돌아다니는 가족과 사람들보다는 눈이 쭉 찢어지고 키득키득거리는 젊은이들, 아직 해가 지기도 전이지만 화려하며 몸매를 드러내는 아슬아슬한 옷을 입은 고혹적인 여인이 많이 눈에 들어왔다. 그중 화장이 짙은 여성이 장정들과 어린 여자들을 부리다가 나를 보았다.

"애, 너 돈 필요하니? 융켈의 가호라도 받았나, 아니면 타고난 건가~ 운이 넘치는 거 같은데 누나한테도 나눠 줘. 내가 예쁨받고 즐기면서 돈 벌게 해 줄게. 어때? 해 뜰 때 일어나서 노곤해질 때까지 일해 봐야 하루 품삯. 맞아 가며 기술이랍시고 배워 봐야 허드렛일이나 하며 십수 년은 보내야 해. 그럴 바에는 네 넘치는 젊음과 육체를 쓰는 거야. 돈 많고 심심해하는 귀부인들이랑 쪼금만 놀아 주면 돼."

그녀가 누군가를 비웃었다.

"호호. 설마 실망하는 건 아니지? 여행자면 타고난 걸 잘 살리는 것도 실력이란 걸 아직도 모르지는 않을 거 아냐. 얼굴이랑 몸으로 돈 버는 것도 마찬가지라고~ 험담은 죄다 못생기고 쥐뿔도 없는 애들이 시샘하는 것에 불과하거든. 생각해 봐. 지들도 그러면서 '예뻐지려고' 무지 애쓰잖아?"

착 감긴다랄까. 목소리만으로 흥분시킨다는 말이 절로 떠오르리만큼 완벽하게 매료시키는 음성이었다.

"그러니까 나랑 일해 보자. 우리 일은 땀 흘리며 하루? 미친 듯이 반나절? 둘 다 아니야~ 우린 먹고 마시며 즐겨. 짧고 찐~하게 말이지. 2차, 3차까지 가면 수입도 아주 짭짤하니까 기대해도 좋아. 다른 융켈의 여행자들과 달리 너라면 왠지 선을 넘을 수 있을 것 같으니까 이쪽으로 와 보렴~"

끈적끈적한 유혹의 속삭임. 마찬가지로 퀘스트창이 반짝였지만, 그것보다 나의 호기심을 자아내는 부분이 있었다. 바로 반복해서 들려오는 '융켈'이라는 단어였다.

NPC들이 익숙하게 지칭하는 신인데 나는 태진이에게서 들어 본 적이 단 한 번도 없었다.

게다가.

"다른 여행자들과 뭐가 다른가요?"

"딴 애들은 물건이 안 서. 근데 넌~"

가운뎃손가락을 척 치켜든다.

"된다구. 벗겨 보지 않아도 딱 알아~ 될 놈이랑 애쓰는 놈이랑 용쓰다 포기하는 놈 같은 거. 안 그래?"

"맞아요, 언니."

"호호호."

깔깔거리며 박장대소하는 여성들이었다.

고개를 끄덕인 뒤 대답 없이 그 골목길을 벗어났다.

어느덧 외곽 벽에 다다랐는지 빽하니 길이 막혀 있었다. 지도창을 보며 다른 길을 찾던 나는 웬 사내 세 명에게 흠씬 두드려 맞고 있는 한 중년인을 볼 수 있었다.

"캬악~ 퉤이! 그렇게 뱉을 것도 없는 자식이 뭘 자꾸 들이대는 거야?"

"몸만 오지 말고, 집문서나 딸내미 손목이라도 붙들고 오란 말이지. 알간?"

사내 셋이 나와 나이프를 손바닥에서 돌리며 혀를 날름거렸다.

"음? 야야~ 애들은 가라. 넌 인생이 불쌍해서 봐주마."

마지막 사내는 나를 보며 침을 찍 뱉더니만 킥킥 웃었다.

"아냐, 잘됐다. 안 그래도 우리 조직에 신입이 좀 필요했거든. 너 생긴 거보다 몸이 다부져 보이는데 들어올 생각 있냐? 인상 좀 구기고, 침 뱉는 연습 좀 하면 돼. 우리? 대충 건달이라고 부르면 되고…… 하는 일이야, 보다시피 빚진 놈들 후려 주면 끝나. 이렇게!"

말하다 냅다 발로 중년인을 퍽 발로 차는 사내. 신음조차 없이 몸을 마는 그를 보고는 침을 퉤 뱉었다.

"가끔 경비대 보면 달리기 좀 해 주시고, 쪼까 쎄 보이는 놈 보이면 담 좀 넘어 주시고, 형님 보면 납작 엎드리고. 딱 요것만 조심하면 여기가 다 우리 세상이거든. 넌 쪼까 몸이 둔해 보이니 몸으로 때우면 맷집도 길러지고 좋겠다. 킥킥."

"똥이 더러워서 피하니 어쩌니 지들이 떠들지만 어쩔 거냐고. 어차피 노름하다 빚진 무개념이 잘못 아니겠어? 딱 한 번 돈 빌리면 다 해결될 줄 아는 무개념이 잘못 아니겠어? 노력하지 않고 눈물이니 가족이니 엉겨 붙는 새끼들이 잘못 아니겠어? 남에 돈 빨아먹었으면 등골이라도 뽑아서 갚아 내는 게 인지상정인데 말이야. 안 그래?"

낄낄거리며 어깨를 들썩이는 그들.

"이 아저씨? 장사해서 돈 벌더니 우리 가게에 좀 오더라구. 와서 술 좀 잡수시더라구. 자주 와서 도박에도 좀 끼시더라구. 그러더니 가게 문서 들고 또 오더라구. 한 번 봐줬는데 아내 손 붙들고 또 오더라구. 아내까지 지 손으로 팔아넘기는데 내가 어쩔까? 내가 잘못이여, 저 아저씨가 잘못이여?"

제의와 함께 다시금 반짝이는 퀘스트창. 그리고 스쳐 지나려는 내 발을 누군가가 슬쩍 쥐는 것이었다. 그것은 퉁퉁 붓고 넝마가 되다시피 한 중년인의 손이었다.

"도…… 도와주게…… 내 1펠룬…… 아니 100펠룬을 줌세. 제, 제발…… 커헉!"

"1펜실도 없는 것이 어디서 개수작이냐?"

"밟아!"

"야야, 적당히 해. 토벌대 나간 시즌이라 아직 들를 곳이 많잖아. 수금하자구."

"예, 형님."

"사…… 사람…… 살……려……."

연이어 반짝이는 퀘스트창을 보며 다시금 걸음을 옮겼다. 그러다 빼꼼히 창가로, 또 골목 어귀에서 보이는 눈동자를 볼 수 있었다. 부랑자는 더욱 몸을 사렸고, 힐끔 보던 이들은 헛기침하며 걸어갔다. 그러더니 점잖게 한마디씩 했다.

"지금 병력의 태반이 빠져나가 치안이 엉망이야."

"저런 나쁜 놈들. 내가 10년만 젊었어도."

"원래 이 골목 분위기가 이래요. 경비대장이신 토레인 님만 계셨어도 막을 수 있는데. 어휴."

"자기야, 17대 1로 이겼었다며? 저 아저씨 좀 구해 줘."

"그, 그게…… 아~ 짜식들. 한 방도 안 되는데 내가 지금은 속이 좀 안 좋아서……. 진짜 속만 괜찮았으면 쟤네 한 방 감인데 말이야."

"힝. 울 자기. 진작 말하지~ 쟤네 참~ 운 좋다. 그치?"

"어? 어…… 어어! 그래. 짜식들. 융켈의 가호라도 받았나?"

겸연쩍게 말하는 이들을 지나 다시 지도를 밝혔다.

이번에는 물결무늬가 가리키던 장소였다.

골목에서 길이 확장되더니 마차가 다니는 단단한 대로가 쭉 뻗었다. 뉘엿뉘엿 저물어 가는 해는 같았지만, 골목은 어두웠던 반면 이곳은 매우 불그스름하게 잘 물들어 홍색으로 하얀 벽면이 채색되는 느낌이었다. 10분 간격으로 요소요소에 자리한 경비병들이 보였으며 현실의 가로등과도 같이 둥실 마법의 등이 떠올라 달빛처럼 길을 은은히 비추기 시작했다.

"란티놀 제국의 시민이 아닌 이상, 화이트 로드에 들어설 수 없소."

경비병이 다가와 말했다.

"연고가 있거나 공헌하여 자격을 갖추시오. 아니면 돈으로 시민권이라도 구해야 할 거요."

화이트 로드. 대충 보아도 빈민들의 출입을 통제하는 상류층들의 번화가를 뜻하는 것 같았다.

"한 가지만 묻겠습니다. 멜도란에 도서관이 있습니까?"

"물론이오."

"혹, 화이트 로드 안에 있는 것입니까?"

"그렇소. 도서관 출입을 원하는가 본데, 방법은 세 가지가 있소. 1만 펠룬으로 란티놀 제국의 시민권을 구하는 방법이 하나. 이 경우, 각 성의 모든 화이트 로드에 출입할 자격이 되오. 다음은 1천 펠룬으로 멜도란의 거주권을 사들이는 방법이 하나요. 멜도란의 화이트 로드만 출입할 수 있으며 땅과 집을 구해야 완전히 멜도란의 거주자로서 인증이 완료된다는 것을 잊지 마시기를. 만일 거주권만 구매하면 어디에서건 '거주'는 할 수 있고 우리 역시 최소한의 보호를 해 준다오. 단, 그뿐이오. 끝으로 100펠룬으로 임시출입증을 사 제한적인 출입을 하는 방법이 하나요. 이 경우는 월 1펠룬의 돈으로 갱신하여야 한다는 주의 사항이 있소이다."

"고맙습니다."

이후 나는 상점을 찾아 지금까지 얻은 전리품들을 모두 거래했다. 시스템상, 힘1당 3kg의 무게를 들 수 있으며 보관함의 가짓수는 50가지. 언데드 몬스터의 아이템을 통째로 빼앗다시피 하는 성륜 덕분에 내가 챙긴 아이템은 매우 많았다. 여기에 690이라는 힘 수치만큼 중복되는 양으로 거듭 들었으니 거래물량은 총 1.4t.

"이야~ 뜨내기 주제에 어디서 이런 횡재를 했수?"

역시나, 랭킹에 등록되었더라면 칭호가 뜨고 난리가 났겠지만, 1:1거래 중인 상인만 기겁할 따름이었다. 곳곳의 상점을 돌며 마구 팔아 버린 결과, 2만 3천 펠룬을 벌어들였고

나는 그 돈으로 멜도란의 거주권과 여관에의 장기투숙 신청을
마무리 지었다.

나는 도서관으로 향하며 도시를 재차 관람했다.

삼류영화와도 같이 뻔하지만 치열하기 그지없는 저들의 일
상을 구경했다.

"현실 같은 게임과 게임 같은 현실이라……."

생각들이 교차했다. 나는 무관심하게 보낸 퀘스트들처럼
눈앞의 광경과 함께 나의 의식 역시도 흘려보냈다. 흐르고 스
치며 지나는 풍경과 제한된 나의 체감도. 부유하는 의식들이
점점이 관망되어 간다.

척.

"화이트 로드에 오신 것을 진심으로 환영합니다."

절도 있는 경비병의 경례가 일깨웠다.

나는 단서를 찾고자 도서관으로 들어갔다.

※   ※   ※

[요새도시 멜도란 : 대도서관 1층]

[공공장소입니다. 실내 정숙!]

5층 높이의 높고 큰 석재건물은 투박하며 견고한 느낌을
강하게 풍겼다. 지식의 보고라기보다는 제2의 요새라는 느낌.
복잡하고 정교한 장식은 없었지만 수미터 길이의 돌들이 턱턱
박혔고 음각된 문자가 강인함에 품격을 얹었다.

나는 그 문자를 힐끗 보고 지나다가 문득 걸음을 멈추었다.

조금 전에 보았던 문자가 기억나지 않았던 것이다.

보았는데 기억나지 않는다……. 꽤 익숙하지 않은가.

'악마의 문신.'

다시 자세히 보았다.

역시나 이해할 수가 없었다.

"실례지만, 저 문자에 대해 알고 계십니까?"

"펠마돈 말이군요."

입구 경비병에게 묻자 그가 고민하다가 얼버무렸다.

"자세한 것은 직접 찾아보시는 편이 나을 겁니다. 저 역시 설명할 주제는 못 되거든요."

타인에게 설명할 정도의 지식은 없다는 뜻.

나는 의혹과 단서를 가슴 한편에 묻어 둔 채 도서관에 들어섰다.

가장 먼저 보이는 것은 정면의 나선계단이다. 계단을 중심으로 늘어선 책장과 책자들이 두 눈을 가득 메웠다. 중앙과 오른편 구석에 자리한 나선형 계단을 통해 소수 사람이 오르내렸고 책걸상들이 보였다.

[1층 안내 데스크 : 일반 도서란입니다.]

자연스럽게 지도창이 축소되며 도서관의 구조를 알려 주었다.

그때 안내대에서 책을 읽고 있던 사서가 부드러운 어조로 말했다.

"펠마돈이란, 곤바로스의 사도이자 최초의 대학자인 비슈타인이 창조의 비의를 엿보고 인류에게 전한 문자를 총칭하는 단어입니다. 모두가 단 하나의 글자이지만 그 뜻은 지혜만큼 보인다 하는 신비의 문자지요."

남청색 머리칼에 눈 밑까지 내려오는 앞머리로 시선이 가려진 그는 피부가 놀랍도록 하얗다. 태어나서 지금까지 바깥 햇살을 보지 않은 것처럼.

"입구의 소리가 여기까지 들렸습니다, 제임스 씨."

호리호리한 체구의 사내.

사서의 이름은 시넬이었다.

"도서관 내부에서는 정숙하시길. 이를 어기면 매우 곤란한 일을 겪게 됩니다."

"제가 주의해야 할 점이 더 있습니까?"

"도서반출 금지. 훼손 금지. 에티켓은 기본이지요."

"유념하겠습니다."

시넬이 곧 책으로 관심을 돌렸다.

먼저 확인할 것은 지혜와 문자와의 관계. 신화에 대한 정도다.

더욱 구체적인 단서는 '펠마돈, 곤바로스, 비슈타인'.

팻말을 보고 걸음을 옮기자 쪽지창이 반짝였다.

[저체감도 플레이어를 위한 시스템을 적용합니다.]

X가 되어 있는 마스크 아이콘.

창을 열어 보니 [속삭임 모드]라고 적혀 있었다. 도서관이니 알아서 내 목소리가 제한된다는 의미다. 나는 안심하고 눈높이에 있는 책 한 권을 뽑아 펼쳐 보았다.

[지혜가 부족하여 읽을 수가 없습니다.]

[숙련도 활성 스킬 적용!]

[글자를 해독하기 위해, 고요의 정신(1Lv)을 통한 등록 과정을 거치겠습니다.]

곧, 오른쪽 위로 3차원적인 입체공간이 생겼다. 그곳에 떠오른 생소한 문자.

[1초… 2초… 3초…!]

눈 깜짝할 사이 사라진다.

그리고 떠오르는 메시지.

[이미지를 완성하십시오.]

작은 모래시계가 생겼다. 옆에서는 초읽기를 시작!

째깍. 째깍. 째깍. 째깍. 째깍!

[각인 실패!]

[해석할 수 없습니다.]

일련의 과정들이 눈 깜짝할 새에 흘러가 버렸다.

"뭐야, 이거……."

헛웃음이 절로 나온다.

거듭 도전해 보았다. 그 결과, 마우스 클릭으로 어찌어찌하는 것이 아니라 '의식'을 통해 '이미지화'한다는, 이해할수 없는 논리여서 거듭 실패하고야 말았다.

나로선 도저히 불가능하다.

'아무래도 지혜가 상승하면 그 보정치로 성공하는 방법 같은데.'

다만 평범한 일반 성인의 기준인 '지혜5'로 보통의 도서조차 읽지 못한다는 것은 쉬이 이해가 가지 않았다. new century의 세계에 능력자들이 있다고는 하지만, 그들 모두가 천재급이고 전부가 마법사이지는 않을 텐데 말이다.

나는 입구로 돌아가 시넬에게 물어보았다.

"혹시 여행자들은 책을 읽는 것에 제약이라도 있습니까?"

"책 말입니까? 그야 글자를 알면 누구나 읽을 수 있는……."

답하던 그는 '여행자'라고 되뇌며 고개를 끄덕였다.

"바르곤과 뮤테르의 피조물들과는 달리 융켈의 가호를 받은 여행자들에게는 '허락된 언어'를 제외한 글자들은 보아도 알지 못한다는 제약이 있습니다. 단, 이는 작은 수고로움을 통해 가호를 덧입으면 해결되지요."

"수고로움과 가호라면?"

"제임스 씨가 조금 더 경험을 쌓은 뒤 다시 오면 알게 될 겁니다. 지금은 일을 맡기기에도, 하다못해 책 정리를 돕는 것조차도 일러 보이는군요."

퀘스트와 랭킹 효과.

'시스템의 제약이구나.'

진실로 장담하건대, new century를 하며 Z&F의 눈을 벗어나는 플레이어는 결단코 존재하지 않을 것이다. 이런 식으로 당근과 채찍을 가하니 방도가 있겠는가.

아마도 '허락된 언어'는 스킬명과 도시 지명, NPC들의 이름 등과 같은 것들일 것이다. 반면에 '정보'를 얻고 '지식'

을 쌓을 수 있는 도서는 암호와 기호로 인식되고 있었다.

'오만 가지 책이 산적해 있어도 읽을 수가 없다니.'

성륜에 박혀 있는 겁륜 탓에 지혜 수치를 상승시킬 수조차 없으니 어찌할손가. 예상보다 더욱 거치적거리는 난관이었지만, 여기서 포기할 수는 없었다.

나는 천천히 상황을 역순으로 되짚어 생각했다.

방법을 강구한 결과.

'생각하기 나름이군.'

고민하던 나는 이 난관 자체가 훌륭한 단서이며 좋은 해법으로 이어짐을 깨달았다. 아울러 해결 방법 역시 4가지나 된다는 사실까지도.

하나.

들으면 된다. NPC들에게 호감도가 높은 저체감도의 특성을 살려, 대화를 통해 단서를 얻어 나가는 방법이 되겠다.

둘.

아이템 부가 효과로서 부족한 지혜를 올려 책을 읽는 방법이 있다.

셋.

레벨을 올리고 그 스킬 경험치를 모조리 [고요의 정신]에 집중적으로 투자하여 마스터하는 방법이다. 스킬 마스터를 한다면 더욱 수월히 '암호를 해독'할 수 있으리라.

'마지막. 네 번째는.'

막연한 기대였지만 륜을 쓰는 것이었다.

아이템을 황금색으로 변하게 하는 겁륜의 효과가 뭐라도

변화를 일으키지는 않을까, 하는 근거 없는 추측성 기대였다.

뭐.

'아니면 말고.'

어차피 크게 문제 될 것은 없었다.

중요한 건 일의 방향을 단기로나마 잡았다는 사실이니까.

✠　　　✠　　　✠

우선은 대화부터 시작하기로 했다.

"여행자들에 대한 제국민의 인식이 어떤지 물어도 되겠습니까?"

시넬은 시선을 책에 둔 채 심드렁하니 답했다.

"'이질적이며 중립적인 신, 행운과 여행자를 관장하는 융켈의 가호를 받은 이들로서 끝없이 방황하며 후손을 남길 수 없고. 바르곤과 뮤테르의 피조물들에 부려지고 부림을 받을 수밖에 없는 굴레의 존재. 영원히 죽지 않고 대신 영원히 잊히게 된다. 그 억압된 자유에 혹하여 잠시 따라나선 이들이 있긴 하지만, 결국 남는 것은 괴리뿐이어라.' 라고 알려졌습니다."

부분 부분을 해석해 보자.

앞의 대사는 new century에 여러 신이 존재하며 이 중 하나가 융켈이라는 사실. 방황은 여행이고 후손을 남길 수 없음은 제한된 성적 행위. '바르곤과 뮤테르'는 융켈과 연관이 깊은 '신'이라는 의미가 된다. 상하의 관계이건 그들만의 계

약이건 간에 부려지고 부림을 받는다는 구절이 그들의 관계를
뒷받침해 준다.

'괴리는 게임과 현실의 이중성으로 말미암은 모호함일
터.'

나는 키워드를 다시 선택하여 질문했다.

"바르곤과 뮤테르가 무엇인지요?"

"현신의 뮤테르, 간섭의 바르곤. 또 다른 이름은 진화의 뮤
테르, 변화의 바르곤입니다. 기록에 따르면 뮤테르의 피조물
들은 완전함을 추구하고 바르곤의 피조물들은 특별함을 추구
한다고 하지요. 인류가 대표적인 뮤테르의 피조물이고 그 외
의 이종족들이 바르곤의 피조물입니다."

신들이라기에 번개, 빛, 소리, 죽음, 대장장이 등등으로 구
분되던 옛 그리스 신화를 떠올렸는데 개념이 조금 달랐다. 일
반적으로 신의 존재는 인간의 갈망을 대변하기 마련이다. 그
때문에 농경시대의 가장 강력하고 우러름을 받는 신은 비와
구름, 하늘과 대지였고, 풍요로움과 굶주림 역시도 신적으로
찬양 및 두려움을 받을 수 있었다.

그런데 현신과 간섭이라니.

진화와 변화, 완전함과 특별함이라니.

'이를 내가 알고 있는 초월자와 악마에 대입한다면 바르곤
이건 뮤테르건 둘 다 악마라는 뜻인데.'

이용택 관장에게 들은 바로는, 초월자는 세계를 설계하고
악마는 그 안에 거하는 생명을 만든다 했다. 이로 보자면 인
류건 여타 종족이건 이들을 만들어 낸 모든 신은 태진이가 계

약 맺은 '악마'의 일면일 수도, 혹은 제2, 제3의 악마일 수도 있는 것이다.

그렇다면 초월자는 어디에 있단 말인가.

설마 창조신?

하지만 아귀가 맞지 않는다. 창조하는 자가 악마와 다투고 계약을 한다는 것이 되니까.

'……아직은 모르겠어.'

단서가 빈곤하다.

스스로 책을 볼 수 있다면 이렇게 고민할 거리가 줄어들겠지만 그럴 수 없으니 이러한 사실들을 유념해 두고 조심스럽게 더듬어 갈 수밖에 없었다.

"펠마돈은 무엇입니까?"

그러자 시넬은 보던 책을 좌르륵 넘겼다.

"탐구의 곤바로스는 고민과 번민의 신입니다. 그의 신도들은 모두가 지식과 지혜의 근원에 관해 탐구했으며 모든 식자와 현자들의 모태이기도 하지요. 종족 여하를 떠나 '진리를 탐구하는 자'라면 모두 그의 신도가 될 수 있고 그의 지혜를 빌릴 수 있습니다."

탁.

"펠마돈이란, 그 정점에 도달한 진리의 소산물. 진리 탐구자이자 대학자인 비슈타인이 '모든 생명체에게는 그 유일의 가치와 진리가 존재한다'는 주장과 함께 정의한 거지요. 그는 생명의 수만큼 창조의 흐름이 각인되어 있으며 이를 개화할 때 절대적인 존재. 창조신의 숨결을 느낄 수 있노라 하였습니다. 본질적으로 추구해야 할 온전한 가치인 셈이지요."

책을 덮고는 말했다.

"여행자들이 혈력, 기력, 마력이라 부르는 힘의 근원이며 방향이고 기술의 원형. 처음이자 나중이며 시작과 끝이라 할 수 있습니다. 모두가 단 하나의 '글자'이지만 그 뜻은 지혜만큼 보인다 하는 이유가 여기에 있지요. 가치란, 보는 이의 눈에 따라 현격히 다른 것이니까."

"그렇군요."

"이만하면 충분한 대답이 되었으리라 봅니다만, 아직도 궁금한 것이 남았나요. 제임스 씨?"

약간은 짜증이 어린 눈빛. 아무래도 5레벨의 저체감도 플레이어가 얻을 수 있는 정보는 여기까지인 것 같았다. 비유하자면, 20살한테 7살 어린이가 책에 버젓이 나와 있는 것을 읽지도 않고 자꾸 묻는 셈이었으니 계속 답해 주는 것도 나름 짜증이 났으리라.

그래도 별수 있나. 붙들고 하나라도 더 물을밖에 없는 것을 말이다.

"마지막으로 하나만 부탁하겠습니다. 이곳에서 가장 어렵고 모두가 읽기 버거워하는 책. 특히, 여행자들에게 가장 높은 수준을 요구하는 책이 있는지요?"

"모든 대도시의 도서관에는 상층의 서적일수록 높은 지혜를 요구하도록 구성되어 있습니다. 이 중 전투 요새와 황도는 자존심이랄 수 있는 보물이 있지요. 펼쳐져 있되 만질 수 없으며 읽어도 기억할 수 없는 비서(秘書)가 한 권씩 최상층에 있습니다. 바로 펠마돈의 비서이지요. 이는 불변의 진리를 담았기에 '진실의 서'라고도 하며 유일의 힘이 담겨 있다고 기록되었습니다. 무지한 자는 접근조차 할 수 없으며 과신하는 자가 읽으면 미쳐 죽어 버리는 보물 중의 보물. 현자급이 되어야 간신히 엿볼 수 있고 성벽에 새겨진 '흔적'이 아닌 진본이 최상층에 있습니다."

아직 묻지 못한 신전에 관한 의문과 그의 답변을 들으며 새로이 생긴, 진본과 흔적이라는 궁금증에 대해 더는 질문하지 않았다. 나 스스로 마지막이라 하였고 그 역시도 마지막으로 답한 까닭이다.

"감사합니다."

말을 전한 뒤 나는 계단을 올랐다.

오르며 다른 NPC들을 보았지만, 시넬과 같이 내게 말을 걸거나 관심을 기울이는 이는 없었다. 저체감도 플레이어에게 호감이 작용하는 NPC, 소위 말하는 도우미가 아닌 까닭이라 예상했다.

이제 남은 것은 겁륜의 효과와 비서에 대한 관계 여부뿐이었다. 나는 아이템창에서 황금색으로 물들어 있는 아이템을 재차 감아줬었다. 금빛 지정되어 있던 아이템으로부터 황금색 기운이 회수되었고 4층의 서적 한 권을 오른손으로 빼내어 읽었다.

역시나 반짝이는 시스템 메시지.

[지혜가 부족하여 읽을 수가 없습니다]에 이은 미니게임이다. 역시나 실패하고 [해독할 수 없습니다]가 떠올랐다. 하지

만 나는 책을 놓지 않고는 유심히 황금색을 보았다.

혹, 내 지혜를 앗아 간 만큼 알아서 해독해 주지는 않을까 기대한 것이다.

결과는?

"……실패로군."

입맛이 쓰다. 전혀 변화가 없었다.

'대관절 이 물성 변화가 어떻게 일그러졌기에 이리도 답이 보이지 않는지.'

본래 륜이 가진 효과를 곱씹지만 답은 오리무중이다.

나는 기왕 오른 걸음. 누구도 읽지도, 익히지도 못했다는 비서를 구경하고자 올라갔다.

높은 지혜가 필요하기 때문일까. 오를수록 책장의 수도 줄고 벽면에는 인물화와 연역도 따위가 장식되어 있었다.

그리고 마지막 5층.

넓은 5층에 자리한 것은 가죽 하나였다. 탁자는 땅을 통째로 파내서 옮긴 듯, 흙과 바위를 비롯한 지층이 여실하게 보인다. 발치에서 허리까지 오는 높이에서 겹겹이 쌓인 세월의 흔적을 엿볼 수 있을 정도다. 아마도 그 위에 있는 저 두꺼운 가죽이 대단하다는 '펠마돈의 비서'일 것이다.

'아무도 만질 수도 없다는 것을 어찌 옮겼나 했더니만.'

저렇게 하면 만지지 않고도 책을 나를 만했다.

나는 성큼 다가가 이를 보았다. 펼쳐진 가죽 위에는 문신처럼 알 수 없는 무언가가 그려져 있었다.

읽히지 않는 그림문자.

'역시 안 되겠지만.'

밑져 봐야 본전이니 겁륜의 황금 코팅을 써 보기로 했다.

그렇게 펠마돈의 비서로 손을 가져가는 순간.

[자격이 되지 않습니다.]

가위에 눌린 듯 몸이 멈춰 버렸다.

만지기는커녕 접근조차 할 수 없다는 의미.

그때였다.

"어?!"

여기서 왼손이 일을 냈다. 딱히 황금빛이 번쩍이거나 무슨 변화가 있는 것은 아니었지만, 멈추어 선 오른손과는 달리 왼손이 자유로이 움직였던 것이다.

그깟 거 왜 못 해? 하는 듯 자연스레 나간 왼손이 가죽을 움켜쥐었다.

순간적으로 상태창이 떠올랐다.

제임스Lv62(전사)

힘 : 690 혈력 : 0

민첩 : 49 기력 : 0

지혜 : [5] 마력 : [0]

위엄 : [0]

보유 포인트 : 20

[펠마돈의 흐름이 당신의 지혜를 시험합니다.]

[필요 지혜 4,000.]

[지혜가 부족할 경우 수치1마다 500의 피해를 입습니다.]

"헐."

요구 능력치를 봐라. 저게 가능한 숫자인가?

4천이라면, 레벨을 400까지 올리며 오로지 지혜만 찍어야 가능한 수치. 현실적으로 5년 안에 올리기도 버거울뿐더러 그만한 레벨 동안 지혜로 버티는 것 역시 어불성설이다.

그런데 상황이 묘하게 돌아갔다.

제임스Lv62(전사)

힘 : 690 혈력 : 0

민첩 : 49 기력 : 0

지혜 : [5]-4,000=[5] 마력 : [0]

위엄 : [0]

보유 포인트 : 20

[마르지 않는 지혜로 비서의 시험을 견뎌 냅니다.]

황금색이 뻗어 나가며 펠마돈의 비서를 감싸자 책이 스윽 들렸다.

[당신은 펠마돈을 소유할 자격이 없습니다.]

[펠마돈의 소유자가 〈멜도란〉에서 〈???〉가 됩니다.]

이어, 제 역할을 다 했다는 듯이 와르르 쏟아져 내리는 흙더미 탁자들. 그 소음에 아래층에서 일단의 NPC들이 대거 위로 올라오기 시작했다.

"······어쩌지?"

상황이 갑자기 이상하게 돌아간다. 오류로 말미암은 고정 능력치 덕분에 시험을 이겨 내더니만 소유할 수는 없다고 한다. 이 무슨 얼토당토않은 상황이랴.

······가만.

'지금 이럴 때가 아니잖아!'

딱 범죄 현장에서 구속되게 된 판국이잖은가.

탁자만 그대로였어도 그냥 내려놓고 모른 척하는 건데 그렇게 모른 척하기엔 이미 너무 늦었다.

재빨리 생각했다.

'로그아웃!'

그러나 대기 시간이 길다.

'자살?'

아래층으로 뛰어들어 자살이나 해 버릴까?

나선계단이니 중앙은 뻥 뚫린 상태. 투신자살하기 딱 좋을 것이다.

하지만 내 체감도가 1%다. 그런 돌발 행위가 용납될 리가 없었다.

탁탁탁······.

발소리가 가까워졌다. 손에 든 펠마돈의 비서를 두고 갈팡질팡하던 나.

최후의 선택으로 보관함을 열어 그 안에 이를 던져 넣었다.

'[당신의 물품이 아닙니다]라는 메시지가 곧 떠오를······?!'

"어?"

바보 같은 한 마디가 나도 모르게 나왔다.

착! 하고 들어간 것이다!

"이, 이럴 수가!"

그때 간발의 차로 올라온 NPC들이 놀라 소리쳤다.

"진실의 서가 사라졌어!"

경악에 찬 비명.

"모두 정지! 지금부터 움직이는 이들은 모두 범인으로 간주하겠소."

입구의 경비병이 황급히 출입구를 봉쇄했다.

"제길. 병력이 빠져나간 틈을 노리고 계획한 건가? 당장 성문을 닫으라 전해! 넌 내성에 이 일을 보고하고!"

"예!"

전시체제 중인 때문인지 병사들의 조치가 참으로 신속했다. 하나둘 늘어나는 경비병들 사이로 사서, 시넬이 올라와 날카로운 눈으로 무너진 흙더미를 자세히 살폈다. 이윽고 창을 든 경비병들 사이로 허리에 검을 차고 갑주를 입은 이가 나와 물었다.

"무언가 단서라도 남아 있는가?"

경비대의 부대장, 폴이라는 이름이 위로 어른거렸다.

"모르겠습니다. 예상하자면 절묘하게 탁자만 절단한 뒤 가져간 것 같은데, 창이 열리거나 깨지지도 않았고 마력의 유동이 있었던 것도 아닙니다."

"헤로스 님께서 부재중이시니 자네가 이 일에 관한 책임을 져야 할 걸세."

시넬이 쓸쓸하게 답했다.

"예. 임시이긴 하나 지금은 제가 관리자임을 잊지 않고 있습니다."

"시급한 상황이니 병력의 지원도 최소한으로 할 수밖에 없어. 자네 역량껏 최대한 조용히…… 잠깐. 이자가 여기 왜 있는 거지?"

우렁우렁한 목소리가 나를 향하자 내심 움찔하고 말았다. 지은 죄가 있으니 반사적으로 그리한 것이다.

주위를 훑어본 그는 아무도 영문을 모르자 성큼성큼 걸어와 내 어깨를 움켜쥐었다.

"풋내기 모험가가 낄 자리가 아니다."

번쩍!

[강제 추방당하셨습니다.]

대답하기도 전에 눈앞이 환해졌다.

어느새 도서관 입구에 서 있는 나. 플레이어인 데다가 레벨조차 너무 낮아서 아예 용의 선상에서 제외된 까닭이다.

"……."

뭔가, 폭풍처럼 지나가 버렸다.

그러나 수확은 컸다.

나는 지금 확인한 검륜의 효능을 실험하기 위해 멜도란을 배회하기 시작했다.

[new century의 접속을 종료합니다.]

긴 꿈에서 일어나 기지개를 쫙 켰다.

관절을 이리저리 돌리며 간단한 스트레칭을 마친 나는 당장 가스레인지에 들통을 올려 한가득 물을 끓였다. 그리고 포장요리 30개를 쓸어 넣고는 기다렸다.

음식 간의 조화와 맛?

중요치 않다.

그저 양이면 된다.

'이건 먹어도 먹어도 배가 부르질 않으니, 원.'

30인분이지만 한 끼에 다 먹는다. 참으로 new century의 전사들은 정진정명 '대식가'다. 이 능력의 절반만 발휘해도 푸드 파이터로서 세계를 석권할 수 있으리라.

"이렇게 먹을 바에는 아예 요리해 먹는 게 더 싸게 먹히겠어."

나에게는 막강한 보조 스킬인 [요리]도 있었다. 부엌칼을 잡아 본 적이 많지는 않지만, 그래도 스킬 보정치가 내게 달인급의 실력을 보장해 줄 것이다. 더불어 마음만 먹으면 쌀 한 포대는 하루 안에 동을 낼 정도로 위대(胃大)해졌으니, 요리에 취미를 가지는 것도 좋을 성싶었다.

그러자면 겸사겸사 집도 옮겨야 한다.

'안 그래도 조만간 이사할 생각이긴 했지.'

키가 상당히 커져 버렸고 게임 캐릭터를 따라 얼굴에 흉터도 생긴 마당이다. 게다가 운동한 적도 없는 녀석이 잘 빠지면서도 밀도 있는 근육까지 생겼지 않는가. 만에 하나 태진이라도 만나면 녀석이 아무리 바보에다가 게임 폐인이라도 이상함을 느낄 것이다.

한 달.

아니, 미친 듯이 식이요법하고 몸짱이 되고자 운동한다는 가정하에 석 달은 숨어서 지내는 편이 좋았다.

"그럼, 음식을 흡입해 볼까."

잘 끓은 소스와 음식들을 한상 거하게 풀어놓았다. 30개의 포장요리를 먹는 데 소요된 시간은 단 5분이었다.

"……아직도 배고파."

그래도 할 일은 해야 한다.

30인분의 조금 부족한 식사를 마치고 종이와 펜을 꺼내 들었다. 한바탕의 평지풍파와 같은 사건을 겪고 얻은 것들을 나름 정리하는 과정이다.

우선 겁륜의 물성 변화에 동그라미를 쳤다. 이어 화살표를 긋고는 '아이템'을 적었다.

'도둑질용일 줄이야.'

구매하지 않은 물건이라도 보관함에 넣게 해 주는 능력도 있었다. 아무래도 황금색으로 덧씌우는 과정이 new century의 소유주와 시스템에서 분리하는 과정 같았다.

절도(竊盜) 기능.

그런데 지금의 나는.

"돈이 미친 듯이 많아."

훔치고 고생할 바에는 웃돈 주고라도 제꺽제꺽 사 버리는 게 현명했다.

고로, 펠마돈의 비서와도 같이 꽁꽁 감춰진 것들을 훔치는 용도로만 쓸 뿐, 평소에 나에게 힘이 되어 주지는 못하는 능력이라 하겠다.

'만약 불완전하지 않고 온전히 흡수했다면 어땠을까?'

끼적이던 자세를 풀고 손가락을 탁자에 두드렸다.

탁자가 손가락 자국으로 푹푹 박혔다.

'아참.'

나는 생각난 김에 강하성 소장에게 아이템 구매에 대한 것을 취소해 달라는 문자를 보냈다. 능력치 균형이 엉망이 된 터라 최소한의 착용 제한조차 넘기 힘들게 된 까닭이었다.

"막상 돈이 넘치는데 쓸 데가 없어."

참으로 세상사 새옹지마이고 일장일단이 있는 것이다.

나는 간만에 한숨을 푹 내쉬고 벌렁 누워 버렸다.

오른손에 박혀 있는 겁륜 조각을 괜히 노려보았다. 요 녀석만 아니어도 챙길 것 다 챙기고 압도적으로 걱정 없이 비밀을 파헤쳤을 텐데, 장갑을 깜빡 잊고 직접 만진 것이 이리도 큰 타격을 줄 줄이야 어찌 알았으랴.

'다시 이 악물고 빼 봐?'

지난번, 반 죽다 살아난 이후 한 번도 맨손으로 왼손과 오른손을 맞잡은 적이 없었다. 그럼에도 제약이 이렇게 많아져 버리니 슬쩍, 시도해 보고자 하는 욕구가 생겼다.

'혹시……'

마치 자석처럼 자신의 부족한 일부를 쫙 당겨서 왼쪽에 합쳐질지도.

'아니지……'

지난번처럼 죽을 정도로 고통스럽게 성륜과 겁륜이 활동할지도. 살 거죽을 벗겨 내는 통증을 한 번 더 경험해야 할지도 모른다.

그래도.

"지금처럼 미적지근하진 않겠지."

묶인 것도 아니고 풀린 것도 아니다. 이렇게 모호한 상태는 정말이지 마음에 들지 않았다.

나는 장갑을 벗고 왼손 검지를 오른 손바닥으로 가져갔다.

손톱 끝을 살짝 댈까…… 말까…… 댈까…… 하며 망설이다가, 이내 결심하고는 겁륜 조각에 손끝을 가져갔다.

미진함과 후회를 가슴에 쌓아 둘 바에는 차라리 고통과 맞서기로 한 것.

마음의 준비를 했으니 지난번처럼 우왕좌왕하지는 않으리라 새삼 나를 다독였다.

그리고 그 결과는 예상 밖이었다.

-!

엄청난 고통을 각오한 것과는 사뭇 대조적으로 전기에 감전된 듯 머릿속이 확! 밝아지더니 머릿속이 차분해지며 잠재된 지혜가 활성화되었다.

이전에 잠시 경험했던 그 지혜의 효과가 다시 돌아온 것!

아니.

'그 이상이다!'

사고의 확장이 너무도 명료하여 경이로울 지경이다

그러나 이에 맞춰 다시 절그럭거리는 성륜의 모습이 뒤따라 눈에 들어왔다.

'검륜 발동. 성륜 활성화. 그리고 충돌이 일어나겠구나.'

속도로 보건대 두 개의 륜이 부딪치는 데에는 6초가 전부이다. 이는 현실에서 내가 지혜를 사용할 수 있는 시간이 고작 그만큼이라는 사실. 이토록 어마어마한 지혜에는 사용 시간의 한계가 있었다.

'……정말 짧군.'

1초. 귀중한 1초가 연이어 흘렀다. 나는 팽팽 돌아가는 뇌로 상황을 모조리 파악하고자 했다. 과연 이 검륜을 어찌 써먹을 수 있을까. 이전의 나와는 달리 지금의 두뇌라면 다른 답을 도출해 낼 수도 있을 것이다.

3초째.

무언가 환영이 어른거렸다. 금색 광채를 띠며 단숨에 이미지화돼 버리는 그것은 사각의 창. new century에서 사용하는 보관함이었다.

4초째.

45개의 칸이 장막에 둘러싸인 듯 어두웠고 5개의 창만이 환히 밝혀져 있었다. 바로, 내가 new century에서 지정해 둔 아이템.

그 순간 나는 고이 모셔 두었던 펠마돈의 비서를 꺼내 들었다.

5초째.

오른손으로부터 마치 마술처럼 넓은 가죽이 나와 버렸다. 복주머니에서 냉장고가 튀어나오는 듯한 광경이랄까.

'역시.'

일그러진 겹륜의 진짜 효과는 다름 아닌 게임과 현실의 보관함 공유였던 것이다. 만약 온전히 흡수했다면 나는 가상과 현실 모두에서 50칸의 비밀 가방을 가질 수 있게 되었을 터다. 헌데, 나의 실수로 성륜과 충돌하며 애매하게 각인되었고 보관함 45칸이 짓눌리더니만 캐릭터의 능력치까지 일그러뜨렸다.

이 때문에 지혜를 무시하고 아이템을 볼 수 있게 되었으나 상당한 제한까지도 받게 된 것이었다. 3개의 겹륜 조각이 자유롭게 주머니를 통해 오갈 수 있었던 것 역시 '륜'이라는 것의 속성이 현실과 new century에 두루 걸쳐 있음을 제대로 증명하는 바였다.

6초째.

성난 성륜의 톱니가 날카롭게 회전을 시작했다. 황금빛 줄기로 이어져 있던 겹륜이 난도질당할 것이 자명하자 나는 신속히 손을 뗐다. 곧, 명경지수와도 같았던 뇌리가 이전으로 돌아왔고 남은 것은 털썩 떨어지는 이름 모를 동물의 가죽.

바로 new century의 아이템인 펠마돈의 비서였다.

'……세상 참.'

광속으로 움직이던 자아가 경운기를 탄 듯 느릿느릿하게 안착한다. 어떤 놀이기구보다도 급하고 화끈한 변화였다.

아아, 정말이지.

"미치도록 재밌어지는군."

나는 그 급격한 변화에 순응하며 억눌린 웃음을 흘릴 수밖에 없었다.

대관절 내가 사는 것이 현실인가, 게임인가.

게임 속 캐릭터와 현실의 육체가 동기화되더니 이제는 보관함까지 함께 쓰게 되었다. 이러다 스킬창도 생겨나고 현실에서 아르바이트하면 경험치가 쌓여 레벨업을 하게 될지도 모르는 일.

'변질하여 일어난 효과일까, 본래의 효과일까.'

아직은 알 방도가 없었다.

그저 이용택 관장과 태진이의 변화를 통해 유추할 따름.

"불확실한 확정은 하지 않음만 못하다."

나는 이에 대한 고민을 접어 두었다. 대신 확실하며 확신할 수 있는 것에서 사고를 다시금 이어 나갔다.

검륜에 대해 알며 보관함이라는 특수 기능을 얻었다.

그렇다면 이를 어떻게 응용할 수 있을까?

'잘못 썼다간…….'

나는 관자놀이를 지압했다.

현대 문명에 이능이 깃든 아이템이 등장한다면 과연 어찌 될까. 혹여 석학들이 연구하여 그 비밀을 밝혀 낸다면?

마법적인 그 힘을 현생 인류가 얻게 된다면 이는 작게는 개인의 발전이요, 크게는 전 인류적인 도약이 될 수도 있을 것이다. 수많은 난치병이 '상태 이상 회복 포션'으로 치료될 수도 있다. 현상으로 존재를 가늠하던 신물질들이 가시화됨으로써 자연과학을 비롯하여 전범위적으로 무섭게 세상이 발전할 수 있다.

그러나 이를 무조건 희망차게 볼 수만도 없다. 발전이 가속화할수록 파괴의 영역도 넓어진다. 문명의 발전도와 마찬가지로 그 실수는 돌이킬 수 없는 사태를 부를 수도 있으니까.

인터넷의 발달로 개인의 목소리가 세상에 울릴 수 있는 시대이기도 하다. 지금까지는 그저 작은 '소리'에 불과했겠지만, 만약 여기에 마법이 깃들고 사람들을 현혹하는 힘이 더해지게 된다면 마을 하나가 아니라 세계 곳곳에서 끔찍한 사태가 일어날 수도 있게 된다. 초인화된 인간들은 지금까지 미개척지로 분류된 오지와 심해까지 들쑤실 우려가 있고, 이 때문에 어떤 결말을 얻게 될지는 상상하기 나름이다.

중요한 것은 상상할 수 있는 모든 '일'들이 현실이 된다는 사실.

이건

"정말 조심해야겠어."

나는 황금빛으로 물든 [펠마돈의 비서]를 고쳐 쥐었다.

new century의 등장이 있었음에도 세상이 크게 변하지 않은 까닭은 초월적인 힘이 인류의 모든 노력과 연구를 완벽하게 무효화시킨 덕분이었다. 보아도 알지 못하고 기억할 수 조차 없게 만드는 막막함. 그렇기에 완벽한 가상현실은 단순한 '게임'으로 존재했고 스포츠화될 수 있었다.

현실과 new century를 구분 짓는 경계.

그 선을 넘지 말아야 세상이 평화로워진다.

"나뿐만이 아닌 세상, 그 누구도 넘지 말아야만 한다."

결단을 내리는 한편, 나는 피식 웃음이 새어 나왔다.

과거의 나였다면 어찌했을까.

철없는 그때였다면 이 힘으로 한국의 밤은 내가 점령한다고 설쳤을 수도. 운동선수가 되어 스타가 되려고 했었을 수도. 게임의 아이템들을 이용하여 펑펑 써 대며 돈과 여자를 탐했을는지도 모른다. 그런데 같은 나이임에도 지금의 나는 전혀 다른 생각과 사고로 삶을 살아가고 있다.

'세상사가 다 그런 것 같구나.'

아는 만큼 볼 수 있는 진실의 서, 펠마돈의 비서. 단순한 사용 조건이 아닌 삶과 세상을 두루 관통하는 진리로서 다가왔다.

이해가 되었다.

그때는 욕심으로 살던 때였으니 그랬던 것이다.

그리고 지금은.

'바라는 대로 살고자 하니까.'

예나 지금이나 이기적이기는 매한가지다. 다만 차이가 있다면 그때는 정말 짧은 쾌락이었고 지금은 조금 더 긴 행복감이라는 정도일 뿐. 같은 사람이되 그 작은 차이가 나를 새로운 나로 만든 것 같다.

이제 바라는 삶을 위해 이 매력적인 기능을 봉인하기로 결단을 내렸다.

그때, 문득 이면지로 쓰고 있는 차용증이 눈에 밟혔다.

- 네가 찾는 것이 진짜 사람이라 하니, 넌 여러 시행 착오를 겪을 거다.

떠오르는 기억 하나.

회귀 이후, 교사 휴게실에서의 면담이었다. 느긋한 곰 같던 공영호 선생의 다른 일면을 발견했던 그때의 기억이 문득 그려졌다.

- 나 살자고 남한테 이기적으로 사는 거. 그렇게 사는 건 쓰레기다. 하지만 그렇다고 남 살리자고 나 죽는 건 바보 병신이지.

"아……."

그 기억이 간과하고 넘어갈 뻔했던 사실을 내게 일깨워 주었다.

맞다. 돈이 나쁜 것이 아니라 일전의 내 방법이 잘못되었던 것이다. 받을 준비가 되어 있고 마음이 되어 있는 이에게 적절한 방법으로 전달했어야 했는데 그렇지 못한 것이 화근인 것.

보관함 역시 마찬가지다. 마법이 존재하는 가상현실의 아이템이 현실화되는 문제점을 아는 만큼, 그 순기능 역시도 잘 알지 않던가. 그렇다면 이에 대해 치밀하게 생각하고 진실로 기적이 필요한 이들에게 선물이 되는 길을 최소한이나마 찾아

보기는 해야 할 것이다.

나는 예외를 두기로 바꾸었다.

"정말 필요한 이들은 돕자."

나의 선택이 누군가에게는 희망의 빛이 되기를 소망한다.

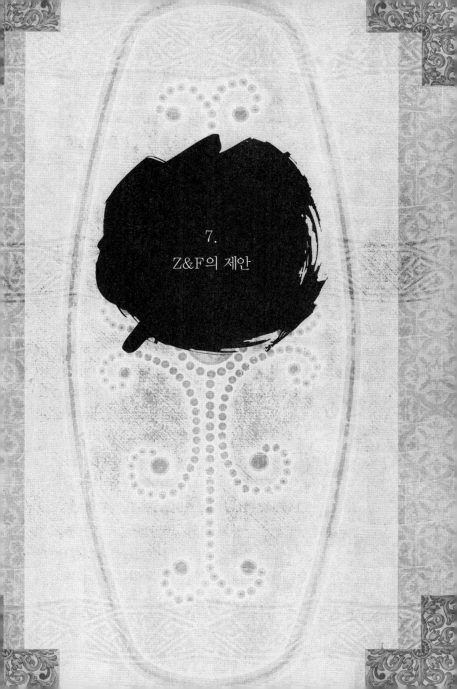

7.
Z&F의 제안

펠마돈의 비서.

외관상은 평범한 가죽이지만 실상은 마력으로 넘실거리는 무시무시한 물건이었다. 자격 없는 자는 접근도 허락하지 않고 때론 미치게 하는 귀물.

나는 그 책을 펼쳤다.

처음과 끝을 짐작할 수 없는 기이한 도형들이 두 눈에 가득 들어왔다.

이를 보며 고민하는 것도 잠시.

기하학적인 그 도형들이 스멀스멀 꿈틀거리더니 가죽 위로 부상(浮上)했다. 왼손으로 푸른 불꽃이, 오른손으로는 보라색 불꽃이 타오르기 시작하더니 '사라랑' 거리는 맑은 방울 소리와 기묘한 울림이 귓전을 두드렸다.

놀라우며 신비로운 상황.

'위험하지 않다.'

마력 응집으로 혼란을 가라앉힌 나는 이내 파악했다.

도둑의 본능은 위기를 감지하여 회피하는 스킬이다. 그 패시브 스킬의 영향하에 있는 나의 육신은, 예상외로 별다른 반응을 하고 있지 않았다. 외려 가만히 힘을 빼고 꽉 움켜쥐고서 그 불꽃이 잘 옮겨붙도록 허용하고 있었다.

'지켜보자.'

나는 이를 따랐다.

가만히 느끼노라니 두 개의 이글거리는 불꽃이 전혀 뜨겁지도 않았고 살이 타지도 않음을 알 수 있었다. 스멀스멀 올라오던 두 불꽃이 양팔에서 몸과 하체로 나뉘었고, 곧 삽시간에 번져 머리끝까지 뒤덮는다.

그렇게 시야를 가려 버리는 불꽃 사이로.

'보인다.'

무언가가 투영되어 보였다.

마치 바늘구멍을 뚫어 몰래 엿보려는 좀도둑의 시야처럼 한없이 조그맣게.

'들린다.'

언뜻언뜻.

굉음처럼 쾅쾅 떨어지는 폭포수 밑자락에서 귓속말을 엿듣는 양 아주 적게.

온갖 감각이 파도처럼 밀려들어 왔다가 굳센 장벽에 부딪혀 튕겨 나가고 실 한 오라기만큼만 나에게 인지(認知)되어 적셔 왔다.

몸으로 와 닿고 뇌리에 새겨지는 작은 기억은 한 존재의 삶이자 과거이며 평생이었다.

끓는 용암 속에서 태어난 그 존재는 아름드리나무와도 같은 다리, 강철보다 견고한 육신을 갖고 있었다. 세 개의 얼굴, 두 쌍의 팔과 다리, 네 개의 꼬리를 가진 존재는 곰과 사자를 사냥하고 바위를 삼켰다. 금속을 씹어 먹으며 성장해 나가더니 나중에는 용을 비롯한 모든 것을 사냥했다.

그 존재가 지나는 곳은 오로지 파괴뿐.

그리고 극한으로 성장하여 누워서는 바다를 넘치게 하고 일어서면 하늘에 이르는 몸을 갖게 될 즈음, 모두가 사라진 세상에서 그 존재는 강요된 고독에 빠져들었다. 너무도 강하여 죽을 수조차 없었다. 살아 있는 것은 오직 자신뿐일지니 외로움을 나눌 어떤 대상도 없었다.

그렇게 그는 유적처럼, 만년 거암과도 같이 엎드려 굳어 갔다.

무수한 세월이 하염없이 흐른다.

해가 뜨고 지며 계절이 바뀌기를 수천만 번.

억만 번의 고민을 통해 본능에서 이성으로, 이성에서 감성으로, 감성에서 자성으로 그 존재의 사고가 이어졌다.

'거대하다.'

감정의 편린 하나하나가 나의 일생을 짓뭉갤 정도의 세월이었다.

작은 틈으로 이를 관망하는 나에게로 언뜻 시넬의 말이 떠올랐다. '종족 여하를 떠나 '진리를 탐구하는 자'라면 모두 그의 신도가 될 수 있다'는 말이.

진리에의 탐구!

그것은 펜대를 굴리며 책을 벗 삼아 공부하는 것이 아니었다. 지금 내게 전해지는 기억은 사무치는 고독 속에서 홀로 남아 존재와 자아를 탐구해 나가는 거대한 기억의 산물일 따름.

한편.

어마어마한 세월을 관람하는 나와는 달리 내 육신은 죽었다가 살아나기를 반복하고 있었다. 고정된 지혜 탓에 통나무만 한 정보를 개미허리만큼만 받아들이고 감상해 버리는 나의 머리와는 달리, 나의 몸. 제임스의 육신은 그 존재의 삶을 한껏 받아들이며 체화하고 있었던 것이다.

본래였다면 골백번은 죽었겠지만 내 몸은 죽고 살기를 반복하고 있었다.

'비틀린 겁륜이 부른 기적이군.'

고정된 지혜와 스킬의 힘으로 유지되는 육신이다. 덕분에 '죽어야 하는 상황에도 죽지 않으니' 견디고 적응해 나간 것. 일찍이 휩쓸려 버렸을 거대한 의식 세계를 내가 '본의 아니게 견뎌' 내는 사이, 제임스의 육신이 진화를 거듭했다.

그것은 짙은 고독 속에서 수많은 세월을 사색하던 '존재'가 홀연히 무언가를 깨닫는 때까지였다.

사르르륵.

이글이글 타오르던 불꽃이 마무리되어 갔다. 홀로그램처럼 부유하며 떠돌던 문양들도 모조리 스러져 버린다. 아련한 광경 너머로 어느덧 익숙한 내 집의 풍경이 보였다.

보던 세상이 너무 광대무변했던 탓일까. 숨이 턱턱 막힐 정도로 작기만 한 방이 나를 옥죄는 것만 같았다.

멀어져 가는, 사라져 가는 펠마돈의 비서를 붙잡고 싶었다. 이에, 서둘러 양손을 맞잡았다. 현재의 지혜가 부족하여 보지 못했으니, 겹륜으로 증폭된 지혜라면 단서를 잡아채리라 판단한 것.

그러나

[!!!!]

내가 놀라고 제임스가 놀라며 겹륜까지 기겁했다. 처음과 달리 잔뜩 성나서 대기하고 있었던 듯, 삽시간에 성륜이 겹륜을 갉아먹으려 한 까닭이다.

아무래도 가라앉는 데에는 시간이 꽤 걸릴 성싶다. 며칠이 될지 몇 달이 될지 모르지만, 충분히 기다려야 할 터.

'그렇다고 6초짜리 지혜를 믿고 펠마돈의 비서를 볼 수도 없는 노릇이고…….'

어림잡아도 지금까지 비서를 마주한 시간이 10분 남짓이었다. 숨 가쁘게 펠마돈의 비서를 분석하다가 성륜에게 목숨이 달아날 수도 있으니 어쩌랴.

"아쉽구나."

분위기도 바꿀 겸, 짐짓 기지개를 쫙 켜며 밝게 말했다.

"약이 바짝 오를 정도로."

생각이 행동을 좌우하지만, 행동이 생각에 영향을 끼치기도 하는 법. 무거운 마음을 의식적으로 가볍게 환기했다.

'괜찮아.'

고작 한 달도 채 지나지 않았는데 벌써 끝이 보여서야 쓰겠는가. 내 목표는 이 싸움이 평생 이어지게 하는 것이다. 나는 기다림과 장기전이 최고의 덕목임을 잊지 않고자 다짐했다.

🏵 🏵 🏵

펠마돈의 비서를 통해 달라진 점은 하나 더 있었다.

다리에 거대한 문신이 새겨진 것이다.

"목욕탕은 다 갔구나."

왼쪽 다리 전체에 참으로 실감 나도록 그 괴물, '존재'가 그려져 있었다. 날카로운 발톱과 강인한 꼬리가 나의 다리에서 발끝을 덧씌웠고 허벅지를 올라오는 몸체의 견고함은 그 자체로도 철벽보다 강건하다.

살벌하게 내려 보는 얼굴부터 두꺼운 가죽과 면도날보다 예리한 털들까지, 한 올 한 올 정교하게 새겨져 있어 마치 살아 있는 것만 같았다. 그놈은 펠마돈의 비서를 남긴 이름 모를 '깨달은 존재'의 형상 그대로였다.

'용조차 잡아먹는 아주아주 살벌한 녀석.'

삶을 공유하며 이를 통해 깨달음을 전하는 것이 전부인 줄 알았는데, 무언가 내가 알지 못하는 다른 효용이 있는 것인가 싶다.

new century가 가상현실 게임이고 펠마돈의 비서가 엄청난 조건이 필요한 아이템임을 고려하자면 추측 가능한 것은 하나.

'문신술이라는 건데⋯⋯.'

하지만 new century가 허용하는 모든 동물의 수는 10가지. 늑대, 사자, 곰, 용, 독수리, 부엉이, 전갈, 원숭이, 말, 들소에 불과하다. 크기도 주먹만 한 정도이고. 이만한 크기가 되려면 똑같은 문신을 중첩해서 20개는 이어야 할 정도다. 50레벨마다 얻는 문신임을 고려하니 그야말로 말도 안 되는 크기와 레벨이어야 가능했다.

'잠깐이나마 접속해야겠어.'

나는 벗었던 옷을 다시금 입었다.

아직도 단벌신사다. 말 그대로 옷이 한 벌밖에 없었다.

"이사하면 계절별로 전부 사 버릴까."

그 정도는 써도 좋으리라는 객쩍은 생각을 하며 나는, 정장을 갖춰 입고 예비용 장갑을 꼈다. 마무리로 중절모를 쓰는 것으로 완료.

상태창을 확인하고자 그렇게 접속기에 몸을 누일 때였다.

저벅⋯⋯ 저벅⋯⋯.

예민한 청력이 이질적인 발소리를 감지했다. 산동네와는 어울리지 않는 구두 굽. 무엇보다도 증폭되다시피 일렁이는 마력의 흐름이 나를 긴장케 했다.

3명 이상의 발걸음 소리가 들리더니만 문 앞에서 멈춰

선다.

"이곳이 맞겠지?"

"예, 사장님."

"경호야, 그 얘기 4번째인 거는 잘 알고 있나?"

젊은 사내가 한숨 섞어 대답했다.

"이번엔 분명 할걸요?"

"걸요?"

"아니면 말고요."

"후후. 확인해 보자."

주소를 확인하며 짧게 대화하더니 곧 문을 두드렸다.

"이상현 씨, 안에 계십니까? 이상현 씨!"

똑똑…… 두드리던 문소리가 쿵쿵! 으로 바뀌었다.

'누구지?'

저들의 정체에 대해 의문.

짚이는 바는 있었다. 근래에 이용택 관장과 연을 맺으며 대외 활동을 제법 한 때문이다. 혹은 new century에서의 퀘스트 중에 어떤 실수를 범했을 수도 있을 것이다. 펠마돈의 비서에 알 수 없는 장치가 되어 있는 것도 가능성이 있다.

어떤 실수도 저지르지 않으려면 아무것도 하지 않으면 된다. 이는 움직이고 판단하는 순간부터 인과와 과오가 따른다는 것이니, 나의 빈틈은 넘치도록 있었다. 다만, 모두가 예측 범위 안이고 내가 감당할 수 있느냐는 것이 관건일 뿐이다.

그리고 나는 충분한 준비가 되어 있었다.

'우선은 증거인멸부터.'

마력 응집 스킬 덕에 맑아진 정신이 올바른 판단을 도와주었다.

나는 끼적였던 종이들을 찾아 조용히, 신속하게 거둬들였다.

"안에 있습니다만, 누구시죠?"

대답하며 '성륜, 겁륜, 악마, 초월자' 따위가 적힌 종이를 쭉쭉 찢었다. 찢고 겹쳐 쥐고 다시 찢는다.

"예. Z&F입니다. 사용하고 계신 기기와 저희 new century에 관한 설문 조사 겸 제안드릴 것이 있어 이렇게 찾아오게 되었는데요. 들어가도 될까요?"

바로 직감했다.

'신진권 사장.'

나는 태연하게 답했다.

"설문 때문에 직접 찾아오셨다는 겁니까?"

"보통은 전화나 메일로 조사하는데, 이상현 씨는 집 전화와 휴대전화 모두 불통이고 new century에 접속은 하지만 막상 본사 메시지는 확인하지 않으시더군요. 해서 이렇게 직접 찾아오게 되었습니다."

나는 피어오르는 불안감만큼 조심하며 수도꼭지에 물을 틀었다.

종이 뭉치를 흠뻑 적셔 이를 변기에 넣고 물을 내렸다.

그러다 엉뚱한 생각이 떠올랐다.

'내가 화장실에 간 적이 언제더라?'

기이하게도 먹는 양이 엄청나게 늘었음에도 막상 화장실에 들른 적은 없다시피 하다. 마치 new century에서의 캐릭터처럼.

이상현이라는 인간의 몸보다 new century 제임스의 영향이 더욱 큰 탓일까. 비록 덧씌워지기는 했지만, 나의 육체는 인간이기보다는 게임 캐릭터의 성향을 더욱 짙게 띠고 있는 것 같았다.

비율로 따지면 6:4나 7:3쯤. 그 정도라 확신하는 근거는 아직 내가 고자가 아닌 것에 있었다. 완전히 캐릭터화됐다면 고개 숙인 남자가 되는 것은 물론 생식기 자체가 그냥 뭉뚱그려졌을 테니까.

'……천만다행이구나.'

뒤늦은 깨달음에 머리칼이 삐쭉 곤두섰다.

정말 큰일이 일어날 뻔하지 않았더냐!

능력이 생겼다 한들 고자가 된다면 이쪽에서 절대 사양이다.

"큭큭."

그렇게 이런저런 생각을 하다가 나는 웃어 버렸다.

예전보다는 확실히 여유 있어진 모습. 이제 겁먹고 떨기만 하던 나는 완벽히 없었다.

끼이익–

열린 문 사이로 검은 정장 차림의 스포츠형 머리를 한 다부진 사내와 장발에 어색한 미소를 달고 있는 사내, 끝으로 흰색 정장에 흰색 지팡이를 짚고 있는 콧수염이 인상적인 남자

한 명이 보였다.

척 봐도 경호원과 사장의 모습이었는데, 역삼각형으로 제대로 각이 나오는 건장한 경호원 두 명은 각종 무술을 합쳐 20단은 넘길 것 같은 흉흉한 분위기가 넘쳐흘렀다.

"어? 분명 학생이라고 했는데, 이게 어딜 봐서 학생이야?"

어이없어하는 그에게 가볍게 대꾸했다.

"자퇴하고 학교에 다니지 않으니, 학생 아닌 거는 맞습니다만?"

"어어……?"

사내가 움찔하며 '요즘 고딩은 살벌하네…….' 하며 말을 버벅거렸다.

옆에 있던 접대용 미소가 주름처럼 새겨진 사내가 말을 이었다.

"외출하려는 참이셨나 보군요. 그래도 오래 걸리지 않으니 잠시만 시간을 내어 주실 수 있으신지?"

경호라고 불리던 사내였다.

"무슨 설문 조사인데 그러죠?"

"이상현 님께서는 초기 달성하신 5레벨 이후로 별다른 접속을 하지 않으셨더군요. 하여, 저희 Z&F에서는 손님의 소리에 귀 기울이고 개선점을 찾기 위하여 다양한 설문 조사를 하고 있습니다. 꼭 게임과 관련되지 않더라도 다양한 보상과 추첨을 통한 혜택이 있을 예정이오니 될 수 있으면 참여하셨으면 싶군요."

말끝을 묘하게 내리누르는 것이 은근한 압박감을 주는 화법이다.

내게는 가당찮을 뿐이니 가볍게 무시했다.

'레벨이 5라니.'

확실히 이들은 시스템 메시지만 받고 yes나 no의 확답을 얻지 못하면 플레이어에 대해 알 방도가 없는 것 같았다. 그렇다면 여기서 떠오르는 의문이 하나 생긴다. 바로 어떻게 알고 나를 찾아온 것이냐는 물음.

사장씩이나 되는 이가 경호원을 대동하며 온 것을 보면 분명.

'어디선가 냄새를 맡고 찾아왔을 텐데.'

나는 신진권 사장을 보았다.

삼십 대 초반으로 보이는 젊은 나이임에도 지팡이를 짚고 있는 콧수염이 인상적인 남자. 훗날 한국은 물론 세계 최대이자 최고의 그룹이 되는 Z&F의 회장이자 new century의 창시자인 신진권 사장은 생각 외로 평범했다.

외형적으로만.

마력의 흐름으로 그를 다시 보았다. 그러자 그의 지팡이가 정련된 고도의 마력을 품고 있다는 것이 확인된다. 무생물이어야 할 지팡이로부터 이용택 관장이 계약한 '성륜'과도 같이 심장박동이 느껴지고 있었다. 아울러, 드나드는 그의 마력이 모조리 다 지팡이와 주고받는 식이라는 것까지도 볼 수 있었다.

'부딪쳐야 할 성싶군.'

대화를 더 나누기로 했다.

"별것 없는걸요. 단지, 처음에 체감도를 잘못 설정했더니 이상해져 버려서 안 하는 것일 뿐입니다. 몇 번 재미없게 하니까 취향에도 안 맞는 것 같았고요. 그게 전부인데 설문 조사란 걸 더 해야 하나요?"

"체감도를 조절해 보실 의향은 없으셨는지요?"

"돈 쓰려니 속는 것 같고 아까워요."

"다양한 이벤트와 상품이 준비되어 있습니다."

"귀찮은데요?"

"……그래도 쉽게 오는 기회가 아닙니다. 본인 명의로 사인하고 직접 읽고 표시하셔야 할 부분이 아주 조금이니 잠시만 협조해 주시지요."

'의심은 있되 확증은 없다 이거군.'

그 뜻은 나에 대해 '어느 정도만' 알고 왔으리라는 것을 의미한다.

그렇지 않았다면 이처럼 언저리를 돌며 계속 간만 보지는 않을 테니까. 쭉정이만 늘어놓는 현 상황이 내 쪽의 '패'가 아직 조커로서의 가치가 충분함을 증명한다.

저들의 의도는 물론 충분한 정보를 얻었으니 이제 본격적인 대화를 시작하기로 한다.

"어휴. 이제 그만하죠. 대체 뭘 알고 싶어서 이렇게 무섭게들 온 겁니까? 이상한 연극은 그만하고 이제 솔직히 터놓고 말하자고요."

"무슨 말씀이신지?"

"설문 조사에 Z&F의 사장님이 직접 방문하는 걸 믿으라는 건가요?”

사내가 영업용 미소를 지으며 답했다.

“사장님을 아십니까?”

“당연하죠. 신문이나 TV에서 엄청나게 나오는 분이잖아요. 그렇게 대단하신 분이 산동네 사는 소시민을 직접 찾아오셨는데, 믿을 수 있을 리 없잖아요?”

이에 영업용 미소를 짓고 있던 경호라는 남자가 입가의 미소를 싹 지웠다. 그리곤 지그시 나를 바라보았다. 담담히 마주 보노라니 잠시 후, 그의 입가가 광대에 닿으리만큼 쭉 찢어졌다.

‘뭐지?’

본능이 경고했다. 눈앞의 그가 보통의 인간이 아니라는 것을. 주먹에 절로 힘이 들어갔다. 여차하면 힘을 쓸 요량이었다.

하지만 그런 불상사는 일어나지 않았다.

“사장님, 이번엔 제대로 찾은 것 같습니다.”

그는 정중히 물러서서 신진권에게 보고했다. 잠깐 사이에 경호의 얼굴에는 영업용 은은한 미소가 다시 지어져 있었다.

“내가 보기에도 그런 것 같아. 그럼 대화를 나눠 볼…… 뭐지? 이 악취는?”

그제야 고개를 끄덕이며 들어오던 신진권.

잠시 멈칫하더니 방 안을 훑어보더니만 뒤로 나왔다. 옷에 혹여라도 닿을까 조심하며 나온 그가 내뱉은 한마디는.

“굉장히 누추하군.”

쿵쿵거리며 냄새를 맡더니만 품에서 향수를 꺼내 칙칙 뿌려 댄다.

모골이 송연할 정도였던 긴장이 순식간에 탁 풀렸다.

"……보통은 '누추하지만 들어오시지요.' 라고 말하는 게 제 순서 아닌가요?"

"아니지. 초대받건 초대받지 않았건 어쨌건 손님인데 '누추한 곳' 에 들어서게 하는 것이 예의 없는 거다. 나는 엘레강스하고 럭셔리하게 있고 싶거든. 그런 의미에서 상현아, 대화 장소는 내 차로 하자. 아, 말 놓았다고 설마 그만한 덩치면서 삐친 건 아니겠지? 내 나이가 서른둘인데 말이야."

뜻밖의 이야기에 할 말을 잃은 사이 신진권 사장이 말을 잇는다.

"이런, 너무 우울해하지 마라. 우중충하거나 비좁을 거라고 예상하여 고민할 필요도 없지. 이름은 들어 봤나? 내 차가 벤츠란 말이야. 게다가 아리따운 여비서들이 상시 대기 중이고. 하하하핫!"

목젖이 보일 정도로 웃어 재끼는 신진권 사장.

'……악마란 존재가 저런 놈한테 져서 시간 역행을 시도했단 말인가.'

언론과 인터뷰로만 접했던 그의 과감함과 카리스마는 나중의 얘기란 말인지, 아니면 이 모습이 그의 실체일지 모르겠다. 지금 봐서는 그저 왕자병 걸린 재벌 3세가 아니던가.

그때

"그리고."

돌아나가며 신진권 사장이 슬쩍 말했다.

"어설픈 연극은 너 역시도 마찬가지이지 않나? 요즘 산동네 소시민은 천만 원이 넘는 초고가 캡슐을 3대씩이나 턱턱 선물하나 보군."

바닥을 타고 동심원을 그리며 마력이 울리기 시작했다. 문 앞이고 작은 골목이던 장소에서 오직 그와 나만 있는 듯한 착시현상에 빠져들었다.

장난스러운 그의 말이 왕왕거리는 울림으로 전해졌다. 신진권 사장의 몸이 더욱 커지며 존귀하게까지 느껴진다.

바로 회귀 전, 내가 보고 감탄했던 신진권 회장의 모습이었다.

나는 주눅이 든 풋내기 학생을 흉내 냈다.

"고작해야 선물일 뿐인데요."

"수많은 사람이 스쳐 가고 마주하게 되지만 결국 곁에 남는 것들은 비슷한 녀석들일 뿐이지. 그런 면에서 세상엔 바보들이 참 많아. 제 주제를 모르고 불공평이니 어쩌니를 따지고 떠들거든. 자신들 주변에 수많은 기회와 미녀와 천재들이 넘쳐나는데 모르고 TV나 보며 부러워한단 말이야."

"무슨 말이신지?"

하얀 구두로 지팡이를 차올린 그가 핑그르르 돌렸다.

"우리의 눈을 피하고자 랭킹과 퀘스트를 피한 것은 칭찬해 줄만 해. 누구도 파악하지 못한 부분이니까. 확실히, 제임스라는 캐릭터로만 보면 도저히 '너'라는 존재는 전혀 드러나지 않는 게 맞다. 그런데 말이야, 너는 저 레벨에 불과한데도 너무 뛰어난 사람들과 거듭 연을 맺었어. 그게 너의 유일한 실수인 거다."

그의 지팡이가 바닥을 쿵 찧었다.

"이봐, 이상현. 스칼렛과 빈센트나 화랑이 누구에게나 착하고 도움이 되는 사랑받는 히어로로 보이나? Z&F의 사장인 내가 할 일이 없어 산동네 소시민과 이렇게 대화하고 있는 것 같나?"

더욱 마력이 세차게 울리며 귓전을 두드렸다.

"갈렌 마을에는 수많은 플레이어가 있지만, 그들 중 누구도 3명과 친분을 맺지 못했다. 바로 수준이 다르기 때문이지. 그들의 교차점은 오직 네가 유일했어."

"그, 그걸 어떻게……?!"

"애는 썼다만 나를 만만하게 보면 곤란하지. 초보자 마을의 NPC 모두가 나의 눈이자 귀에 불과하니 말이다. 하하하!"

당혹함을 연기하는 나를 그가 비웃었다.

통장 거래. 내가 아닌 주변인을 통한 부분은 일찍이 예상했던 바다.

다만, 한 가지는 정말 뜻밖이었다.

갈렌 마을의 모든 NPC가 감시원 아닌 감시원이라는 것.

'……new century에서 활동 범위가 더욱 축소되겠어.'

가뜩이나 위축된 게임을 더욱 유의해야 하게 됐다.

그래도 지금이나마 알았으니 다행인 일.

정작 중요한 비밀은 아직 저들이 모르니 말이다. 회귀자인 '나'. 일그러진 성륜과 검륜을 통해 사기적인 플레이를 한 '나'에 대해서는 아직 그가 알지 못하니까.

그것만으로도 나의 노력은 충분히 제값을 한 것이다.

아울러, 신진권 사장의 등장은 내게 또 다른 기회일 수 있었다.

나는 연기를 계속해 나갔다.

"어휴~"

답답한 듯 숨을 내쉰다. 뒷머리를 긁적이다가는 이내 어깨를 으쓱거렸다.

"다 들켰네요. 그런데 설마 숨바꼭질에서 잡았다고 자랑하러 오신 건 아닐 테고…… 무슨 일로 오신 건가요?

"스카우트 제의를 하려고 왔지."

"입사 채용인가요?"

그가 크게 웃었다. 그러다 뚝 그치고는 장난투가 싹 가신 매서운 눈으로 나를 보았다. 지팡이를 지금까지보다 더욱 묵직하게 감아쥐며 나를 보는 눈.

이 남자의 진면목이 이것인가 싶을 정도로 강한 눈빛이었다. 제대로 진지해져 보라는 무언의 압박이었다.

"벼랑 끝에서 잡은 기회가 있었지. 그리고 시작한 나의 인생과 모두를 건 게임. 그 게임에 조커가 되어 주었으면 해. 히든카드 말이야."

"두 세상 전부를 건 겁니까?"

"거기까지 파악했나?"

그의 눈이 이채를 발한다.

"그보다 더욱 깊고 많은 것이지. 어때, 제안을 받아들이겠나?"

"보상은요?"

"부, 명예, 여자 등 말만 해. 다 들어주지."

은밀한 그의 제안. 받아들이면 그의 차에 오르게 되고 많은 대화를 나누게 될 것이 분명했다. 그리고 이를 거절할 경우…… 도둑의 시야에 잡힌 두 사내. 슬쩍 비치는 총과 칼에 나는 죽게 된다.

진지함을 담아 회유하는 것 같으면서 이면으로는 살인을 계획하고 있었다.

이용택 관장의 말이 다시금 떠올랐다.

─ 성륜, 겁륜이라 지칭하고 있긴 하지만…… 둘 모두에게 보이는 것은 드글드글 끓고 있는 욕망이었지. 양쪽 다 결코 올바른 것들은 아니라는 것이 내 판단이다.

정확하다. 그의 말대로였다. 저러한 자들에게 지켜야 할 의리와 신념은 없었다. 악마가 선택한 태진이와 마찬가지로, 초월자가 택한 신진권 회장 역시 심각하게 결격 사유가 있는 인물이 틀림없었다.

그 가운데에서 나는 실리를 추구하고자 마음먹었다.

"제 캐릭터인 제임스를 Z&F의 시스템으로부터 독립시키는 것. 이를 선결 조건으로 삼겠습니다."

"숨기고 싶다는 거군."

"아무래도 애정이 있으니까요. 그리고 제 노력으로 얼마만큼 파헤칠지 도전해 보고도 싶습니다."

"여기서 OK 하면 차에 오르는 것으로 봐도 좋겠나?"

고개를 끄덕였다.

그가 웃었다.

"좋아."

골목에서의 대치가 끝나고 나는 그의 뒤를 따라 걸었다. 그렇게 잠시 걸어가자 길 너머 논두렁을 사이에 두고, 정말 판자촌에 어울리지 않는 벤츠가 떡하니 서 있었다.

차에 올랐다. 아늑하고 넓은 공간에는 그의 말대로 미녀 비서들이 대기한 상태였다.

'아방궁이라도 만들 기세.'

새삼 이 녀석의 정신세계가 결단코 평범하지 않다는 사실을 되새긴다.

"한 가지 물어봐도 될까요?"

"얼마든지. 이들은 모두 내 사람들이니까."

비밀이 보장될까 싶지만, 본인이 괜찮다는데 어쩌랴. 양팔에 미녀를 안으며 말하는 그에게 내심 혀를 차며 물었다.

"new century에서 캐릭터를 두 개씩 생성할 수 있는 것입니까?"

"물론 안 되지. 다만, 네 임무와 네 캐릭터와는 전혀 관계가 없어."

손짓하자 한 비서가 와인글라스를 꺼낸다. 익숙하게 따라 주는 선홍색 빛깔의 그것을 신진권 사장이 돌리며 말했다.

"new century에서 앞으로 너는 보스 몬스터가 될 것이 니까."

떠오르는 바가 있었다.

"몬스터 플레이어?"

"빙고. new century가 아무리 실감 나는 가상현실이라 곤 하지만 엄연히 게임. 체감도에 따라 플레이어의 편의를 돕 기 위한 패턴이 있기 마련이지. 복잡하게 꼬아 두긴 했으나 이 패턴이란 것을, 숙련된 플레이어일수록 쉽게 파악한단 말 이야. 그러니 너는 내 호출에 따라 누군가의 퀘스트를 방해하 면 되는 거야. 잔인하고 압도적으로! 섣부른 공략 따위가 결 단코 존재할 수 없도록!"

"누군가가 아주 밉나 보네요."

"밉기는~ 그냥 내 기분 따라 하는 거지."

"혹시 저 이외에도 몬스터 플레이어가 많습니까?"

포도주를 입에 머금고는 입가심하듯이 소리 나게 입에서 굴리는 그.

곧 내 옆에 있던 비서가 또랑또랑한 목소리로 알려 주었다.

"도전자는 많았습니다만, 성공한 사람은 없었습니다. 인간 의 몸과는 모든 것이 다른 육체의 괴리감을 정신이 도저히 받 아들일 수가 없었던 때문이죠. 자아가 붕괴하여 모두 뇌사 상 태에 이르렀습니다."

다른 비서가 말을 보탠다.

"하지만 안심하세요. 뛰어난 모든 이들이 찾지 못한 저희 시스템의 맹점을 파악한 상현 님이시라면 분명히 견뎌 낼 수 있을 테니까요."

위로하더니만 두 손을 꼭 오므리며 '아자, 아자, 파이팅!' 해 보인다. 예쁜 누님들이 친근히 다가와서는 이모저모로 설명해 주는 것까지 듣노라니 나는 묻지 않을 수가 없었다.

"……정말로 비밀 유지가 되는 겁니까?"

"물론이다. 모두 내게 '지배받기'로 맹세한 여자들이거든. 즉, 지금 너를 제외한 모두가 나의 지배 아래에 있다는 말이다."

"지배요?"

포도주를 꿀꺽 삼킨 그가 잔을 응시하며 말했다.

"내게는 특수한 힘이 있지. 바로, 서로 조건을 걸고 '진심'으로 제안을 하는 거야. 이를 일컬어 나는 '진실한 약속'이라고 한다. 단, 여기에는 조건이 있는데 '약속을 어길 때 나의 지배를 당한다.'라는 거야. 즉, 그녀들은 모두 나를 한 번 '배신'한 여자들이라는 것이지. 이로써 내 소유물이 되었고."

싸늘하게 냉소하며 지팡이를 툭툭 치는 신진권 사장이었다. 과거의 나만큼이나 깊고 깊은 상처가 있었던 것일까. 화통하게 웃는 그의 웃음소리 뒤에 왠지 모를 적막감이 보이는 듯했다.

그는 스냅을 주어 지팡이를 손가락으로 때렸다. 그로부터 발생하는 미세한 파동이 내 눈을 뜨이게 해 주었다. 경호원 두 명을 제외한 모든 이들이 저 지팡이의 마력에 거미줄에 걸린 나비처럼 묶여 있다는 사실이었다.

"자! 진심을 건 약속을 하자."

벤츠 바닥부터 천정까지 강렬하게 마력이 울리며 곧, 그와 나만이 존재하는 듯 공간이 이지러졌다.

그 속에서 그가 우렁우렁한 소리로 말했다.

"이제 나는 '너의 전력을 다한 도움'을 얻기 위해 '모든 정보를 제공'할 것을 제안한다. 너의 선택은?"

바로 옆자리에서 내미는 손. 잠시 이를 보던 나는 어깨를 으쓱하다 마주 잡았다.

그가 치아를 드러내며 웃는다.

나도 웃었다.

❈ ❈ ❈

전력을 다한 도움과 모든 정보.

그러나 성륜을 전적으로 믿고 마력을 신용하는 신진권 사장의 생각과는 달리, 내게 그의 이적은 이용택 관장의 헛기침만도 못할 따름이었다. new century의 설정. 현실에의 간섭. 일그러진 성륜과 검륜으로 무장한 나는 스킬로 보호받으며 철갑을 두른 것과도 진배없는 상태였던 것이다.

남은 것은 이 불친절하고 예의 없는 사내를 잘 다루는 것뿐이었다.

'어떤 질문을 던져야 하려나.'

허술해 보이며 빈틈투성이의 구두계약을 어찌 이용할 수

있을지, 아울러 내가 현재까지 파악한 new century에 대해 적게 공개하며 알짜 정보만 캐내는 질문들에 대해 생각할 때였다.

휴대전화 진동음이 잠시의 정적 사이로 파고들었다.

"잠시."

신진권 사장은 내게 검지를 들어 보이더니만 씩 웃었다.

받아 드는 전화. 조용한 차내인 터라 통화 내용이 여실하게 들리는 상황이다.

그런데 이상했다.

대화 내용 때문이 아니었다. 태연하게 받는 목소리 그 자체가 기이했던 것이다. 서로에 대한 소개도 없이 대뜸 말하고 답하는 그들은 '같았다'.

"그래. 그쪽은 어때?"

― 보기 좋게 거절당했다. 겁륜 쪽도 꽤 귀찮게 굴고 있고 말이지.

쌍둥이라도 되는 걸까? 아니면 복화술? 녹음해서 재생하고 있나?

"후후. 어차피 쉽지 않으리라는 건 예상했던 일이잖나. 다행히 이쪽은 제대로 포섭했어."

― 다행이군. 이제 남은 것은 '그' 뿐인 것 같은데.

"우리 중 가장 완벽한 이가 갔으니 좋은 결과가 있으리라 믿을밖에…… 아, 그래서 말인데 약간 조정이 필요할 것 같다."

― 소거 요청이군. 대상은 계약의 주체? 아니면……?

"맞다. '모든 정보를 제공' 하기로 했거든."

－ 지나친 선택이지 않나?

"감이 좋지 않았어. 이쪽도 예상과는 다른 포스를 풍겨서 말이야. 느낌이 꼭…… 그때, '부를 수 없는 자' 들을 대하는 것 같더군."

－ 오호. 그랬다면 어쩔 수 없겠지. 알았다. 조치를 곧 취하겠다.

"후후. 빠를수록 좋아."

그때 내 오른편에서 한 비서가 이어폰을 끼고 화상 전화를 받았다.

"네, 사장님. 지금 통화 중이시거든요. 30분 내로 도착할 것 같으니 너무 염려치 않으셔도 될 거예요."

반대쪽에서 비치는 이는 흰색 정장을 입고 있는 신진권 사장. 차이가 있다면 함께 있는 여성이 도발적이며 그 배경이 호텔이라는 정도였다.

……동일 인물이 같은 시간에 3명이나 존재한다?

'뭐지?'

내가 잘못 들은 것이 아니었다. 지금 나와 함께 있던 신진권 사장이 또 다른 자신과 대화하고 있었고, 지금 이 비서 역시도 신진권 사장의 전화를 받은 것이었다.

"이쪽이요? 짠~! 이렇게 생기셨어요. 생각보다 넘넘~ 잘생겼죠? 실제로 보면 엄청 듬직해요. 함부로 실수하면 안 될 것 같은 분위기랄까?"

나를 비춰 보이던 그녀가 아랑곳 않고 다시 말을 잇는다.

"에이~ 너무 걱정하지 마세요. 이미 '전력을 다한 도움' 을 주기로 선언하셨거든요. ……네, 그럼 이따 봐요~"

애인에게 통화하듯 코맹맹이 소리를 감칠 나게 하던 여비서가 나를 보며 윙크를 했다. 때마침 간단히 대화를 마친 신진권 사장 역시도 전화를 끊은 채 씩 웃었다.

"지금 이 부분에 대해 설명해 주실 수 있을까요?"

"하하. 물론이지. 그렇지 않아도 나에 대해 말해 줄 생각이 었거든. 하지만 너무 조급해할 필요는 없어. 우리는 계약을 맺었으니까. 내가 아는 모든 정보를 대가로 너의 전력을 다한 도움을 얻기로 말이지."

웃으며 '과일 좋아하나?' 하고 말하자 또 다른 비서가 냉장칸을 열어 망고를 비롯한 열대과일을 꺼냈다.

"그리스의 시인이자 철학자였던 크세노파네스가 이런 말을 했지. '에티오피아인이 상상하는 자기들의 신은 검고 들창코다. 트라키아인의 신은 눈이 푸르고 머리털이 붉다. 만약 말이나 사자가 손이 달리고 사람처럼 무엇을 그리거나 만들 수 있었다면, 자기들을 닮게 하여…….'"

포크로 찍어 입에 쏙 넣어 주는 파인애플. 입만 벌려 받아먹고는 우물우물 씹으며 말했다.

"'말들은 말 모양의 신을, 사자들은 사자 모양의 신을 그릴 터이다.' 라고 말이야. 그래서 말인데 너는 '신'의 형상과 존재에 대해 의문을 품어 본 적이 있나?"

누가 어떤 말을 했는지 그 연원까지는 몰랐다. 다만, 그가 말하는 의도는 충분히 알 수 있었다.

"주관성을 객관화하는 오류. 아울러 인간이 상상할 수 없는 신은 존재할 수 없다는 정도는 알고 있죠. 그런데 그게 무슨 상관입니까?"

"비트켄슈타인이 그랬지. '철학은 정녕 모든 것을 단지 내세울 뿐, 아무것도 설명하고 추론하지 않는다. 모든 것이 숨김없이 드러나 있으므로 설명할 것이 아무것도 없기도 하거니와, 숨겨져 있을지 모르는 것은 우리의 관심사가 아니기 때문이다.' 라고 말이야."

……칭찬받고 우러름받고 싶어 안달이라도 난 것일까. 같은 의미의 말. 간단히 의미만 주고받아도 충분한 이야기를 괜스레 인용하며 꼬는 말투였다. 불필요하게 난체하는 이의 전형적인 어법이다.

"그게 지금 이 상황과 무슨 상관이 있는 겁니까?"

철학적 고증과 토론이라면 모를까, 서로의 과거와 정보를 주고받는 데에는 맞지 않는다.

"아아, 인간에게 있어서 신처럼 보이는 능력을 갖췄지만, 막상 신은 아닌 이들에 대한 관점과 시각에 대해 정하고 싶었을 뿐이야. 가치 기준에 대한 상대적 격차에 대해서 말이지."

내가 못마땅한 눈을 감추지 않고 보이자 그가 웃었다.

"전후좌우 설명을 죄다 해 주면 이해가 쉽겠지만, 그렇게 밑천을 보이면 재미가 없잖나. 그러니 지금 네가 물어본 것만 답해 주마. 어디 보자…… 수많은 '또 다른 나'에 대한 물음부터 해결해 볼까?"

가볍게 손짓하자 실내 TV가 켜지며 방송 보도에 생방송으로 나와 Z&F의 목표와 이상에 대해 열변을 토하는 신진권 사장이 보였다.

"만약 지금 너에게 무엇이든 단 한 가지의 소원을 들어주는 램프가 있다고 해 보자. 착한 요정 지니의 이야기처럼 사연 있는 누군가가 펑! 하고 나타나 소원을 들어주겠다고 하는 거지. 그럼 무슨 소원을 비는 게 좋을까?"

관계가 있으니 꺼낸 이야기일 터다. 그렇다고 설마 자기 자신을 마구 늘려 달라는 소원을 빌었으랴. 아니, 그보다 먼저 알아야 할 것이 있었다. 과연 그에게 소원을 들어주겠노라 제안한 '존재'가 누구인지 말이다.

"누구에게 소원을 빈 거지요?"

"그는 자신을 융켈이라고 소개했지."

"융켈이라면 new century에서의 신이 아닙니까?"

절로 나오는 반문에 그가 묘한 웃음을 보였다.

"대도시에서나 들을 수 있는 말인데, 설마 5레벨로 거기까지 진출했단 말이냐?"

"요령입니다."

"……알고 싶은 요령이군. 어쨌건 우선 그의 정체에 대해서는 잠시 접어 두자고. 지금 물은 것은 그 부분이 아니었으니까."

입을 '아~' 하고 벌리니 이번엔 딸기 하나가 그의 입으로 들어갔다.

"융켈이 내게 제안했지. '무슨 소원이든 한 가지를 들어주겠다. 단, 그 과정에의 시간은 내 것이다.'라는 것이었어. 보통은 영혼이니 어쩌니를 대가로 둘 줄 알았는데, 예상과는 다르더라고."

"과정에의 시간?"

입가와 수염에 조금 묻은 것까지 닦아 내는 모양새를 보노라니, 손가락 까딱 않아도 사는 데 지장 없을 것 같기도 했다.

"워워~ 서두르지 말라고. 시간은 많으니까…… 하하하! 우선 소원 이야기부터 이어 가도록 해 보자. 무슨 소원이 좋을까…… 고민이 많았지. 불로불사? 나쁘지는 않은데, 거지로 평생 살고 불구가 되었는데도 죽지 않으면 그런 저주가 어디 있겠어. 게다가 요즘 같으면 붙잡혀 가서 해부당하기 딱 좋지. 돈? 억만장자라도 불치병에 걸리면 한 방에 간단 말이야. 세상에 돈 많고 단명하는 재력가가 적잖듯이. 건강? 일생일대의 소원으로 빌기엔 좀 부족해 보이지 않나 싶어. 까짓, 좀 노력하고 식이요법으로 조절하면 되지 않겠나 말이야. 초능력? 살짝 땡겼는데, 어떤 초능력이냐에 따라 삶이 달라지기도 하거니와, 그렇게 좋은 인생을 수명대로만 즐기는 것도 너무 아쉽더라고. 그래서 나름 머리를 굴려서 나온 결과 내가 생각하는 최고의 소원을 생각해 냈지."

"뭐죠?"

"'완전한 인간'으로 만들어 달라."

완전(完全).

그것은 모자람이나 흠이 없이 필요한 모든 것을 갖춘 상태를 이르는 단어였다. 상황과 때에 따라 있을 수 있는 모든 불

편함을 모두 해결하고 해결할 수 있는 능력과 상태가 뒷받침
되어야 한다는 의미.

실상, 가능할 리가 없는 소원이라 하겠다.

"어렵군요."

"어렵지. 암, 어렵고말고. 그런데 융켈은 이러한 나의 소원
을 독특하게 들어주더군. 바로, '나' 라는 인간을 복사하는 방
식으로 말이지. 그러니까 쉽게 말하자면 소원을 빌 때의 나.
그 당시의 '신진권' 이라는 인간을 데이터화하여 저장해 두고
내가 느끼는 모든 부족함의 수만큼 '복제' 해 버린 거야. 그런
뒤, 죽음이라는 시점을 통해 이들의 의식과 정보를 연결해서
는 공유되게 만들어 버린 것이지. 내가 느끼는 온갖 부족함들
은 나만이 이해하고 나만이 채울 수 있으니까. 모든 지식, 모
든 경험, 모든 상황을 공유하며 향상된 나로서 '기억을 더해
간다' 는 개념이었어."

여러모로 다시 생각하게 하는 말이 아닐 수 없었다.

"그렇다면 지금 제 앞에 있는 당신은 복제인간이라는 겁니
까?"

권능이라기보다는 SF적인 성격이 강했다.

"그렇기도 하고 실제의 나이기도 하다는 것이 정답이지.
다만 차이가 있다면 복제 과정 중에서 감정의 크기에 따라
'나' 라는 인물도 다른 행동 양식을 보인다는 거야. 흠……
이렇게 말하면 이해가 쉬우려나."

손가락을 딱 튕겨 보인다. 이에 따라 여비서들이 먹던 음식
과 식기들을 정리하는 분위기였다. 어느덧 목적지에 다 와 가

는 것 같았다.

"지금 네 앞에 있는 나는 경영자 신진권이지만 '허영(虛榮)'적인 면이 강하다는 거야. 성내고 억누르기보다는 즐기고 풍자적으로. 깊지 않고 얕게 짚고 넘어가는 식의 성격이지. 진지하기보다는 매우 가벼운 타입. 지금 네가 느끼는 대로 다소 쉽게 보일 수도 있고. 내가 죽게 되면 지금 너와 마주하고 있는 이 감정과 기억들은 본체로 붙여져 다시금 생산된다. 그렇게 복제되는 나는 더욱 '완전'에 가까워진다……는 그런 말이지. 이만하면 어때, 이해가 되나?"

인간의 생명이라기보다는 수정, 업그레이드하는 시스템과도 같은 느낌이 들었다. 이해는 되었지만, 이질적인 느낌이 강했다.

"그렇다면 조금 전의 그 통화는?"

"곳곳에서 살아가는 '나'와의 통화였지. 적당한 변장으로 신분 노출을 자제하면서 살아가는 수많은 '나'들. 이를테면 이 콧수염 같은 거야. 나의 상징으로 삼은 이 수염. 이게 없는 나의 모습을 생각해 보고 상상한 적 있나?"

신진권 사장은 와하하 웃었다. 그 웃음이 멎을 때쯤, 차가 멈추고 문이 열렸다.

문 너머로 펼쳐진 광경은 한 편의 영화 같았다.

고개 숙여 좌우로 늘어서 있는 이들이 고개를 숙이고 있었다. 하녀와 집사 복장의 그들 너머로 성을 방불케 하는 큰 건물이 보인다. 왼편에는 초원이 펼쳐져 있었고 예술적으로 세워진 곡선형 연구소와 연구원들이 지나기도 했다. 오른편에는 대나무 숲과 고즈넉하고 한적한 풍취를 풍기는 한옥이 고래 등처럼 누워 있을 따름이니.

'시대별 테마파크에 놀러 온 것 같군.'

회사인지 놀이동산인지 분간이 가지 않는 희극적인 상황이었다. 게다가 아직 출시된 지 한 달도 안 된 게임을 가진 회사치고는 지나치게 규모가 크지 않은가.

……하긴. 인간 복제도 되는 마당에 이런 일이건 저런 일이건 안 일어날 건 또 무어랴.

"여기가 본사입니까?"

"진짜 본사이자 내 별장이지. 바깥에 있는 보여 주기 식 주식회사가 아니라 정말 new century의 모든 것을 책임지는 곳. 이를테면 이곳이 생산 및 가공하고 바깥에서는 그저 포장지만 씌워서 판매하는 식이랄까. 기획, 이벤트, 시나리오, 게임운영 등등을 모두 바깥에서 하는 것처럼 보이지만, 실상 모든 업무는 이곳에서 해결되고 있는 셈이야. 본사에서는 모두가 계약으로 묶인 이들만 종사하고 있기에 절대로 안심할 수 있는 아성이기도 하지."

"돈도 돈이지만, 어떻게 소문이 나지 않을 수 있었습니까?"

"하하하. 지식과 정보화 사회라고는 하지만 막상 사람을 통제하고 언론만 막으면 아무것도 모르는 것이 요즘 세상이지 않나."

"그렇군요."

"그럼, 남은 호기심들은 안에서 풀도록 하자고. 볼거리들

이 꽤 많으니까 구경하면서 묻고 싶은 것들에 대해 쭉~ 정리
도 해 두고. 하하하."

목젖이 보이도록 웃는 그.

여하간 하는 행동부터 있는 장소에 이르기까지 죄다 괴짜
같을 따름이다.

중세 유럽풍의 접대실.

깨뜨렸다가는 발가벗겨 쫓겨날 것만 같은 찻잔에, 포장 믹
스형 홍차와는 비교를 불허하는 깊고 그윽한 이름 모를 홍차
를 마시며 기다렸다. 영국 왕실 납품용이라며 뭐라고 했지만,
평소 차를 즐겼다면 모를까 그냥 내게는 입에 조금 더 잘 붙
는 차일 따름이다.

뭐.

'그래도.'

좋은 게 좋은 거라고, 확실히 비싼 건 비싼 값을 하는 것
같다.

"나쁘지는 않군."

안달 나고 '럭셔리~'를 부르짖으며 있는 티를 내고 싶지
는 않았지만, 확실히 좋은 집에서 좋은 차와 쿠키, 잘 꾸며진
접대실을 바라보노라니 기분이 좋은 것은 분명했다.

기왕 집을 옮기는 거, 정체를 들키기도 했으니 아예 내 입
맛에 맞게 하나 만들어 버릴까 하는 생각이 들 정도다. 굴리
고 있는 돈 일부만 빼더라도• 이만한 건물 구매하는 것은 물
론, 맨땅에다 세우고도 남으니까.

'감각 있어 보이던데, 아예 혜란 씨한테 맡겨서 새로 지을까?'

객쩍은 상상. 그러나 실현 가능한 생각을 잠시 해 본다.

❂　　　❂　　　❂

나는 신진권 사장과 나누었던 대화를 떠올렸다. 완전한 인간으로 만들어 달라는 소원. 이를 들어준답시고 수많은 복제 인간과 프로그램 업데이트 개념을 도입시킨 융켈이라는 존재.

그리고 Z&F와 new century까지.

"인위적이란 말이야."

몽실몽실한 환상의 시대에서 정교하고 딱딱한 기계 같은 느낌을 받았다. 태진이의 일기로 엿본 악마와 지금까지 확인하고 이용택 관장에게 들어온 성륜과는 색감 자체가 다르다랄까. 마치 오파츠처럼, 서로 어울리지 않는 것이 동시대에 함께 어우러져 있는 기분이 들었다.

'악마, 초월자와 달리 융켈은 다른 제3의 존재 같단 말이지.'

이러한 배경과 신들의 정체에 대해 캐내야 할 성싶었다.

그쯤. 익숙한 낮의 남자가 얼굴을 가린 한 명의 경호원과 함께 들어왔다. 새하얀 양복에 인상적인 콧수염. 구두 소리와 지팡이를 탁탁 짚는 소리가 포인트인 신진권 사장이었다.

……아니다.

‘다른 사람.’

분명 같은 모습이지만 느낌이 매우 달랐다.

언뜻 보이던 장난기 어린 웃음. 그러며 언뜻 보였던 날카로움이 아니라, 한없이 무겁고 공기 자체를 찍어 누르는 양 일대를 묵직하게 만드는 기도를 풍기기 때문이다. 마력의 흐름 역시도 수배는 묵직하고 거칠었다.

같은 얼굴임에도 참으로 다른 기질과 인상. 수많은 자신이 있다고 했던 그의 말에 비추어 보면, 같지만 그는 다른 사람이었다.

“처음 뵙는 분 같군요.”

먼저 말을 건네자 그가 잠시 나를 보았다.

“제법 기(氣)가 좋군.”

뜬금없는 말이지만 쉽게 이해할 수 있었다. new century로 따지면 그의 위엄에 짓눌리지 않았음을 말한 것이다.

‘다른 이들 중 하나인가 보군.’

자신 중에서도 가장 완전에 가까운 녀석이 있다고 말하더니만 확실히, 이용택 관장을 연상케 할 만큼 그의 기도는 남달랐다. 그런데 왜 ‘허영’의 성격을 지녔다는 신진권 사장이 아니라 이자가 들어온 것일까.

아무래도 내가 놓친 단서가 있는 것 같았다.

그러나 그는 내가 생각할 시간을 주지 않았다.

“네가 이상현인가?”

성큼 다가와 대뜸 묻는다. 마치 이한나의 공격처럼 단숨에 거리를 압축하며 다가서는 기이한 걸음. 그 일면이 내 생각을 확 날려 버렸다. 다가올수록 배가되는 위엄. 브라운관 너머로 전해지던 패기!

'이자다.'

내가 회귀 전에 보고 모두를 아울렀던 진짜 Z&F의 주인. 바로 이자가 틀림없었다.

"마, 맞는……데요?"

나는 겁먹은 양 그의 시선을 슬쩍 피했다.

"new century의 캐릭터를 Z&F의 시스템으로부터 독립시키는 것을 선결 조건으로 삼았다 했지. 그리고 두 개의 세상을 건 것이냐고 물었고. 내 말이 맞는가?"

그렇다 답하자 그가 다시 물었다.

"전력을 다한 도움과 모든 정보로 계약을 맺었다 했다. 이 역시도 맞는가?"

"그렇습니다만, 왜 그런 확인을 하는 건지……?"

반복되는 무조건적인 질문에 다소 불쾌한 기색을 담아 물어보았다.

"마지막으로 하나 묻지."

그는 조금의 동요도 없이 말했다.

"이용택, 그자의 호적수인 이상현이 맞나?"

뜻밖의 이름에 숙였던 고개가 나도 모르게 들렸다.

신진권 사장이 차갑게 웃고 있었다.

그의 마력이 갑자기 출렁였다.

쿵!

지팡이를 바닥에 찧자 뒤에 있던 경호원이 훌쩍 몸을 띄운다. 이어 공중에서 바로 발을 내지르는 것이 아닌가. 뒷걸음질쳐서 이를 피하노라니 바람이 일렁였다. 풍선을 터뜨린 것과도 같은 소음과 공기가 밀릴 정도의 힘이 실려 있었던 것.

일반인이라면 최소 중상은 입을 공격이었다.

"이게 무슨 짓입니까?"

대답은 없었다.

외려 공격이 이어졌다.

착지와 함께 굼싯거리는 택견의 동작을 취하더니 쑥 발을 내뻗고 이를 기반으로 거듭 돌려차고 날아다니듯 거푸 발길질해 온다.

나는 피아노를 엄폐물로 삼아 피했다.

이에, 그가 자세를 삽시간에 바꾸었다.

킥복싱의 자세를 한다. 날카로운 잽에 이어 강렬한 펀치를 뻗었다.

'더 이상은 연기할 수 없겠군.'

다급히 피하는 동작으로는 한계가 왔다. 실력을 조금은 보여야 하리라.

내가 공격을 손으로 슬쩍 걷어 내자 신진권 사장의 눈빛이 달라졌다.

"대번에 거절당했지만 내가 포섭하기 위해 찾은 이가 바로 이용택, 그자였다. 하여 그를 자극하고 도발해 봤지. 그가 자랑하는 무술이 얼마나 보잘것없는지를 느끼게 해 주려고 말이야."

경호원이 숨을 짧게 들이마셨다.

순식간에 잽, 스트레이트, 킥이 연거푸 쏟아졌다. 뻗은 주먹에 의자 등 받침대가 부서지고 킥에 탁자에 쩍! 금이 갔다.

가히 철권이다.

나는 가능한 한 피하고, 그렇지 않은 공격들은 거두어 냈다. 빗겨 내고 거두며 조금씩 물러서는 사이로 신진권 사장이 무심하게 말했다.

"지금 상대하는 그는 30가지의 무술을 1만 시간 넘게 모두 수련하여 달인의 경지에 오른 최고의 무술인. 실력은 자네가 지금 몸으로 겪고 있는 정도이지. 어떤 프로보다도 우월한 달인임을 자부할 수 있다."

어느덧 벽에 다다라 있었다. 곧 경호원은 바닥에 쓸릴 듯 낮게 숙이고 무섭게 달려들었다.

나의 하체를 감아쥔 다음 단숨에 균형을 무너뜨리려고 했다. 타격 계통의 무술에서 그라운드 기술로 전환한 것이다.

기술이 걸린 그 상황에서 나직하게 신진권 사장이 물었다.

"그와의 대결. 결과가 어찌 되었는지 아는가?"

담배 하나를 꺼내 물고는 불을 붙이는 모습.

이를 본 나는 어설픈 연극이 더는 통하지 않음을 직감했다.

그는 나의 무력에 대해 '확신'을 갖고 온 것이었다. 과연 제임스의 능력을 갖추고 있다는 것까지 눈치챘는지는 알 수 없지만 적어도 자신이 겪은 이용택 관장을 기준으로 판단했음이 틀림없었다.

생각했다.

이용택 관장에게 이런 자가 달려든다. 그랬다면 어땠을까?

— 내 친구이긴 하지만, 원한 관계를 맺을 바에는 아예 땅에 묻어 버리는 초살벌한 녀석이니까.

강하성 소장의 말에 따르면, 이러지 않았을까.

안간힘을 쓰고 허벅다리 하나에 온 힘을 쏟는 경호원. 그러더니만 사타구니에 손을 넣고는 꽉 쥐는 치졸한 짓까지 보였다. 전사의 육체로 보호받는 몸이기에 별반 피해가 없는 나이지만 기분이 언짢아지는 것은 사실.

나는 슬쩍 무릎을 퉁기고 몸을 흔들었다. 코끼리 다리를 붙들었던 원숭이같이 그가 공깃돌처럼 훌쩍 떠올랐다.

얼굴을 가린 복면이 너풀거린다. 그 낯짝을 확인한 내 손에서 망설임이 사라졌다.

그의 몸통에 일격을 꽂았다.

콰직!

가로막은 양팔이 부러졌다. 그의 몸통 깊숙이 주먹이 파묻혔다.

근육을 파고들고 뼈를 부수는 느낌.

"커헉!"

배트에 맞은 야구공처럼 오목해졌던 그의 몸이 힘에 떠밀려 뒤쪽으로 하염없이 날아가 버렸다. 입구의 문이 쩍 부서지며 만신창이가 된 그.

피를 게워 내고 덜컹거리며 나뒹구는 몸.

더 볼 것도 없이 즉사다.

타격으로 사람의 몸이 10m 이상 날아간다는 것. 그만한 충격을 받고도 멀쩡하게 일어나는 일 따위는 코믹영화나 만화에서나 가능한 일.

삽시간에 시체 하나를 치우게 된 셈이지만 신진권 사장은 물론 나도 별반 신경을 쓰지 않았다. 그들이 말했던 '수많은 나' 중의 하나였을 뿐이니까.

짝짝짝……

"일격필살이라."

손뼉을 치며 서늘하게 나를 본다.

"나이답지 않게 손속이 거침없군."

"어차피 다운 그레이드된 복제품의 하나니까요."

그가 피식 웃었다.

"과연, 허영덩어리의 내가 불안해할 만한 묘한 기도를 갖고 있어."

"그런데 어떻게 안 겁니까?"

나는 중절모를 벗어서 옷을 툭툭 털며 물었다.

신진권 사장이 담배를 깊이 빨아들였다가 길게 연기를 내뱉는다.

"이용택과의 관계는 거래 내용으로, 네 실력은 강하성이라는 자와의 통화내용으로 알았지. 덕분에 '륜'을 소유하지 않고도 인간이 얼마만큼 강해질 수 있는지 알게 되었다. 인간의 한계가 뜻밖에 넓다는 것까지 말이야."

한 모금을 끝으로 툭 버리는 담배.

"계약은 유효하다. 그는 약속을 지킬 것이며 너 역시 이를 이행하지 않으면 륜과 법칙에 따라 노예가 되게 된다. 단, 너와 계약을 맺은 녀석이 '얼마만큼의 정보'를 기억하고 있을지는 상상에 맡겨 두도록 하지."

짓밟으며 한쪽 입가를 비틀어 웃어 보인다.

"네가 올바른 정보를 계약에 준수하여 얻을 수 있는 시간과 기회는 그때가 전부였다."

그의 말을 듣는 순간, 떠오르는 대화가 있었다.

[아, 그래서 말인데 약간 조정이 필요할 것 같다.]

[소거 요청인가…… 대상은 계약의 주체? 아니면…….]

[맞다. '모든 정보를 제공'하기로 했거든.]

프로그램으로 분류할 수 있는 저들. 몸을 복제하고 선택적으로 기억까지 삭제하는 것이 가능하다면, 나의 계약은. 그야말로 제대로 우롱당한 셈이 된다.

"재미있군요."

모든 정보를 알려 주기로 하긴 한다. 그런데 아는 바가 없다. 즉, 말을 안 해고 숨기는 것이 아니라 '다 해 주지만 할 말이 없는 셈'이니 계약 불이행은 아니게 된다.

자.

만약 내게 제임스의 육체와 성륜과 겁륜의 보호가 없었다면 어떤 기분일까. 오도 가도 못하는 상황 속에서 얄팍한 말

장난에 낚인 상태라면?

'육두문자가 절로 나오겠군.'

아직 연기는 끝나지 않았다.

나는 딱딱하게 굳은 얼굴로 그를 보았다.

"왜 이런 식의 시험을 한 겁니까? 그냥 계약에 따라 써먹고 더 말장난으로 옭아매면 될 일을. 이토록 티 나게 시험한 이유를 모르겠군요."

빈정거리듯 말했다.

"더 낚일 성싶지도 않고, 앞으로의 이용 가치, 그 유무를 확인하기 위함이지."

신진권 사장은 부서지고 기울어진 피아노에 걸터앉았다. 먼지 하나에 호들갑을 떨던 누구와는 사뭇 대조되는 모습이다.

"구두계약의 경우, 암묵적인 룰에 대해서도 단서를 심어 두었어야 이용하기가 편하다. 그런데 '통제에서 풀어' 주는 것을 선결 조건으로 들어주고 '세계가 두 개'라는 것까지 제입으로 떠들어 버리면 네게서 받아 낼 '전력을 다한 도움'에 분기가 생겨 버리지."

냉소적으로 씹어 내뱉는 말투.

"이쪽 세계와 new century의 세계. 불명확하게 정해진 세계의 차이에 따라 계약의 축을 파악할 필요가 있었다. 즉, 양자 중 '어느 쪽'에 속해 있는가가 문제. 그 가장 쉬운 방법이 바로 대련이다. 만약 네 도움이 현실에 속해 있었다면, 너는 이를 수행하기 위해 '우리에게 피해를 줄 수 없었을' 테니까. 그런데."

피아노 건반을 하나씩 뽑아냈다.

"너는 자신의 판단에 따라 우리 중 하나를 아예 죽였단 말이야. 이는 현실에의 도움이 아니라는 의미이고 곧, 네 도움이 'new century에 속해 있다는 것'이 된다."

"계약 자체가 무산되었을 가능성은 염두에 두지 않는 것 같군요."

"륜의 힘과 계약의 법칙은 절대적이니까."

단언하는 그였다. 나는 저만치 날아가서 문을 박살 낸 이에게 슬쩍 시선이 갔다.

"제 이용 가치를 확인한다는 것은 무슨 말입니까?"

"황금알을 낳는 거위를 발견했다. 그 배를 가르느냐, 실험하느냐, 내버려 두느냐, 관찰하느냐. 이 중 무엇이 가장 현명할까."

가볍게 일어난 그가 피아노 건반을 움켜쥐어 악력만으로 부쉈다.

"이용택, 김태진. 이 둘은 꽤 앞서기는 해도 륜의 소유자들이니만큼 나의 예측 범위 안에 있다. 그러나 너만큼은 달라. 접촉점이 없이, 륜의 도움이 없이 그 정도의 경지와 수준에 올라 있다니…… 감히 말하건대, 너는 모든 변수의 정점이며 불확정수의 집대성이랄 수 있다."

심각하게 오판하는 그를 동요 없이 보았다.

"실제로 너를 관찰함으로 인해 나 역시, 융켈의 의도와 완전으로의 길을 얼추 가늠할 수 있게 되었다. 그 때문에 우리

는 너와의 관계에서 매우 조심스럽고 또 기대가 매우 큰 상태
이지. 하여, 숨김없는 제안을 하도록 하는 바다."

　지팡이를 탁탁 두드리자 호수에 던진 조약돌처럼 파문이
일었다.

3 권에서　계속

도서출판 뿔미디어 홈페이지 OPEN*!!*

안녕하세요.
지금껏 저희 뿔미디어를 응원해 주신
독자님들의 성원에 힘입어
이번에 새롭게 홈페이지를 오픈하였습니다.

저희 뿔미디어는 홈페이지에서 독자님들께서
보다 빠른 출간 소식과 미리보기 등
알찬 내용을 제공하기 위해 많은 노력을 기울였습니다.
또한 독자님들에게 도서 할인, 이벤트 등
다양한 혜택을 제공하고자 합니다.

저희 뿔미디어 홈페이지 오픈을 계기로
한층 더 독자님들과 가까워질 수 있는 기회가 되었으면 합니다.

보다 많은 관심과 사랑 부탁드리며,
앞으로도 더 좋은 컨텐츠 제공에 힘쓰도록 하겠습니다.

감사합니다.

-도서출판 뿔미디어 올림-

 www.bbulmedia.com

www.bbulmedia.com